KB246091

힐링 healing

힐링 healing

초판 1쇄 찍은 날 ｜ 2012년 12월 14일
초판 2쇄 펴낸 날 ｜ 2013년 1월 10일

지은이 ｜ 르비쥬
펴낸이 ｜ 서경석

편집장 ｜ 권태완
편집 ｜ 장미연
디자인 ｜ 신현아

펴낸곳 ｜ 도서출판 청어람
등록번호 ｜ 제1081-1-89호
등록일자 ｜ 1999. 5. 31
어람번호 ｜ 제5-0323호

주소 ｜ 경기도 부천시 원미구 심곡2동 163-2 서경B/D 3F (우) 420-822
전화 ｜ 032-656-4452 팩스 ｜ 032-656-4453
http://www.chungeoram.com
E-mail ｜ chungeorambook@daum.net

ⓒ 르비쥬, 2012

ISBN 978-89-251-3102-3 03810

힐링 healing

르비쥬 장편 소설

"갑자기 강지윤의 심장이 예쁜 하트 모양일지 궁금해지는군."
"선생님 눈엔 하트로 보이시던가요? 제 눈엔 그저 주먹만 한 감자 모양이던데요."
"강지윤. 나랑 연애를 해보는 건 어때."

Contents

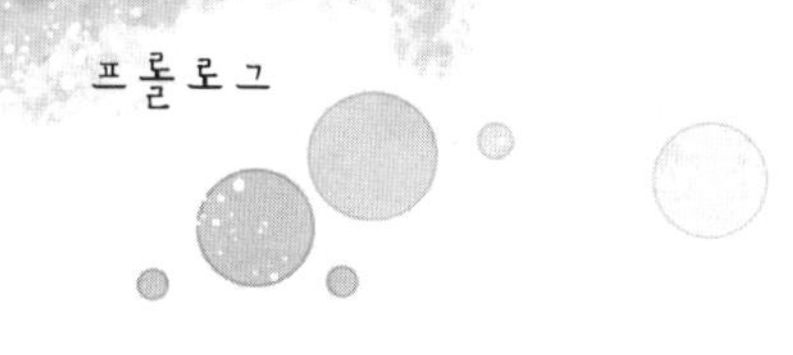

프롤로그

연일 계속된 살인적인 폭염이 몸서리치게 싫은 듯 후끈 달아오른 아스팔트에선 지글지글 아지랑이를 피워내며 아우성을 부리고 있었다.

그야말로 작열하는 태양.

눈이 시릴 정도로 햇살이 쏟아지는 한여름의 고속도로는 막바지 휴가철임을 증명하듯 꽉 막힌 차들로 가다 서다를 반복 중이었다.

"그냥 국도로 빠지자니까."

삐죽이 입술을 내민 지윤이 석훈을 돌아보며 불만 섞인 의사를 표시했다. 그저 보는 것만으로도 숨이 턱턱 막힐 듯한 창밖 풍경 때문인지 쾌적한 실온을 유지하고 있는 에어컨 앞에서 연신 손부채질을 하던 지윤이 애꿎은 에어컨을 노려보며 심술을 부리기 시작했다.

사실 멀쩡히 제 기능을 유지 중인 에어컨에 화풀이를 할 생각은 없있다. 다만 어느새 주차장이 되어버린 휴가철 도로 사정이 안타까울 따름이지.

그럼에도 삐뚜름 올라선 입매는 제자리를 찾을 기색이 보이지 않는다.

얼마나 벼르고 별러 떠난 휴가인데.

예과 2학년인 자신과 달리 PK(폴리클이라고도 하며 본과 3, 4학년의 의대 실습생을 일컬음)를 돌고 있는 석훈은 단 2주간 주어진 여름방학에도 오히려 시험 기간보다 더 열심히 책을 파고들며 짬을 주지 않았다. 그저 무지막지하게 암기만 했을 때와 달리 환자와 직접 대하는 순간마다 스스로의 한계에 부딪히고 있다나 뭐라나 하는 이유를 대며 말이다.

그럴 때 보면 천생(天生) 의사다 싶다가도 그 덕에 의대까지 쫓아온 제 자신이 악착스러워 웃음이 나오곤 한다.

의대 속어로 성골이라 불리는, 부모님 모두가 의대 교수였던 석훈과 달리 지윤은 무역업을 하는 아버지와 피아노를 전공했지만 특별한 바깥 활동을 하지 않은 채 전업주부로의 삶을 영위하던 어머니 밑에서 외동딸이 누릴 수 있는 특권을 만끽하며, 또래가 가질 수 있는 이런저런 꿈을 키웠었다.

어제는 드라마에 나오는 검사가 근사해 보였다가도 오늘 갑자기 패션 디자이너가 더 그럴싸한 것처럼 딱히 정해진 목표 따위 없이, 그때그때 제 눈에 근사하게 보이는 이상을 좇아 변덕을 부려댔다. 그런 그녀가 전혀 생각지도 못한 의대에 진학하게 된 계기는 바로 옆에 있는 이 남자, 석훈 때문이었다.

부모로부터 이어온 오랜 친분으로 지윤과 석훈, 그리고 그의 형 정훈까지 거의 친남매나 다름없이 긴 시간을 지내왔다. 지윤이 유치원에 들어갈 무렵 석훈과도 다섯 살이나 차이가 나는 정훈은 이미 중학생이 되어 있던 터였고 모난 곳 없이 둥글기만 한 석훈 역시 그녀를 돌봐야 할 제 동생처럼 챙겼기에 가뜩이나 천방지축이던 지윤은 제 고집 한 번 꺾지 않고 두 오빠를 쥐락펴락 다룰 수 있었다.

물론 두 오빠의 너그러운 배려 덕분이란 것을 어린 지윤도 잘 알고 있었다. 하지만 부모에게 부리는 어리광과는 또 다른, 특히나 석훈에게서 느끼는 감정이 조금 다르다는 걸 느낀 건 그녀가 막 중학교에 입학하고 얼마 지나지 않았을 때였다.

부모님과 같은 길을 걷겠다며 의대에 진학한 정훈을 보았을 때와 달리, 어쩌면 당연한 일이겠지만 저 역시 의사의 길을 걷고 싶다며 담담히 제 계획을 말하던 석훈의 목소리에 지잉, 심장이 울리는 느낌을 받았다.

'심장이 정말 하트 모양일지 궁금해.'

그답지 않은 유아기적 발언에 평소 같았으면 푸하하 배꼽을 잡았겠지만 꼼짝도 않고 선 지윤은 멍한 얼굴로 석훈을 바라볼 뿐이었다.

갑자기 징징 울려대는 저의 심장도 사실 하트 모양을 하고 있는 걸까.

수술복을 입고 선 석훈의 모습이 눈앞에 그려지자 작은 파장만 일으키던 심장이 급기야 심하게 요동치며 멀쩡하던 귓가가 불꽃을 머금은 듯 발그레 달아오르기 시작했다.

어째서?

아이돌 그룹에 열광하며 흥분하던, 그 비슷한 설렘에 지윤은 말도 안 되는 황당함에 고개를 저어댔었다. 하지만 그로부터 2년 뒤.

'앞으로 내가 다닐 학교야.'

의대 건물 앞에서 물끄러미 의학관을 올려다보는 석훈의 얼굴에서, 그리고 손에 쥔 합격 통지서와 그 주변에 보이는 학생들을 바라보며 지윤은 제가 아닌 다른 여자와 어울려 있는 석훈의 모습을 상상하며 왠지 모르게 허전하고 불안하기만 한 혼란을 느낄 수 있었다.

'대학생 되면, 연애할 거야?'

뜬금없이 물어온 지윤의 질문에 잠시 눈을 부풀렸던 석훈이 픽, 웃음을 지으며 머리를 흩뜨렸었다. 예전 같았으면 이런 석훈의 행동에 큰 의미를 두지 않았겠지만 그날만큼은 어린 동생 취급하듯 다루는 석훈의 태도가 싫어 한 걸음 다가선 채 당당히 눈빛을 마주했다.

'연애할 거냐고.'

'궁금해?'

'응.'

'그럼 너도 빨리 대학생이 돼봐.'

'씨! 3년이나 있어야 하잖아!'

얼굴을 벌겋게 붉힌 채 바락 소리를 지르는 지윤을 석훈은 말간 미소를 지은 채 바라보기만 했었다.

집에 오자마자 머릴 싸매고 책을 파기 시작했다. 석훈 옆에서 의대 건물을 올려다보는 순간 이미 그녀의 목표도 다를 바 없는 그것이었기 때문이다.

원하는 대로 성적이 나오지 않으면 어쩌나 하는 두려움보다 행여 석훈이 미팅이라도 나가면 어쩌나, 동기랍시고 알짱대는 계집애가 먼저 꼬리라도 치면 어쩌나 하는 불안이 매일 그녀를 뒤흔들었다.

다행히 그런 지윤의 불안을 잠식시키듯 제 공부하기에도 바쁠 석훈은 틈틈이 짬을 내어 지윤의 집을 찾았다. 다른 과목에 비해 유달리 성적이 오르지 않고 있는 수학 과외를 위해서였다.

부족한 부분에 대해 도움을 받는다는 것이 부끄러울 일은 아닐 텐데 그 순간만큼은 마음처럼 따라주지 않는 머리가 꽤나 원망스러웠었다. 반면에 그렇게 해서라도 석훈의 얼굴을 자주 볼 수 있다는 이율배반적 상황에 그가 방문하는 주말이면 거울 앞에서 꽤나 공을 들였던 기억이 떠오른다.

"국도가 빠르긴 하겠지만 급커브 길이 많아서 너무 위험해."

여전히 가다 서다를 반복 중인 도로 위에서 한 손을 핸들 위에 올린 채 지윤을 돌아본 석훈이 입을 열었다.

마침내 그와 같은 학교, 같은 과에 합격했음을 알게 된 그날, 한달음에 달려왔음에도 그저 말없이 가쁜 숨을 몰아쉬기만 하던 그는 가만히 다가와 지윤의 손을 잡았다.

'대학생이 되면 연애할 거니?'

3년 전 그녀가 뱉은 질문을 고스란히 되물어온 석훈의 얼굴에 잔뜩 조바심이 배어들어 있었다.

'3년이 꽤…… 길더라. 무섭기도 하고.'

두서없는, 그래서 어쩌면 남들은 전혀 알아듣지 못할 이야기에 지윤의 심장은 홀로 반응하고 있었다.

'오빠.'

'오빠 나쁜 놈이다. 도둑놈이었어. 중학생이던 꼬맣 여자로 보고 있었으니.'

'……'

'네가 우리 학교로 온단 소릴 들었을 때 얼마나 기뻤는지 모를 거다.'

어쩜 그렇게 내색 한 번 하지 않았을까. 귀띔이라도 조금 해줬더라면 불안으로 타들어갈 듯 힘겨웠던 고통은 겪지 않아도 되었을 것을.

‘강지윤.’

‘응?’

‘나랑, 연애하자.’

불쑥 내뱉은 석훈의 말에 그동안 꽁꽁 쌓아두었던 애탄 감정이 봇물 터지듯 흘러나왔다.

말아 쥔 주먹으로 힘껏 그의 어깨며 가슴을 두드리며 울음을 토해내자 갑작스런 지윤의 반응에 놀란 석훈은 혹여 제 고백에 극심한 거부 의사를 보이는 것인가 잔뜩 당황한 얼굴로 지윤의 등을 토닥였었다.

그리고 지금, 누구보다 당당한 캠퍼스 커플이 되어 과 학생들의 질투와 부러움을 한 몸에 받고 있는 중이다.

‘이거 너만 챙겨준다고 애들한테 한 소리 듣는 거 아닌지 모르겠다.’

‘한 소리? 어따 대고 감히 하늘 같은 선배한테!’

‘그러는 넌 하늘 같은 선배한테 왜 이렇게 개기냐?’

‘그야…… 오빤 내 거니까.’

동기들의 눈에 비친, 그들에게 있어 무엇보다 부러운 건 아마 야마(YAMA. ‘You are my assistant’ 의 알파벳 앞 글자에서 따왔다는 설이 있음. 흔히 말하는 시험 족보)를 쉽게 얻을 수 있다는 점일 것이다. 워낙 공부할 내용이 광범위하다 보니 외울 양도 어마어마하지만 어쨌든 중요한 내용은 반복해서 나오는 법.

기출문제를 정리한 족보들만 달달 외워도—물론 그 양도 어마

어마하다는 게 문제이지만—재수가 좋으면 몇 년 전 기출문제 중
에서 토씨 하나 다르지 않은, 판박이 문제가 나오는 로또를 맞기
도 하지만 간혹 탈야마라고 해서 내내 외워둔 족보에서 완전히
벗어난 문제가 나오는 황당함을 맛보기도 한다. 마음을 새롭게
다지자는 의미에서 모든 문제를 새로 뽑아봤다는 교수님의 말씀
에 강의실 안에서 들려오는 황망한 탄식은 때론 슬프기까지 하
다.

"카레이싱을 하자는 것도 아니고, 조심해서 가면 되는 거잖
아."

지윤의 말에 핸들에 손을 얹은 석훈의 입매가 살짝 움직이는
게 보였다. 석훈 역시 예상외로 정체된 도로 사정에 슬슬 갈등을
하는 것 같았다. 이때다 싶은 마음에 지윤은 연신 입을 놀리며
본격적인 설득에 들어갔다.

"이러다 진짜 길에서 날 새게 생겼다니까? 응?"

바짝 얼굴을 들이밀며 불쌍한 표정을 지어 보이는 지윤의 공
세에 결국 우측으로 차선을 변경한 석훈은 바로 이어진 톨게이
트로 빠져나와 국도로 진입했다. 짜증스러울 정도로 미어져 있
던 고속도로와 달리 모처럼 맞은 휴가에 내주는 선물처럼 시원
스레 뚫린 도로가 도심을 벗어난 차량을 반기듯 기다리고 있었
다.

"내 말 듣길 잘했지?"

카오디오의 볼륨을 크게 올리며 잔뜩 신이 난 지윤이 석훈을

바라보며 입을 열자 '그래' 라고 답을 한 석훈도 모처럼 맞은 여유를 즐기려는 듯 입매를 늘이며 미소 지었다.

그럴 리는 없겠지만 도로 위를 달리는 차들이 죄다 놀러 나온 듯 지나치는 차 뒤꽁무니에 여행의 설렘이 묻어나는 것만 같았다.

"음. 채혈 욕구를 불끈 일으키는 팔이로군. 오빠 실습 파트너는 좋았겠다."

기어 위에 올린 오른손을 쭉 따라 반팔 소매 아래 드러난 석훈의 팔을 보며 지윤이 중얼댔다. 아직은 예과생이라 여타 다른 대학생들과 마찬가지로 전공 기초 과목이나 교양 수업들을 듣고 있지만 곧 있을 해부학 실습부터 앞으로 닥칠 일들이 까마득하기만 한 지윤은 한숨을 내쉬며 석훈에게로 고개를 들어 올렸다.

"언젠가 내 팔도 실습 대상에 포함될 텐데……. 근데 동맥혈 채취는 진짜 아프다며?"

"손목이 얼얼할 정도로 좀 아프긴 하지."

"쪼옴? 얘기 들어보니까 손가락 끝이 죄다 저릴 정도로 장난 아니라던데?"

들은풍월과 달리 '좀' 이란 표현을 쓴 석훈의 말에 두 눈을 동그랗게 치뜬 지윤이 거짓말 말라는 듯 삐뚜름 고개를 꺾으며 그를 바라봤다.

병원에서 흔히 경험하는 '피검사' 나 '정맥주사' 는 대부분 굵고 눈에 잘 띄는 팔꿈치 안쪽, 주정중정맥과 전완정중정맥을 이용해서 행해지는데, 사실 정맥 자체에는 통증을 느끼는 신경이 없어 채혈 당시 느끼는 통증은 바늘이 피부를 찌를 때 발생하는 것일 뿐이다. 그에 반해 지윤이 말한 동맥혈 채취는 ABGA(동맥혈 가스 분석)를 하기 위해 시행되며 보통 손목의 요골동맥에서 채취한다.

하지만 피부에서 쉽게 보이는 정맥과 달리 동맥은 몸 안쪽 깊숙이 자리하고 있어 찌르기도 어려운데다가 부작용으로 혈종이나 압박성 신경 병변이 유발될 수 있어 동맥혈 채취는 반드시 의사가 시행하게 되어 있다.

"난 진짜 사랑의 힘은 위대한 거라고 생각해."

갑자기 뱉은 지윤의 말에 석훈의 고개가 의아한 듯 돌아섰다.

"응?"

"오빠 왜 의대에 들어온 거야? 아니, 왜 의사가 되고 싶은 건데?"

"너무 당연한 걸 묻는데. 혹 열쇠가 필요해서, 뭐 이런 답을 바라는 건 아니지? 요즘 다 도어락 쓰는 처지에."

"묻는 말에나 답해."

별로 재미없다는 듯 한숨까지 내쉰 지윤이 석훈의 답을 재촉했다.

"뻔하고 당연한 답일 테지만, 사람을 살리고 싶으니까. 내 손 아래서 힘차게 뛰는 심장을 느끼고 싶어."

"그치? 그게 진짜 정답인 거지? 근데 날 봐."

의문을 담은 석훈의 시선이 지윤을 향했다. 그리곤 곧 지윤의 의중을 알았다는 듯 가벼운 웃음을 머금으며 입술 끝을 늘였다.

"말이 돼? 찔리는 것도 싫지만 찌르는 건 더더욱 싫은 내가 의대생이 되어 있다는 게?"

벌레 한 마리도 제대로 죽이지 못하는 지윤이 앞으로 감당해야 할 많은 일들은 단순히 의대생들에게 지워지는 부담을 넘어 어쩌면 고통에 가까운 일일지 모르겠다. 자발적으로 꿈을 정한 자신과 달리 온전히 사랑 하나만 믿고 힘든 선택을 한 지윤에게는. 그래서 항상 미안함과 고마움이 중첩되어 석훈의 마음을 무겁게 만들었다.

'많이 힘들면…… 이제라도 포기했으면 좋겠다.'

기말고사 직전, 그녀의 손에 족보를 쥐어주던 석훈이 넌지시 운을 띄웠었다. 맨날 외우고, 시험치고. 고등학생 때랑 다를 게 없다며 볼을 불리던 그녀가 너무도 안쓰러웠기 때문이다.

의사가 되겠다는 강한 신념 아래에서도 수없이 흔들리는 게 의대생이었다. 졸업을 한다고 해서 그 과정이 끝나는 것은 더더욱 아니다. 의사 국가고시에 합격했다 해도 바라던 전문의가 되자면 병원 안에서 그들보다 밑바닥인 건 지하 주차장밖에 없다는 인턴부터, 도망 한 번쯤은 경험하게 된다는 레지던트 1년차를 거쳐 2, 3, 4년차 전공의 과정과 그 후 전문의 시험까지 통과해야 한다.

그 힘든 시간을 자신의 오롯한 꿈이 아닌, 단순히 함께하고 싶단 마음 하나로 겪게 하는 건 지켜보는 석훈 또한 견디기 어려운 고통일 것이다.

'혈. 내 꿈이 뭔데.'

물론 석훈도 알고 있었다. 농담처럼 뱉었던, 온 식구가 모여 작은 종합병원 하나를 차리자는 꿈을. 그러면서 대신, 절대 수술은 하기 싫으니 무조건 내과를 전공하겠다던 지윤은 해맑게 예쁜 웃음을 지어 보이며 그렇게 석훈을 안심시켰다.

과정을 이겨내든 그렇지 못하든, 선택은 지윤의 몫이었다. 지금이라도 포기를 하겠다면 말리고 싶지 않지만 어쩌면 조금은 허무맹랑할 수도 있는 소원이 작은 불씨가 되어 단순한 의료행위를 하는 사람이 아닌, 진심으로 아픈 사람의 상처를 제대로 들여다봐 줄 '의사'가 될 수 있다면 그녀가 끝까지 나아갈 수 있게 힘이 되어주고 싶었다.

"3월에 처음 인턴 실습 나가선 실개천처럼 보이던 정맥이 10월만 되면 한강수처럼 보인다잖아. 겁먹지 말고 자꾸 하다 보면 능숙해질 거야. 오죽하면 말턴(말년 인턴)이 중환자실 입구에서 주사를 던지면 radial artery(요골동맥)로 빨려 들어간다는 우스갯소리까지 나오겠어."

"정맥이든 동맥이든 어쨌든 다 피 보는 거잖아. 아…… 해부학 실습은 또 어떡해."

2학기에 있을 해부학 실습을 생각하니 상상만으로도 벌써 코끝에 포르말린 냄새가 진동을 하는 것 같았다. 실습 도중 깨어난 카데바(해부용 시신)를 수술로 살려냈다는 괴담부터 시작해, 해부학 실습에는 그와 관련된 온갖 루머들이 난무한다. 아직 실습실엔 들어가 보지도 못했지만 실습을 마친 학생들이 한동안 곱창은 쳐다보지도 못한다는 말이 괜히 실감이 나 벌써부터 마음이 우울해져 왔다.

"PK 도는 건 어때? 나도 빨리 학교를 벗어나 흰 가운 입고 싶다."

지윤의 물음에 석훈이 픽, 웃음을 터뜨렸다.

물론 각종 시험과 암기에 치인 의대생들 눈에는 병원 안에서 흰 가운을 입고 서 있는 것 자체만으로도 PK가 근사해 보일지 모르겠지만, 사실 그들이 맡아 하는 일은 전문적인 지식이 필요 없는 잡다한 일부터 EKG(심전도), Foley(소변줄), L—tube(코를 통해서 위까지 관을 넣는 것), 관장, 상처 부위 소독, 채혈 등 진료의 기본이 되는 과정 정도이다. 레지던트들로부터 종종 patient killer라 놀림을 받기도 하는데 막상 환자를 만나면 실습 전날 다졌던 마음과 달리 머릿속엔 아무것도 떠오르는 게 없어 물어오는 질문에 그저 꿀 먹은 벙어리가 되기 때문이다.

느닷없이 날아든 질문에 '설마 대답을 바라시는 건 아니겠지' 조마조마 불안한 눈빛을 보내보지만 '틀려도 좋으니 대답을 해 보라니까!' 화를 내시는 모습에 되는대로 대답을 했다간 험상궂게 얼굴을 일그러뜨린 교수님 입에서 '차라리 모르면 모른다고 말을 하게' 라는 민망한 답을 듣게 되는 경우도 부지기수다.

그럴 때는 그저 '죄송합니다. 모르겠습니다' 가 최선의 답이라는 걸 한껏 숙인 고개 밑에 닿아 있는 구두코에 아무리 중얼거려 봐도 하얗게 비워진 머리는 아무런 답을 하지 않고 어느새 먼 산 너머로 달아난 뒤다.

게다가 있어도 없는 듯 존재감 없이 묻혀 있다가도 하필 실수를 하거나 무언가 잘못을 저지를 경우에는 희한하게도 그 존재감이 화려하게 부각되는 난감함을 맛보기도 한다.

하지만 아직은 학생 신분인 그들에게 각 과를 돌며 각종 사례들을 접할 수 있는 PK 실습은 학교에서 배웠던 내용들을 직접 환자를 보며 정리하고, 또 자신의 진로를 선택할 수 있는 좋은 기회가 될 수 있었다.

석훈 역시 흉부외과 실습 중 어시스트가 모자라다며 엉겁결에 끌려가 스크럽을 서게 된 경험을 떠올리며 아직도 가라앉지 않는 흥분에 묘한 매력을 느끼는 중이었다.

"음, 셀카라면 원 없이 찍은 것 같다. 병원 안에서 제일 깨끗한 가운을 입은 채 생기발랄한 얼굴로 셀카를 찍고 있으면 그건 100% 폴리클이거든."

"어? 근데 왜 사진 안 올렸어?"

"올린다, 올린다 하면서 미뤄지네. 조만간 날 잡아서 싸이에 올려둘게."

"오빠 잘 어울릴 거야, 병원하고."

"글쎄, 요즘 하는 일은 종일 서 있는 건데? 응급실 들어가서 내내 서 있지, 회진 돌면서 서 있지, OR(operating room:수술실) 들어가선 끝날 때까지 서 있어야지, 언제 질문 날아올지 몰라 긴장하고 있어야지. 그땐 그냥 투명인간 취급을 해주셔도 좋으련만."

하지만 석훈은 분명 훌륭한 의사가 될 것이다. 지윤의 시선 끝엔 오랜 시간 그가 꿈꿨던 바대로, 그 열정만큼이나 뜨거운 심장을 위해 언제든 메스를 들 수 있는 최고의 흉부외과 의사 석훈이 자리하고 있었다. 함께 있으면 언제나 36.5℃의 온기를 나눌 수 있을 것만 같은 다정한 사람.

"오빠."

"응?"

"사랑해."

뜬금없는 사랑 고백에도 그녀가 전혀 무안하지 않게 잔잔한 미소를 머금은 석훈이 지윤의 손을 잡아 가만히 깍지를 꼈다. 그저 손만 잡았을 뿐인데 심장이 간질간질 웃음 짓는 것 같은 기분이 든다.

천천히 손을 들어 올린 석훈이 제 입술을 꾹 눌러 찍었다. 손등에 와 닿는 그의 숨결이 따뜻했다.

세상에 오롯이 단둘만이 존재하는 것 같은 착각.

손이란 신체 기관을 따라 체온이 전해지는 느낌이 너무 포근해 이대로 시간이 멈췄으면, 하는 바람도 살짝 밀려든다.

"있잖아. 이럴 줄 알았으면 국어 공부를 좀 더 할 걸 그랬다,

하는 생각이 들어.”

오른손은 여전히 지윤의 손을 잡은 채 왼손으로 능숙히 핸들을 조작하던 석훈이 전방을 주시하며 입을 열었다.

“가끔 이렇게 네가 먼저 사랑한단 말을 해버리면 나는 그저 ‘나도’ 라는 말밖엔 떠오르지가 않거든. 그보다 좀 더 근사한 표현을 하고 싶은데 말이야.”

“사랑하는데 그보다 더 근사한 표현이 뭐가 있어.”

“그런가? 그래도 뭔가 모자란 것 같은데.”

“정 그렇다면 ‘사랑해. 곱하기 백’. 난 그걸로 만족한다.”

석훈에게 잡힌 손 위를 톡톡 다독인 지윤이 석훈을 바라보며 활짝 미소를 지어 보였다.

산을 따라 이어진 도로에 접어들자 제법 높아진 고도에 귀가 멍멍해져 왔다. 제법 급경사를 이루며 구불구불 꺾인 도로는 점점 갓길이 사라지며 왕복 1차선의 좁은 태(態)를 드러냈다. ‘낙석 주의’ 라든지 ‘급커브 주의’, ‘사망사고 다발지역’ 같은 경고판이 계속 이어졌지만 딱히 속도를 줄이는 차량은 없는 것 같았다.

연신 이어진 커브 길에 속도를 줄인 석훈의 차 뒤로 요란한 클랙슨 소리가 들려왔다. 조금은 주의가 필요했던지 잡고 있던 지윤의 손을 놓은 석훈이 두 손으로 핸들을 움켜쥐며 중얼거렸다.

“대체 다들 왜 이렇게 밟아대는 거야.”

빵빵.

신경질적으로 울려대는 날카로운 소리에 슬쩍 룸미러에 시선

을 둔 석훈이 난감한 듯 입을 열었다.

"그렇게 빵빵대도 비켜줄 차선이 없는데."

"일단은 오빠도 좀 밟았다가 어디 갓길이라도 나오면 그때 피해줘."

"그래야겠지? 추월해서 가라 하고 싶어도 비켜줄 차선이 없다."

뒤꽁무니에 바짝 붙어서 이제는 헤드라이트까지 깜빡이는 뒤차의 요란한 재촉에 할 수 없이 가속페달에 힘을 실은 석훈이 속도를 내던 찰나였다. 갑자기 나타난, 마치 영화 속 한 장면처럼 시야 가득 클로즈업된 트럭 하나가 석훈의 차가 달리고 있는 차선 안으로 돌진하고 있었다. 급커브 길에서 속도를 줄이지 못한 트럭이 미처 핸들을 꺾지 못한 채 중앙선을 넘어선 것이다.

무섭게 달려드는 트럭 앞에서 다급히 고개를 돌린 석훈이 지윤을 바라봤다. 그리고 무언가를 생각하고 판단할 겨를 없이 힘껏 핸들을 꺾었다. 거리나 시간적 여유가 있었다면 차라리 왼쪽으로 핸들을 돌려 정면충돌을 모면해 보고자 시도했겠지만, 거리 차가 적은 지금의 상황에선 자칫 충돌 당시의 충격을 고스란히 지윤이 입을 수도 있었다.

운전자의 방어본능과 달리 차가 향한 방향은 오른쪽이었다. 차체를 최대한 오른쪽으로 꺾는다면 운전석에 앉은 자신은 정면충돌을 피하기 어려울 것이나 지윤에게는 그나마 최소한의 충격이 가해질 것이란 판단에서였다.

알 수 없는 굉음이 들렸던 것도 같았다. 머리부터 내리누르는 끔찍한 통증에 잠시 정신을 잃었던 것도 같다. 꾸물꾸물 움직이기만 하는 눈꺼풀이 너무 무겁기도 했지만 온몸을 파고드는 격통에 절로 신음이 새어 나왔다.

왜 이렇게 아픈 걸까.

눈을 감은 채 미간을 찡그리던 지윤의 귀에 끊어질 듯 위태로운 석훈의 목소리가 들려오기 시작했다.

"……윤아. 지윤아……."

몸 안에 남아 있는 힘을 짜내 간신히 눈꺼풀을 들어 올렸다.

제일 먼저 눈에 들어온 것은 조금 전 제 시야를 가로막으며 달려들던 트럭의 거대한 앞부분이었다. 전면의 유리는 잔뜩 깨어진 채 원래 제 모습을 잃은 지 오래였고, 가드레일 기둥과 부딪혀 우그러진 오른쪽 차 문은 제 발이 보이지 않을 정도로 밀려들어 온 상태였다.

그제야 비로소 상황 판단이 되는 듯했다.

사고가 난 거로구나. 그래서 아팠던 거구나.

헉, 하는 소리와 함께 고개를 돌린 지윤은 입을 벌린 채 그대로 굳을 수밖에 없었다.

어째서 저런 모습을 하고 있는 걸까.

갈비뼈 안쪽까지 밀려들어 간 핸들하며 머리, 코, 입, 눈에 보이는 모든 곳에서 쉴 새 없이 쏟아지는 검붉은 피까지.

"너…… 괜찮아? 우선, 하아……. 지혈부터 해야 될 텐데……. 숨 쉬는 건…… 어때? 하아……. 머린 안 아파?”

관자놀이를 타고 뜨끈하게 흘러내리던 게 피였나 보다. 손을 들어 쓱, 볼을 닦아낸 지윤이 제 손을 바라봤다. 무섭도록 빨간 피가 묻어났다.

아무것도 담기지 않은 무표정한 얼굴이 석훈을 향해 돌아섰다.

자기 숨부터 챙겨야지.

자기 피부터 지혈해야지.

말도 제대로 잇지 못할 정도로 쌕쌕거리면서 대체 누가 누굴…….

그런데 아무 말이 나오질 않았다.

손을 내밀어 우선 저 대책 없이 쏟아지는 피부터 지혈부터 해야 할 텐데, 그대로 석상이 되기라도 한 듯 도무지 손이 움직이질 않았다. 피에 젖은 손끝을 바라보다 시선을 돌리니 호흡이 곤란한 듯 가쁘게 숨을 이어가던 석훈의 낯빛이 점차 파리하게 변해가는 게 보였다.

“우선…… 119부터, 하아……. 연락해.”

전화기가 주머니에 있던가. 부서지진 않았을까. 전화를 해서 어디라고 해야 하는 거지? 구급대가 오면 살 수 있는 걸까?

석훈의 상태가 위중하다는 걸 알면서도 지윤의 머릿속은 사고 자체를 거부하는 듯 까맣게 흐려진 채 불필요한 혼란만을 되새김질하는 중이었다.

"지윤아, 정신…… 차려. 내 말…… 들어."

"오…… 빠."

그제야 말문이 터졌다.

뇌가 제 기능을 시작한 듯 눈앞의 상황이 인지되기 시작했다.

덜컥 겁부터 몰려오기 시작했다. 맞물려 전해진 통증에 온몸이 사시나무 떨리듯 흔들리기 시작했다.

"흐윽, 오빠."

"울지…… 말고."

"오빠, 오빠."

바깥으로 소란스런 소리가 오가는 게 느껴졌다.

"조금만 참으세요! 119 불렀어요!"

누군가의 외침이 들렸다. 구급대가 오기 전, 그들을 꺼내보려는 듯 우그러진 차 문을 열기 위해 달려드는 사람들의 모습이 어렴풋이 보였다.

제가 할 수 있는 건 아무것도 없으니, 제발 저 사람들이 무언가를 해주길 간절히 바랐다.

애타는 심정으로 문가를 바라보던 지윤의 귓가에 힘겨운 석훈의 목소리가 들려왔다.

"지윤아……."

얼른 고개를 돌린 지윤의 시선에 쿨럭, 하고 피를 뱉어내며 가쁜 숨을 몰아쉬는 석훈의 얼굴이 들어왔다.

"미안해……. 난…… 난, 아무래도…… 하아, 힘들 것 같다……."

오빠가 하는 말이 무슨 소리지?

대체 뭐가.

"미안해……."

"그런 말, 하지 마. 무섭단 말이야."

"너한테 이런 기억……. 하아……."

피인지 눈물인지 뜨끈한 무언가가 쉴 새 없이 볼을 타고 흘러내렸다. 지윤은 막무가내로 고개를 저었다. 그런 말 하지 마. 하지 말라고.

덜컹거리며 문이 움직이고 있었다.

얼른 문 쪽으로도 시선을 두었던 지윤이 다시 고개를 돌려 석훈을 바라봤다.

지혈을 해야 하는데. 하다못해 손이라도 잡아줘야 하는데.

"지윤아……."

손이라도 잡아줘야 하는데.

지윤의 시선이 피범벅이 된 석훈의 손을 향했다.

"기억하지…… 마. 하아……. 잊어."

오빠가 대체 무슨 소릴 하는지 도통 모르겠다. 무엇을 잊고 무엇을 기억하지 말란 말인가.

또르륵 눈물이 쏟아진다. 손을 뻗기 위해 안간힘을 쓰던 지윤의 입술에 핏물이 배어나기 시작했다. 입술을 질겅 깨물 정도로 애를 쓰지만 도무지 손이 움직이질 않는다.

“근데…… 미안해…….”

“오빠. 흐윽.”

“사랑해……. 곱하기…… 백만…….”

멀리서 사이렌 소리가 들리는 것도 같았다. 그런데 힘겹게 이어지던 석훈의 호흡은 그와 반대로 조용하기만 했다.

감당할 수 없는, 지독한 공포가 지윤의 몸을 휘감기 시작했다.

차 안에 흥건한 검붉은 피에 시선을 꽂고 있던 지윤은 문이 열림과 동시에 그대로 의식의 끈을 놓아버렸다.

‘사랑해……. 곱하기…… 백만…….’

웅성대는 사람들 틈으로 석훈의 마지막 고백이 귓전을 울렸다.

끔찍한 기억은 잊더라도 죽을 만큼 사랑하던 누군가의 심장은 너를 향해 뛰고 있었다는 걸 기억해 달라는 듯.

1. 예기치 못한 만남

〈오늘 오프지?〉

전화기를 통해 들려오는 엄마 인혜의 목소리에 지그시 입술을 깨문 지윤이 머리를 말리느라 들고 있던 드라이어를 내려놓으며 시계를 바라봤다.

일주일에 한 번. 덕지덕지 달라붙은 피곤을 떼어낼 단비 같은 오프였다. 하지만 밀린 잠을 자고 일어나 가뿐한 기분으로 샤워를 마친 지윤의 앞에 확신에 찬 엄마의 목소리가 그녀의 평온을 뒤흔들었다.

또 선을 보란 소리구나.

오늘은 또 누굴 대신 보내야 하나.

전화기를 쥔 채 잠시 고민에 빠진 사이, 마치 모든 것을 꿰뚫고 있다는 듯 들려온 나직한 목소리가 지윤의 생각을 흩뜨리기 시작했다.

〈머리 굴릴 생각하지 마. 네 엄마 두 번 당할 만큼 머리 나쁘지 않아.〉

"엄마."

〈그럴 줄 알고 한 시간 뒤로 약속 잡아놨지.〉

"뭐?"

〈왜, 시간 남으면 그때처럼 또 대타 골라 내보내려고?〉

정곡을 찔린 듯 지윤의 미간이 움찔 움직였다.

〈한 시간 만에 대타 수배 가능하면 어디 한번 해보던가.〉

"한 시간 안에 옷 입고 준비해서 약속 장소까지 가는 것도 불가능이야."

〈어차피 화장도 안 하고 갈 거 아냐. 그래도 예의상 립스틱 정돈 바르고 가라.〉

"내가 지금……."

〈호텔 커피숍 싫다 그래서 루멘으로 약속 정했다.〉

루멘이면 집에서 차로 5분 거리에 있는 커피숍이었다. 장거리 이동을 하지 못하는 지윤에 대한 엄마 나름의 배려였을 것이다. 병원에서 근무하기 시작하면서부터 따로 나와 살고 있는 이곳 역시 병원에서 얼마 떨어지지 않은 곳에 위치한 작은 아파트였다.

사고 이후 지윤은, 특히나 차량 조수석에 대한 강한 공황장애를 가지게 되었다. 우선적으로 회복을 요했던 몸은 수개월에 걸친 입원 치료를 통해 완치가 되었지만 문제는 사고 당시 겪었던 공포와 충격에 대한 스트레스였다.

처음 병원에서 눈을 떴을 때의 기억은 까마득한 공포 그 자체였다. 하얗기만 한 천장을 바라보고 누운 지윤에겐 시간 맞춰 주입되는 진통제도 아무런 효력을 발휘하지 못했다. 머리부터 발끝까지 파고드는 지독한 고통보다도 차마 제 입으로 묻지 못한 석훈의 안위 때문이었다.

구조를 해준 사람들이 어떻게든 살렸을 것이다.

아무것도 하지 못한 저완 달리 그들은 무언가를 해줬을 것이다.

그럼에도 그녀는 감히 물어보지 못했다.

눈으로 보고 판단이 된, 하지만 사람들의 입에서 흘러나올 그 단어는 결코 듣고 싶지 않았다.

석훈의 죽음. 석훈이 죽었다, 라고 표현될 그 한마디. 이제 세상엔 더 이상 석훈이 존재하지 않는다는 청천벽력 같은 소리를.

몸이 회복되어 감과 반대로 지윤의 정신은 날로 피폐해져 갔다. 그 누구도 석훈에 대한 이야기를 해주는 사람은 없었다.

듣지 않은 것과 말해주지 않는 것의 차이는 결국 어디에도 없었다. 디디고 선 바닥이 와르르 무너진 것만 같았다.

휴가를 가자 떼쓰지 않았다면.

국도로 빠지자 조르지 않았다면.

제대로 된 응급처치를 했었다면.

마지막으로 손이라도…… 따뜻이 잡아줬다면.

머릿속을 갉아먹는 끝없는 자책이 이어졌다.

생명 유지를 위한 최소한의 본능조차 잊어버린 듯 그녀는 잠자고 먹는 행위를 거부하며 점점 시들어갔다. 지켜보는 가족 역시 견디기 힘든 고통의 시간을 보내야만 했다.

하루가 어떻게 지나가는지 시간의 흐름을 느끼지 못한 채 그저 사고 당시의 기억만을 끌어안은 지윤은 혼자 살아남은 것에 대한 절망을 짊어져야 했다. 절대 기억하고 싶지 않은 끔찍한 시간은 잠드는 순간까지 악몽으로 되살아나며 그녀를 괴롭혔다.

숨은 쉬지만 사는 게 아니었다.

가족들의 눈을 피해 유일하게 혼자 있을 수 있는 공간.

욕실 안에 들어선 지윤은 속옷 안에 감춰두었던 면도칼을 꺼내 제 손목을 그었다.

아플 것 같았는데 오히려 죽을 것 같던 고통이 느껴지지 않는 평온함에 그녀는 미소까지 지어가며 안도했다. 그날은 그렇게 무겁기만 하던 팔이 날아갈 듯 가벼워짐을 느꼈다.

이제는 손을 뻗어 오빠의 손을 잡아줄 수 있을 것 같았다.

욕실 바닥에 누운 채 오빠를 불러대던 지윤은, 그러나 그녀의 이름을 부르며 욕실로 들어선 엄마에 의해 다시 고통의 늪으로 빨려들게 되었다.

죽을 것만 같았는데, 그런데도 시간은 가고 또 그럭저럭 견뎌졌다.

어느새 서른이란 나이가 되어버린 지금. 화장대 앞으로 다가선 지윤이 거울에 비친 제 얼굴을 물끄러미 바라보고 섰다.

연이은 응급수술에 푸석하게 지친 모습. 붉게 충혈된 흰자위가 비명을 지르듯 날을 세우고 있었다.

변한 게…… 있는 걸까.

나이는 서른이나 먹어버렸고, 예과 2학년이던 그녀는 어느새 레지던트 3년차가 되어 있었다. 볼살이 빠졌고, 주름은 늘었고.

〈이름이 신태하라더라.〉

멍한 눈으로 반쯤 말린 머리를 손으로 쓸어내리던 지윤의 귓가에 인혜의 목소리가 들려왔다. 잠시 상념에 빠졌던 지윤이 전화기를 고쳐 들며 반대쪽 귀로 전화기를 갖다 댔다.

〈나머진 만나서 물어. 나이는 몇 살이에요, 직업은 뭔가요, 취미는 있으세요?〉

"엄마."

〈들어보니 그쪽도 결혼엔 별로 취미가 없나 보더라. 공통 관심사가 있으니 머리 맞대고 대화를 해봐. 우린 왜 이럴까요.〉

이렇게 해서라도 선 자리에 보내고 싶을까.

말도 안 되는 인혜의 억지에 지윤은 그만 헛웃음을 흘렸다.

〈누가 당장 결혼하래? 그냥 만나나 보란 말이야.〉

"만나면. 어차피 그쪽도 결혼 생각 없다며."

〈그러니까 만나서 물어봐. 그런 당신은 오늘 이 자리에 왜 나왔냐고.〉

"……."

〈56분 남았다. 바람맞히면, 알지?〉

삐릭. 전화가 끊어졌다.

시계를 바라보니 엄마 말대로 56분, 아니, 55분이 남아 있었다.

거절을 하더라도 만나서 정중히 뜻을 전하는 게 맞겠지.

말리던 머리를 마저 말리고 느적느적 걸음을 옮겨 옷장 안에 걸려 있던 상아색 쉬폰 원피스를 꺼내 입고 스타킹을 찾아 신었다. 힐끗 고개를 돌려 거울을 보니 창백한 얼굴이 절로 눈살을 찌푸리게 만드는 것 같았다.

"그래도 예의상 립스틱 정돈 바르고 가라."

마지막으로 발랐던 게 언제인지 기억조차 나지 않는 BB크림을 들어 톡톡 얼굴에 펴 바르고 놓여 있던 립스틱을 집어 대충 입술 선에 맞춰 색을 집어넣었다.

이 정도면 된 건가.

항상 그 자리에 던져 두던 가방에 쥐고 있던 립스틱을 넣고 시간을 확인하니 아직도 30분 가까운 여유가 남아 있었다. 천천히

걸어간다면 여유 있게 도착할 수 있을 것 같았다.

단정히 정리된 신발장 안에서 적당한 굽 높이의 구두를 꺼내 신고 아파트를 나섰다.

오후 3시를 향해 가고 있는 초여름의 햇살은 제법 따가운 빛을 쏟아내며 한가로운 오후 풍경과 잘 어우러져 있었다. 그래도 다행히 높지 않은 습도 탓에 그늘 사이로 이어진 거리를 거니는 것도 그리 나쁘진 않은 것 같았다. 걷는 길마다 우거진 녹음은 자칫 삭막하기만 할 수 있는 잿빛 도심을 여유롭게 흩뜨리며 초록의 싱그러움을 전해주고 있었다.

똑같이 희로애락의 감정을 가진 사람들이 사는 세상일 텐데 그녀 눈에 비친 병원 안과 밖의 삶은 그 무게부터 확연히 다른 듯 느껴진다.

도로를 지나다니는 차들. 바쁘게, 혹은 유유히 걸음을 옮기는 사람들의 갖가지 표정. 물건을 기웃대는 손님을 불러 흥정에 들어가는 상점 주인의 신명 나는 목소리. 창가 테이블에 앉아 커피 잔을 앞에 놓고 두런두런 이야기를 나누는 연인들의 다정함.

접시에 담긴 작은 쿠키를 제 연인의 입안에 넣어주는 남자의 손길에 문득 걸음을 멈춘 채 물끄러미 광경을 바라보던 지윤이 가만히 한숨을 내쉬었다.

제게도 저런 기억이 있었던가. 서로를 바라보는 눈길만으로도 세상이 온통 자신들을 위해 돌아가는 것만 같은 행복에 취했던, 깍지를 낀 손안에 전해지는 알량한 온기에 코끝이 빨개지도록 시린 칼바람에도 한껏 웃음을 지을 수 있던 순간이.

기억 속 그녀가 지었던 말간 웃음과 달리 헛헛한 표정으로 머리를 쓸어 올린 지윤이 멈췄던 걸음을 움직이며 시선을 떼어냈다. 3시로 예정된, 만나서 정중히 거절의 의사를 밝히고 돌아와야 할 약속이 떠올랐기 때문이다.

따지고 보면 이런 엄마의 재촉이 당연한 것일지 모르겠다.

심각한 영양실조로 35kg까지 몸무게가 빠졌던 그녀가 갑자기 밥솥을 끌어안은 채 우적우적 입안으로 밥을 우겨 넣던 모습은 아마도 꽤나 충격적인 광경이었을 것이다. 갑작스레 들어온 음식을 받아들이지 못한 위는 금세 먹은 음식을 게워내며 발버둥을 쳤지만 눈물까지 훔쳐 가며 꾸역꾸역 음식을 먹어대던 지윤의 눈가엔 비장함마저 엿보일 정도였다.

그런 지윤의 모습을 가장 가까이서 지켜본 엄마는 죽다 살아난 외동딸이 결국엔 미쳐 가는구나, 한탄하면서도 그래도 살겠다고 꾸역꾸역 음식을 밀어 넣는 모양에 실낱같은 희망을 품었을 것이다.

그날 이후, 의외로 순조로운 치료가 이루어졌다. 죽을 것처럼 마다하던 음식도 스스로 끼니를 찾아 먹을 정도로 자연스러운 일상이 되었고 정신과적 치료도 거부감 없이 받아들인 터라 적어도 부모는 그녀가 빠르게 '호전'이 되어가는 중이라 믿었다.

하지만…….

부웅, 쾅!

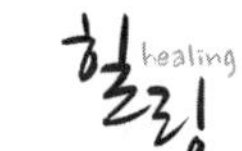

갑작스레 들려온, 결코 달갑지 않은 굉음에 화들짝 놀란 지윤이 멍하게 흐리고 있던 눈에 힘을 주며 시선을 들었다. 엉킨 채 멈춰 선 두 대의 차량과 인도에 몰려드는 사람들의 무리가 눈에 들어왔다. 도로가 아닌, 인도로 사람들이 모인다는 것은 분명 보행자 사고가 있다는 뜻이 된다.

생각할 겨를 없이 무작정 뜀박질을 하기 시작했다. 사람들을 헤치고 무리 안으로 들어서니 머리에 피를 흘리며 누워 있는 남자의 모습이 보였다. 재빨리 다가간 지윤이 출혈 부위를 살피자 관자놀이 바로 위쪽으로 3, 4cm가량 찢어진 열상이 눈에 들어왔다. 가방 안에서 손수건을 꺼낸 지윤이 출혈 부위를 누르며 옆에 있던 사람들을 향해 소리쳤다.

"119에 연락 좀 해주세요! 환……."

병원에서의 습관처럼 '환자 분'이라 칭하려던 지윤이 30대 초반쯤 되어 보이는 남자의 어깨를 톡톡 두드리며 다시 입을 열었다.

"아저씨, 눈 떠보세요!"

다행히 의식은 또렷한 듯 남자가 바르르 눈꺼풀을 들어 올리며 지윤에게 초점을 맞추는 게 느껴졌다.

"사고 당한 거 기억나세요? 아, 고개 움직이지 마시고 눈으로 깜빡해 보세요."

누워 있던 남자가 천천히 눈을 깜빡였다.

동공 반응도 괜찮아 보이고 의식 상태도 명료한 듯 보인다.

손수건을 눌러 출혈 부위를 막던 지윤이 옆에 서 있던 사람에게 손짓했다.

"여기 좀 눌러주세요."

엉겁결에 불려온 남자가 지윤의 손에 묻은 피를 보며 살짝 께름칙한 얼굴로 다가와 앉았다. 남자에게 손수건을 넘긴 지윤이 빠른 손길로 누워 있는 남자의 머리부터 복부, 다리 등을 훑어 내렸다. 손에 잡히는 골절은 없는 듯 보였으나 혹시나 하는 마음에 몸을 일으킨 지윤이 재빨리 신고 있던 스타킹을 한 번에 쭉 벗어내려 가판대에 꽂혀 있던 생활 정보지를 둘둘 말아 넣곤 목 부위에 고정시켰다.

"절대 움직이지 못하게 하세요."

충돌 당시 충격이 어느 정도였는지 사고 상황을 목격하지 못한 지윤이 혹시나 모를 경추 골절을 의심해 임시방편으로 만든 보호대를 남자 목에 채우고 이내 몸을 일으켰다.

남자를 친 사고 운전자는 다행히 큰 부상이 아닌 듯 뒷목을 잡으며 차에서 내리고 있었다. 운전자의 상태를 눈으로 훑으며 빠르게 걸음을 옮긴 지윤이 최초 사고를 낸 것으로 보이는 또 다른 차를 향해 다가갔다. 아마도 지금 향하고 있는 차량이 앞차를 들이받고 그 충격으로 튕겨 나간 앞차가 횡단보도 앞에 서 있던 남자를 친 정황으로 판단되었다.

유리 너머로 터진 에어백 위에 고개를 묻고 있는 운전자의 모습이 보였다. 만일 의식이 또렷하고, 앞차의 운전자처럼 몸을 움직일 수 있을 정도의 부상을 당한 경우라면 대부분 차에서 내려 상황을 파악하려고 했을 것이다. 하지만 차가 부서진 상태로 보아 차에 탄 사람이 정신을 잃을 정도의 강한 충돌은 아니었음에도 핸들에 엎어진 운전자는 마치 죽은 듯 아무런 움직임을 보이지 않고 있었다.

차를 제어하지 못할 정도의 급작스런 신체 이상이 찾아왔던 거라면.

지윤의 눈이 번쩍 뜨였다.

뇌 아니면 심장.

만일 심장의 문제였다면 심정지 후 황금의 5분(golden time)이 생사를 가를 수 있다. 심장마비를 일으킨 직후부터 5분 내에 적절한 응급처치를 할 경우 생존 확률이 90% 이상이 되지만, 그렇지 못한 경우 환자의 생존률은 50% 미만으로 떨어진다.

다급한 마음에 지윤이 빠르게 기억을 되짚었다.

사고를 목격하고 달려오는 데 1분, 인도에 쓰러진 남자의 응급처치에 2분여.

아직 희망은 남아 있었다.

달칵달칵.

냉큼 달려가 손잡이를 당겨봤지만 역시나 예상대로 문은 굳게 잠겨 있었다.

재빨리 조수석 쪽으로 달려간 지윤이 신고 있던 구두를 벗어 뾰족한 뒷굽으로 힘껏 유리를 내려쳤다. 입술을 질끈 깨물며 온 힘을 실어 손질을 해대자 쩍, 소리와 함께 조수석 창문에 작은 균열이 일기 시작했다.

"비켜보세요!"

지켜보던 사람들 중 하나가 다가와 운동화를 신은 발로 쾅쾅 발길질을 하자 부스스 유리가 쏟아져 내리기 시작했다. 유리가 깨진 창문 안으로 손을 넣어 도어락을 해제한 남자가 조수석 문을 열자 빠르게 운전석 바깥쪽으로 달려간 지윤이 서둘러 운전석 문이 열리기를 기다렸다. 조수석을 통해 들어간 남자가 운전자의 안전벨트를 풀어내며 운전석의 도어락을 해제했다.

철컥 소리와 함께 운전석 문이 열리자 지윤이 도움을 청하기도 전에 벌써 달려든 남자 두엇이 쓰러진 운전자를 꺼내 먼저 응급처치를 마친 남자의 옆에 조심히 눕혔다.

"아저씨, 아저씨!"

어깨를 두드리던 지윤이 빠르게 손을 뻗어 정신을 잃고 누워 있던 남자의 경동맥을 짚었다. 손끝에 맥박이 느껴지지 않았다. 지체할 틈 없이 턱을 올려 기도를 확보한 지윤이 남자의 가슴 중앙에 깍지 낀 손을 올려 흉부압박을 하기 시작했다.

"하나, 둘, 셋, 넷, 다섯……."

가슴 부위가 5cm 가까이 쑥쑥 꺼졌다 올라올 정도의 강한 힘으로 30회 압박을 마친 지윤이 고개를 숙여 후, 후, 남자의 입에 숨을 불어 넣곤 다시 흔들림 없는 얼굴로 흉부압박을 하기 시작했다. 제세동기가 절실히 필요한 상황이었다.

　심실세동은 급성 심정지에서 발생하는 부정맥 중 심실빈맥과
더불어 가장 위험한 경우에 속하지만 제세동기만 있다면 충분히
정상 심박으로 바꾸어놓을 수 있다. 예전과 달리 요즘엔 사람들
이 많이 모이는 공공장소—역, 터미널, 극장 등—에서 흔히 자동
제세동기를 볼 수 있지만 안타깝게도 그녀가 있는 곳은 도로 한
복판이었다. 다행히 지윤의 이마가 땀으로 젖어들기 시작했을
때 저 멀리, 너무도 달가운 사이렌 소리가 들려오고 있었다.
　"AED(자동 제세동기)부터 꺼내오세요!"
　땀에 젖은 채 흉부압박을 시행하던 지윤이 구급차에서 내리
는 구급대원들을 향해 소리쳤다.
　"흉부외과 의삽니다! 빨리요!"
　옷 여기저기에 핏물을 묻힌 채 쉼 없이 흉부압박을 하고 있던
지윤에게 의심 어린 눈길로 다가오던 구급대원이 그제야 고개를
끄덕이며 차 안에 구비되어 있던 자동 제세동기를 꺼내 재빨리
다가왔다.
　"근데 구급차가 왜 한 대뿐이에요?"
　"음독자살을 시도한 가족이 있어서……. 병원에서 오는 길이
라니까 곧 도착할 겁니다."
　"아."
　저 옆에 누워 있는 남자의 출혈이 제발 큰 문제없는 단순 두
부(頭部) 열상이기만을.
　지윤의 옆에 자리를 잡고 앉은 구급대원이 자동 제세동기를

열어 녹색의 전원 버튼을 누르며 지윤을 바라봤다.

"패드를 부착해 주십시오."

작동이 시작된 기계에서 안내 음성이 흘러나오기 시작했다. 하나하나 단추를 풀 여유가 없었다. 남자가 입고 있던 셔츠를 찢다시피 양옆으로 벌리자 투둑, 소리와 함께 단추가 튀어 올랐다.

빠르게 셔츠를 젖힌 지윤이 구급대원이 꺼내 건넨 전극패드 두 개를 남자의 우측 쇄골 아래와 좌측 옆구리 아래에 부착하고 커넥터를 연결하자 '환자와 접촉하지 마십시오. 심전도를 분석 중입니다' 라는 안내 음성이 들려왔다. 환자의 심장 리듬을 분석할 때 환자를 만질 경우 분석에 오류가 생길 수 있기 때문이다.

"전기 충격이 필요합니다. 모두 환자로부터 떨어지십시오."

잠시 후 분석을 마친 기계에서 전기 충격이 필요하니 환자에게서 떨어지란 음성이 흘러나왔다. 제세동기 작동 시 순간적으로 흐르는 고압의 전류 탓에 지윤이 주위를 둘러보며 '가까이 오지 마세요!' 소리치고 주황색으로 깜빡이는 shock 버튼을 눌렀다.

곧바로 심폐소생술이 이어졌다. 자동 제세동기는 2분마다 환자의 심장을 분석해 전기 충격의 필요 여부를 알려준다. 다행히 바로 세동이 제거되었다면 다행이지만 그렇지 않은 경우 다시 제세동을 해야 한다. 흉부압박을 하고 약 2분이 지나자 다시 심장 분석이 시작됐다.

“휴우…….”

몸을 일으킨 지윤이 흐트러진 머리를 대충 손으로 정리하며 작게 한숨을 내쉬었다.

천만다행으로 심정지를 일으켰던 남자는 제세동 직후 심장박동과 호흡이 돌아와 보행자 사고자보다 먼저 가장 가까운 혜명대병원으로 이송됐다.

제가 만들어 끼워준 경추보호대를 한 채 누워 있는 남자를 슬쩍 바라본 지윤이 난감한 얼굴로 자신의 차림새를 살폈다.

여기저기 얼룩진 피, 벗어 던진 스타킹, 흐트러진 머리.

도저히 맞선 자리에 나갈 모양새가 아니었다.

할 수 없이 전화기를 꺼내 든 지윤이 114를 눌러 루멘의 번호를 물었다.

〈감사합니다, 루멘입니다.〉

번호를 누르고 얼마 지나지 않아 상냥한 목소리가 흘러나왔다.

“아, 저…….”

그러고 보니 맞선 상대에 대해 아는 것이라곤 신태하란 이름 석 자뿐이었다.

“손님 중에 신태하 씨 계시면 좀 부탁드립니다.”

전화기를 든 채 서성이던 지윤의 시선이 하필 누워 있던 남자의 것과 맞부딪혔다. 제게 머문 시선을 머쓱하게 벗어난 지윤이 다시 전화 통화에 집중했다.

<신태하 씨요?>

"네."

<잠시만요.>

힐끗 시계를 보자 약속 시간이었던 3시가 조금 넘어 있었다. 적어도 5분 전부터 나와 기다리고 있었다면 시간 하나 제대로 지키지 못하는 맞선 상대에 심한 불만을 품고 있을 것이다. 나름 대로는 만나서 정중히 거절을 하려 했던 것인데 의도치 않게 이런 일이 생기고야 말았다. 답답한 기운이 올라 연거푸 한숨을 내쉬며 상대의 목소리를 기다리던 지윤의 귓가에 예상과 달리 조금 전 들었던 상냥한 목소리가 다시금 들려오기 시작했다.

<여보세요?>

"아, 네."

<죄송하지만 손님 중에 신태하 씨란 분은 안 계시는데요.>

"안 계신다고요?"

<네.>

"아, 알겠습니다."

전화를 끊으려던 지윤이 다급히 전화기를 귀에 갖다 대며 큰 소리로 입을 열었다.

"아, 저기요! 여보세요?"

<네.>

"혹시나 신태하란 분이 오시면…… 아마 남자 분 한 분일 거예요. 그분 오시면 강지윤이라고, 만나기로 한 사람인데 정말 피

치 못할 사정이 생겨 약속 장소에 나가지 못했다고 좀 전해주시
겠어요?”

〈강지윤 씨요?〉

“네.”

〈알겠습니다. 메모 남겨놓을게요.〉

“감사합니다.”

전화를 끊은 지윤이 물끄러미 손에 쥔 전화기를 바라봤다.

오늘 나올 상대도 결혼엔 별 관심이 없다던 엄마의 말이 떠올
랐다. 어쩌면 약속에 늦는 게 아니라 약속 장소에 아예 나오지
않은 것일 수도 있다.

뭐야. 그럼 나, 만나기도 전에 차인 건가?

픽, 미소를 지으며 몸을 돌리려는데 의식이 될 정도로 쏟아지
는 시선이 느껴졌다. 바닥에 누워 있는 아까의 그 보행자 사고자
로부터다.

제 몰골이 그렇게 이상할 정도인가 싶어 머뭇머뭇 손으로 대
충 정리를 하는데 다른 곳에 출동하느라 조금 늦어진다던 구급
차가 오는지 멀리서 사이렌 소리가 들려오기 시작했다.

사고 직후 몰려들었던 사람들은 여전히 자리를 지킨 채 사고
현장을 바라보고 있었다. 그중 중학생쯤으로 보이는 남학생 하
나가 지윤 앞에 다가와 멈춰 섰다. 무슨 용건이지, 하는 눈으로
바라보는 지윤 앞에 다가온 학생이 질문을 던졌다.

“흉부외과 의사가 되려면 어떻게 해야 해요?”

호기심이 잔뜩 담겨진 학생의 눈을 바라보던 지윤이 흐음, 숨을 내쉬곤 입을 열었다.

"먼저 의대에 들어가면 돼."

간결하고도 딱 떨어지는 지윤의 답에 방금 도착한 구급대원들에 의해 차로 옮겨지던 남자의 입가가 픽, 올라가는 게 느껴졌다.

병원에서 집까지 걸어서 5분 거리. 집에서 이곳까진 차로 5분 거리.

고로 이곳에서 가장 가까운 병원은 제가 몸담고 있는 혜명대 병원뿐이다.

아까의 환자와 마찬가지로 이 환자 역시 제가 다니는 혜명대 병원으로 이송될 것이다.

앞뒤 잴 겨를 없는 다급한 상황이라 어쩔 수 없었다지만, 사실 신고 있던 스타킹을 훌훌 벗어 목에 둘러준 남자와의 재회를 반길 리 만무했다.

제발 병원 안에서 다시 마주할 일이 없기를.

지윤이 천천히 몸을 돌렸다.

보통의 서른 살 여자가 겪을 일상의 오후는 아니었다. 하지만 전혀 지친 기색 없이 갔던 길을 되돌아 걸어온 지윤은 현관에 들어서자마자 빠르게 옷을 벗어 내리며 욕실로 들어섰다.

"우욱!"

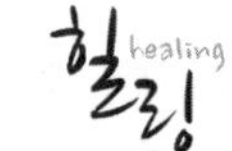

먹은 것이 없으니 나오는 것이라곤 노란 위액뿐이지만 그래도 변기를 붙잡은 채 잔뜩 고개를 숙인 지윤은 남은 위액마저도 짜내려는 듯 연신 헛구역질을 해댔다.

"하아."

욕실 바닥에 주저앉은 지윤이 고개를 돌려 욕실 입구에 대충 벗어 던진 피 묻은 원피스에 시선을 두었다. 바라보는 눈동자엔 그렁그렁 눈물이 맺히기 시작했지만 움찔거리던 입술 끝엔 자조 섞인 미소가 슬며시 섞여들었다. 세운 무릎에 고개를 묻은 지윤이 천천히 숨을 고르며 맺혀 있던 눈물을 맨 어깨에 닦아냈다.

hemophobia(혈액 공포증).

병원 내 그 누구도, 심지어 부모님조차 모르는 그녀의 정신과적 장애였다.

피를 무서워하는 흉부외과 의사라니.

그녀의 평소 똑 부러지는 병원 생활을 아는 사람이라면 결코 동의할 수 없다, 고개를 젓겠지만 그는 공포증으로 인해 그녀가 감당해야만 했던 엄청난 스트레스와 고통을 모르기에 하는 소리일 것이다.

여타 다른 과보다도 훨씬 더 강도 높은 체력을 요하는 흉부외과지만 지윤은 한 번도 수술 전에 식사를 하고 들어가 본 적이 없었다. 물론 수술을 마치고 나와서도 마찬가지였다. 메슥거리는 속을 달래느라 적어도 한 시간 이상은 음식 냄새를 맡을 수 없었다.

간혹 연달아 수술실에 들어가는 최악의 상황을 맞을 때면 말 그대로 하늘이 노랗게 변한다는 말을 실감할 수 있었다. 바닥에 딛고 선 다리가 덜덜 떨리는 바람에 피가 배어 나올 정도로 입술을 깨문 채 수술에 임해야만 했던 적이 한두 번이 아니었다.

두렵다고는 하나 수술하는 내내 피를 피할 방법은 없다. 그것은 애초에 흉부외과를 지원했을 때부터 각오했던 바였으니 얼마의 무게가 됐든 고스란히 감당할 수밖엔 없었다.

하지만 메스가 피부를 가르기 시작할 때면 어김없이 몰려오는 두려움에 차라리 버티고 선 그대로 온몸이 먼지처럼 부서졌으면, 질끈 눈을 감은 적 또한 셀 수 없이 많은 기억이다.

피를 말리는 고통.

잠시만 정신을 놓으면 석훈의 몸에서 흘러나와 시트를 적시던 검붉은 피가 마치 자신을 옭아 덮치려는 듯 스멀스멀 다가와 뱀처럼 제 목을 둘러 감는 끔찍한 환상과 맞물려 저도 모르게 새어 나오는 비명을 목 너머로 삼키곤 한다.

고개를 틀어 다시 바닥에 떨어진 제 옷을 바라봤다. 옷에 밴 피가 꾸역꾸역 흘러나와 욕실 타일을 타고 다가올 것만 같다.

이대로 기다리고 있으면 저 피가 내 목을 조를까?

물끄러미 바라보던 지윤이 땅을 박차고 일어나 샤워기 앞에 섰다.

항상 긴장한 채 임하던 병원 안이 아닌 거리 한복판, 그것도 교통사고 현장에서의 수습이라 적은 양의 피로도 충분히 그녀를 뒤흔들 수 있었나 보다.

쏴아.

쏟아지는 물줄기 아래에 얼굴을 묻은 지윤이 힘주어 감은 눈꺼풀을 파르르 떨며 또 하나의 고통을 주워 삼켰다.

✳

혜명대병원 응급실로 이송된 남자는 대기 중이던 의료진들에 의해 곧바로 검사에 들어갈 수 있었다. brain—CT 촬영 결과 다행히 머리 안쪽의 출혈은 보이지 않았지만 가벼운 뇌진탕과 두부(頭部) 열상, 그리고 차에 부딪쳐 떨어질 때 꺾였던 발목 염좌로 인한 인대 손상과 경추부 염좌, 좌측 대퇴부 근육 손상이 진단되었다.

"신태하 선생?"

찢어진 상처의 봉합이 막 끝났을 즈음 들려온 흉부외과 과장 민성환 교수의 목소리에 냉큼 글로브를 벗은 성형외과 인턴이 꾸벅 인사를 하며 민 교수를 바라봤다. 인턴의 인사에 대강 눈짓으로 응대를 한 민 교수가 베드에 누워 있던 태하를 놀란 눈으로 바라보며 한 걸음 다가섰다.

"아, 과장님."

보호자 연락처를 묻는 간호사의 질문에 어쩔 수 없이 민성환 교수의 이름을 내뱉었다. 제가 미국으로 떠나고 1년 뒤쯤, 서울

살림을 정리해 형님 내외가 살고 있는 가평으로 내려가신 부모님께는 차마 연락을 드릴 수 없었기 때문이다. 공항에 도착하자마자 넙죽 귀국 인사를 전하고 부모님 댁에서 하룻밤까지 묵고 온 주제에, 서른다섯 살씩이나 된 아들이, 그것도 열흘 뒤부터 출근하기로 한 병원에 실려 와 누워 있단 소릴 전하기는 꽤나 멋쩍은 일이 아닐 수 없다.

수술을 요하는 큰 부상도 아니었고 괜한 걱정을 끼쳐 드리기 싫어 어머님이 운영하시던 갤러리를 이어받아 나름대로 잘 꾸려 가고 있다던 여동생의 번호를 불러봤지만 무엇이 그리 바쁜지 전화를 받을 수 없다는 음성만 흘러나오고 있다 했다.

"오늘이나 내일쯤 들른다더니, 이렇게 인사를 하는 겐가?"

걱정이 잔뜩 담긴 꾸지람에 머쓱한 듯 미소를 지은 태하가 뉘인 몸을 일으키지 못한 채 얼굴을 쓸어내렸다.

"면목 없습니다."

오랜만에 뵙게 된 교수님을, 그것도 뻘쭘히 누운 채로 맞게 된 태하가 어색하게 올린 입술 끝에 힘을 주며 시선을 내렸다. 그런 그의 모습에 민 교수가 쯧, 하고 혀를 찬다.

"그래도 흉부외과 의사인 건 까먹지 않았나 보군, 제 손 하난 깨끗이 지킨 걸 보니."

"그러게요."

허리를 숙인 민 교수가 태하의 발목을 고정한 splint(반 깁스)를 잠시 살피곤 슬쩍 시선을 던지며 굽혔던 몸을 세웠다.

“2, 3주는 고생하겠어.”

“입원실에서 바로 출퇴근할까요?”

“그것도 농담이라고.”

“걱정하시는 것 같아서요.”

“담당 환자만으로도 벅차다네.”

“후후. 어떻게 하나도 안 변하셨어요?”

“글쎄, 강산이 바뀔 세월쯤이면 좀 변해 있으려나? 그나저나 부모님껜 연락이 안 되는 건가?”

“아, 그게…….”

말꼬리를 흐리며 눈썹을 긁어대는 태하를 보며 대강의 사정을 알겠다는 듯 고개를 끄덕인 민 교수가 손목에 찬 시계를 힐끗 확인하곤 툭툭, 그의 어깨를 두드렸다.

“조만간 입원실로 놀러 감세. 수술장 올라가던 중에 내려왔어.”

“맛있는 거 많이 사오셔야 합니다.”

“자네, 아직도 초코볼 좋아하나?”

내딛던 걸음을 멈추고 대뜸 태하에게 던진 민 교수의 물음에 오히려 어정쩡한 자세로 옆에 서 있던 인턴의 눈이 휘둥그레 커졌다.

다 큰 어른에게 초코볼을 좋아하냐니.

하지만 설마.

농담이겠지, 바라보는 적나라한 시선 앞에 눈꼬리까지 활짝 휘며 웃음을 지은 태하가 밝은 목소리로 대꾸를 했다.

"엄청 좋아합니다."

절대, 농담이 아닌 얼굴이다.

민 교수의 배려로 곧바로 1인 병실로 옮겨진 태하가 협탁 위에 얹혀져 있는 휴대전화와 그 옆에 나란히 놓인 스타킹 보호대로 시선을 돌렸다.

"강지윤이라고, 만나기로 한 사람인데 정말 피치 못할 사정이 생겨 약속 장소에 나가지 못했다고 좀 전해주시겠어요?"

이런 우연이 있을까.

억지로 꿰어 맞추려고 해도 있을 수 없는 확률이었다.

이곳 혜명대병원에서 레지던트 과정을 마쳤던 그는 전문의 자격을 딴 뒤 곧바로 입대, 대위 계급으로 군 병원의 군의관으로 복무를 했다. 그리고 제대 직후, 심장 분야로는 세계 1위로 정평이 나 있는 미국 클리블랜드 클리닉의 초청을 받아 2년간의 펠로우 과정을 밟고 3일 전 귀국을 한 터였다.

부모님 모두 생전 흙이라곤 밟지 않게 생긴 오롯한 서울 토박이임에도 갑자기 무슨 바람이 불었는지 서울 살림을 죄다 정리하고 조경업을 하고 있는 형님 내외가 살고 있는 가평으로 내려가셨다. 그것이 벌써 1년 전.

처음부터 가진 업(業)이 화가였던 아버지야 그렇다 쳐도 적지
않은 규모의 갤러리를 운영하시던 어머니까지 흔쾌히 고갤 끄덕
이셨단 동생의 전화에 혹시나 시한부 판정이라도 받으신 건 아
닌지 머리가 쪼개질 것 같은 걱정을 도저히 견딜 수가 없었다.

없는 시간을 쪼개 바삐 한국으로 날아온 날, 허겁지겁 달려온
태하 앞에 어머닌 생전 처음 보는 희한한 몸뻬 바지를 입은 채
코끝에 묻은 흙을 털어내며 웃고 계셨다.

뭔지 모를 불안과 안도가 동시에 몰려오면서 긴장으로 경직돼
있던 어깨가 풀리는 기분에 저도 모르게 따라 웃었던 것 같다.

가평에 터를 잡으셨지만 형님 내외와 한집에 사시는 건 아니
었다.

걸어서 10분 내외의 거리.

현명한 선택이란 생각은 들지만 갑작스런 변덕에 대한 답이
될 순 없었다.

"그게 있잖니, 안 해본 걸 하면서 살아보는 것도 퍽 재미있단
다. 계약된 그림이 제 주인을 찾아가는 일과는 또 다른 보람이 있
어. 네 아버지는 땅을 캔버스 삼아 그림을 그리는 거고, 난 그 그
림이 잘 마무리될 수 있게 노력할 뿐이고."

나이답지 않게 자유분방하신 분들이긴 했지만 그렇다고 상식
에 어긋나는 일을 행하시는 건 단 한 번도 본 적이 없었다. 삼 남

매가 커오는 내내도 항상 그들의 의견을 존중하셨다. 종종 부모의 권위를 내세워 자식의 뜻을 꺾는 경우도 있다지만 자신의 집에선 결코 목격할 수 없는 일이었다.

그저 고개를 끄덕여 주고 등을 다독여 주는.

자식에 대한 무한한 신뢰가 바탕이 된 사랑이 함께했기에 가능한 일일 것이다.

어느새 한 병원의 스태프 의(醫)가 되어 돌아온 아들이지만 2년 세월이 무색할 정도로 한결같은 모습으로 태하를 반겨주셨다. 직접 농사지어 수확한 고추라며 제법 알이 실한 풋고추와 상추쌈, 그리고 제육볶음으로 차려진 상을 맛나게 먹고 저 또한 처음 입어보는 아버지의 작업복을 꿰어 입은 채 호미질을 하며 잡초를 뽑았었다. 원하시는 대로 좀 더 머무르고 싶었지만 출근 전에 찾아뵈어야 할 분들도 계셨고, 무엇보다 살 집부터 구해야 하는 급한 문제가 남아 있었다.

아무리 남매지간이라고 해도 갤러리 근처 오피스텔에 살고 있는 여동생에게 신세를 질 순 없었다. 한국에 들어오기 전, 미리 지인에게 병원 근처에 마땅한 아파트를 알아봐 달란 부탁을 했었고, 오늘 나선 김에 모두 해결을 보려 생각하고 있었다. 어차피 그 역시 내키지 않는 선 자리에 오랜 시간을 허비할 생각은 없었기에 그저 예의만 갖춘 채 바로 일어서려 했었다.

딱히 결혼에 관심이 없다거나, 여자에게 크게 데어 이성에 대한 거부감이 있다거나 하진 않다. 멋모르던 예과 1학년 때도 미팅으로 만난 여자와 1년쯤 사귀었고, 그 후로도 두어 번 더 여자를 만나며 보통의 연애 감정도 가져 봤었다.

그럼에도 처음 맞선 얘기를 들었을 때 고개를 저었던 건 지금은 연애를 하고 싶지 않다, 의 감정보단 사실 현실적인 문제부터 해결하는 것이 우선되어야만 한다는 판단 아래 내린 답이었다.

그가 좋아하는 작은 이모의 부탁이 아니었다면 나가지 않았을 자리.

그 역시 강지윤이란 이름 석 자 외에 별다른 정보 없이 나간 걸음이었다.

그런데 자신이 만나기로 한 맞선 상대가…….

"흉부외과 의삽니다!"

의사였군. 그것도 흉부외과.

이로써 그녀에 대한 정보를 하나 더 알게 된 셈인가.

다부지게 입술을 다문 채 CPR을 하던 지윤의 얼굴을 떠올렸다.

의사라는 직업 자체가 종일 환자를 상대하긴 하지만 그것은 어디까지나 병원 안에서의 상황이다. 의사 가운을 입고 있다 하더라도 임상 경험이 부족한 인턴이나 1년차 땐 응급실 안에서도 어리바리 헤매는 게 보통인데 전혀 준비되지 않은, 그것도 병원 밖에서의 돌발 상황이었음에도 침착하게 상황 정리를 해내던 지윤의 손길엔 단 1초의 망설임도 보이지 않았다.

일반의 정황으로 유추할 수 있는 건, 그런 응급 상황을 많이 겪었을 윗년차라는 답이 나올 테지만 의외로 제법 간이 큰 초턴(신규 인턴)의 용감한 도전일 수도 있다. 여기서 이 사람을 구할 사람은 나밖에 없어, 하는 비장한 책임감 같은.

하지만 분명 인턴은 아니다.

물론 간혹 가다 늦깎이 인턴이 들어오는 경우도 있긴 하지만 그녀의 손끝에선 분명 노련함이 배어 나오고 있었다. 게다가 제 입으로 흉부외과 의사라고도 하지 않았던가. 설마 달마다 바뀌는 과에서 하필 지금 흉부외과를 돌고 있던 인턴이라 그런 소릴 했을 리 없고.

이럴 줄 알았으면 나이 정돈 물어보고 나오는 건데.

멍청히 앉아 아까의 상황을 떠올리니 이런저런 잡생각이 머리를 떠나지 않는다.

그러고 보니 황당한 몰골로 돌아간 그녀가 겪을 난감한 상황에 슬쩍 미안한 마음이 들기 시작했다. 적어도 그녀가 겪을 곤란을 해결해야 할 의무는 있는 것 같다.

Rrrrrr. Rrrrrr.

미간까지 잔뜩 모은 채 생각에 잠겨 있던 태하가 문득 들려온 전화벨 소리에 고개를 돌렸다. 발신자를 확인하며 슬며시 입술 끝을 들어 올리고 전화기를 집어 귀에 갖다 댔다.

〈작은오빠?〉

"그래."

〈세상에. 음성 남긴 거 듣고 얼마나 놀랐는지 알아?〉

"무슨 사무가 그렇게 바쁘기에 전화 통화도 힘든 거냐."

〈틱틱거릴 정신 있는 거 보니 살 만한가 봐? 난, 전화기 붙들고 있는 손이 덜덜 떨려 죽겠구만.〉

"가평 집엔 연락 안 했지?"

〈어. 근데 진짜 전화 안 해도 되는 거야?〉

"네 말대로 좀 살 만하거든."

〈그렇게 받아칠 거 없어. 지금 빛의 속도로 운전해서 가는 중이니까.〉

"전화기 잡은 손이 덜덜 떨린다며."

〈블루투스 통화 중이지. 운전 중에 전화기 잡았다간 벌금이 얼만데.〉

순진하게 그 소릴 믿었냐는 듯 타박하는 태정의 목소리가 들려왔다. 태정과의 대화에선 무언가 늘 당하고 속는 느낌이다. 딱히 대꾸거릴 찾지 못한 태하가 전화기를 고쳐 쥐며 불퉁하게 입을 열었다.

"올 때 갈아입을 속옷이나 좀 사와. 참, 슬리퍼하고 세면도구도 있어야겠네."

〈초코볼도?〉

한 톤 높은 음색으로 물어오는 태정의 질문에 무뚝뚝하게 굳어 있던 태하의 입가가 느슨하게 풀렸다. 하여간 어렸을 때부터 사람을 쥐고 푸는 재주는 당해낼 재간이 없다.

“그래.”

〈오케이.〉

통화를 마치고 협탁 위에 전화기를 내려놓으려던 태하가 멈칫 손길을 멈췄다. 잠시 잊고 있었던 해결 과제가 떠올랐기 때문이다. 재빨리 전화번호부를 검색한 태하가 그대로 통화 버튼을 눌렀다.

“아, 이모님?”

〈안 그래도 전화 기다렸는데. 근데, 벌써 헤어진 거니?〉

전화기 너머로 들려오는 이모의 목소리에 여전히 협탁 위에 자리하고 있는 스타킹 보호대에 시선을 고정시킨 태하가 슬쩍 눈썹을 긁적이며 대꾸했다.

“맞선 볼 땐 원래 식사하는 거 아니라면서요.”

〈어머, 그런 징크스까지 챙기는 걸 보니 꽤나 긍정적인 반응인걸?〉

“음, 긍정적인 결과에까지 도달할 수 있을지 지금부터 한번 알아보려구요.”

〈계속 만나보려고?〉

“그래야 할 것 같습니다.”

〈간만에 근사한 소리다. 네 엄마, 내색은 안 해도 내내 걱정하는 눈치였거든.〉

“그래서 부탁드리는 건데…… 제가 오늘 그 아가씨한테 실수를 좀 했거든요.”

〈실수? 무슨?〉

“자세한 사정은 나중에 말씀드릴게요. 우선은 아가씨 쪽 어른 들껜 그냥 오늘 맞선에 대해 일절, 아무 언급 말아주십사 전해주 셨으면 하는데.”

〈아무것도 묻지 말라고?〉

“네, 긍정적인 결과를 원하신다면.”

잠시 쥐 죽은 듯 고요를 지키던 전화기 너머로 잔뜩 호기심 어 린 이모의 목소리가 들뜬 아이의 것처럼 들려왔다.

〈오냐.〉

“참, 강지윤 씨 폰 번호 알고 계시면 문자로 좀 보내주세요.”

〈그러마.〉

전화가 끊어지고 금세 문자가 날아왔다. 번호를 저장해 이내 메시지 창을 띄운 태하가 신중한 얼굴로 꾹꾹 문자를 입력하기 시작했다.

〈피치 못할 사정으로 오늘 약속을 지키지 못했습니다. 그러나 곧 다시 뵙겠습니다.

—신태하.〉

전송 버튼을 누른 태하의 얼굴이 나른하게 풀어졌다.

문득 수술복을 입고 선 그녀의 모습이 궁금해진다.

지금, 문자를 확인하는 그녀의 표정은…….

지윤의 얼굴을 떠올리던 태하의 입술이 느긋한 호선을 그리며 올라섰다.

✻

　아침 회진을 마치자마자 들어갔던 수술은 점심시간을 훌쩍 넘겨서야 끝이 났다. 수술 전에 항상 그렇듯 오늘 아침도 역시 식사를 거른 채였지만 그녀의 발길이 향한 곳은 식당이 아닌 8층 의국이었다.
　수술 내내 눈가를 맴돌던 어지러움도 좀 가라앉힐 겸 컨퍼런스에서 발표 예정인 대동맥판막 치환술에 관한 논문을 마무리할 생각으로 걸음을 옮기던 지윤은 문득 주머니 안에서 도무지 울릴 생각이 없던 전화기를 꺼내 수신 목록을 확인했다. 아무리 들여다보아도 벌써 수십 번은 떴어야 할 번호가 보이지 않는다.
　'맞선은 대체 왜 안 나간 거야! 내가 너 땜에 얼굴을 들 수가 없다.'
　만일 늦게라도 맞선 상대가 루멘에 나타났다면 이와 다를 바 없는 엄마의 타박이 이어졌을 것이다. 시간에 조금 늦긴 하더라도 설마 저처럼 아예 약속을 어길 거란 예상은 하지 못했기에 실은 지윤 자신도 어제저녁 받은 문자메시지에 적지 않은 당황을 했었더랬다.

　〈피치 못할 사정으로 오늘 약속을 지키지 못했습니다. 그러나 곧 다시 뵙겠습니다.

바람을 맞은 거구나, 내가.

괜한 걱정으로 보낸 오후가 어쩐지 조금 억울하게 느껴져 이럴 줄 알았으면 나도 나가지 말걸, 하는 후회도 살짝 하며 그래도 울려올 엄마의 전화를 기다리긴 했던 것 같다.

'그쪽에서 미안하다고 전화 왔더라. 세상에, 감히 바람을 맞혀?'

그 사람도 맞선 장소에 나가지 않은 거라면 분명 엄마의 분개한 목소리가 들려왔어야 한다. 그런데 이상하리만큼 조용하다.

뭐, 시끄러운 것보다야 나을 테니.

어깨를 으쓱한 지윤이 손을 뻗어 손잡이를 돌리는 순간 안에서 이어지던 대화 한 토막이 툭, 하고 열린 문틈으로 새어 나왔다.

"그래서, 지금 우리 병원에 입원해 있다고?"

1년차 운석의 목소리다.

문을 열고 들어가니 의국 구석에 옹기종기 모여 무언가 열띤 토론을 벌이고 있는 몇몇의 얼굴이 보였다.

의학계의 3D라 불리는 흉부외과에서 이례적으로 1년차 레지던트를 두 명이나 확보하게 된 건 작년 가을에 종영한 한 메디컬 드라마의 선풍적 인기 덕분이었다. 정말로 운 좋게 반짝 인기에 힘입어 과분한 관심을 받긴 했지만 메디컬 드라마는 세트장 안에서 연출된, 말 그대로 드라마일 뿐, 아무리 리얼리티를 살린다 해도 의료계의 현실을 적나라하게 그려낼 수는 없다.

부스스하게 흐트러졌어도 예쁘고 멋지기만 한 드라마 속 캐릭터들과는 달리 자신들은 밤새 당직을 섰더라도 새벽 5시 반이면 어김없이 일어나 환자 드레싱을 하고, 회진에 필요한 검사 결과지를 챙겨 외우고, 언제 끝날지 모를 수술실로 직행해 종일 선 채 버티다 간신히 탈의실 구석에 쪼그려 컵라면이나 김밥 등으로 끼니를 해결해야 한다.

잠을 자고 일어난다는 표현보단 베개에 잠시 머리만 대고 있다 나오는, 그저 피곤하고 또 피곤하기만 한. 그것이 실제 그들이 견뎌내고 있는 현실이다.

그런 이유로 1년차 대부분이 한 번쯤 겪는, '더 이상 못 해먹겠다!' 라며 가운을 집어 던지고 사라지는 불상사가 일어나지 않기만을 간절히 바랄 뿐이다.

제가 1년차였을 땐 감히 상상도 못한 의국 안에서의 노닥거림을 이렇게 조용히 눈감고 넘어가 주는 건, 그나마 숨통이라도 틔워주고자 하는 지윤 나름의 배려였다.

냉큼 일어나 그녀에게 꾸벅 인사를 하는 레지던트들을 향해 같이 끄덕, 알은체를 한 지윤이 컴퓨터 앞에 자리를 잡고 앉자 잔뜩 소리를 낮춘 운석이 제 동기인 철형을 향해 확인하듯 물어왔다.

"병명이 뭔데?"

"어제 오후에 보행자 TA로 들어왔대. 별로 심각한 상태는 아
니고."

"다음준가 다다음주부턴가 출근하기로 하지 않으셨나?"

"아마 다다음주일 걸요? 7월 12일인가 그랬으니까."

2년차 민준의 물음에 빠르게 대답한 철형이 제가 들고 온 정
보를 듣기 위해 초롱초롱 눈빛을 밝히고 있는 사람들을 단번에
쭉 훑어보곤 냉큼 입을 열었다.

"성현준 쌤한테 들은 얘긴데요, 2년차 때 심실중격결손(선천
성 심장 질환 중 하나) 수술을 처음부터 끝까지 완벽하게 해냈답니
다."

"그건 나도 들은 적이 있는데. 근데 너무 뻥튀긴 거 아니냐?
현실적으로 교수님 입회 아래 수술 집도하는 타임이 빨라야 3년
차 말, 4년찬데. 2년차가, 그것도 심실중격결손증을?"

"더 기가 막힌 건, 3년차 때 응급실로 복부 대동맥류 파열 환
자가 실려 왔었는데 마침 교수님도 안 계셨을 때랍니다."

복부 대동맥류는 배에 있는 대동맥이 꽈리처럼 부풀어 오르
는 질환이다. 복부 대동맥이 파열될 경우 복강 내로 순식간에 많
은 피가 쏟아져 나오기 때문에 보통 50~60%의 환자가 병원 도
착 전에 사망하며 다행히 신속하게 응급조치를 하고 바로 수술
을 한다 해도 30%를 훨씬 웃도는 환자 사망률을 보인다.

"교수님 달려오시는 동안 환자 수술장에 올리고 준비하는데,
갑자기 상태 안 좋아지니까 그대로 배 열고 파열된 대동맥 잘라

서 인공혈관 붙였다는데요.”

“뭐?”

“다행히 고비 넘긴 상태에서 교수님 도착하시고, 나머지 수술 진행하셨고, 환자 살아서 나갔고. 그게 지금껏 이 병원에 전설로 남은 무용담이랍니다.”

잔뜩 긴장한 어깨로 여태 이야기를 듣고 있던 민준이 픽, 하고 바람 빠진 소리를 뱉어내며 철형의 다리를 툭, 쳐냈다.

“아무거나 주워 먹지 말랬더니 어디서 이상한 소리나 주워듣고 와가지곤.”

“아, 진짜라니까요?”

“아예 만화를 그리지?”

“성현준 쌤한테 직접 들은 얘긴데.”

억울하다는 듯 제 가슴을 툭툭 쳐 보이는 철형을 보며 두어 번 혀를 쯧쯧 찬 민준이 그대로 몸을 일으키다 휙, 철형을 돌아봤다.

“밀린 차트 정리는 다 끝내고 노닥거린 거냐?”

“…….”

민준의 물음에 철형의 입이 조가비처럼 꾹 다물어졌다.

그와 동시에 홀로 뚝 떨어져 앉아 모니터를 들여다보고 있던 지윤의 시선이 느닷없이 민준에게로 날아들었다.

‘그러는 넌?’

그제야 종일 중환자실 붙박이를 해야 하는 자신의 소임을 깨

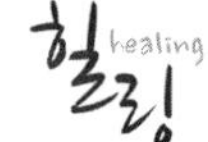

달은 민준이 헙, 하고 숨을 들이쉬며 새하얀 낯빛을 드러냈다. 엊그제 중환자실의 환자 하나가 갑자기 심장이 멈추는 바람에 수술실로 옮길 여유도 없이 그 자리에서 바로 개흉을 했었다. 아직 예후가 좋지 않아 내내 지켜보던 중에 잠깐의 짬을 빌어 점심만 먹고 바로 올라갈 생각이었는데, 풍선처럼 빵빵한 볼을 밝히며 달려든 철형의 꾐에 빠져 이곳으로 향하게 된 것이다.

내가 이놈의 자식을 그냥.

다행히 아랫년차들 앞에서 2년차의 위신은 세워주려는 듯 지윤은 별다른 말 없이 잠시 민준에게 두었던 시선을 이내 거둬갔다.

예쁘장한 외모와 달리 냉기가 뚝뚝 떨어질 것 같은 칼 같은 성격에 멋모르고 접근했다가 댕강 잘려 나간 사람이 한둘이 아니었다. 들리는 말에 의하면 본과 졸업 때까지 내내 옵세(공부에만 매진해 완벽을 추구하는 모범생을 일컬음) 훈장에 파묻혀 있었다던데, 제 앞에 보이는 병원 생활을 보면 그녀의 학창 시절이 어떠했을지 가히 짐작이 가고도 남는다.

누구도 감당 못할 쇠고집에, 융통성 따윈 하나 없이 완벽의 기준만을 찾아 헤매는, 영락없는 강박성 인격 장애의 표본이다.

변명의 여지는 없지만 급격히 나빠진 기분에 붉게 달아오른 뺨을 가라앉히느라 민준은 이를 악문 채 고개를 떨궈야만 했다.

무엇보다 더 기분이 상하는 건, 이 길로 의국 문을 나서 '그러는 저는 뭐가 그리 잘나서!' 라고 뒷담화를 까주고 싶지만 도무지 그럴 '건덕지'가 없다는 거다.

다다음주부터 출근한다던 그 비현실적 캐릭터의 스태프 선생만큼은 아니지만 민준이 보기에 그녀 역시 그다지 현실적인 캐릭터는 아닌 것 같았다. 남자인 제가 상대하기에도 버거운 술 취한 보호자를 상대로 따박따박 대꾸를 한다던가, 보기만 해도 후덜덜 살이 떨려올 피투성이 환자도 늘 보던 옆집 아저씨 대하듯 태연한 얼굴로 꾹꾹 짚어내는 그녀였다.

아무리 1년차 1등보단 2년차 꼴찌가 낫다는 소리가 있다지만—그만큼 1년이란 시간이 주는 임상적 경험과 지식 습득 결과가 크다는 뜻—저의 1년 뒤는 분명 저만큼의 자질을 갖추지 못할 거란 판단이 지배적이다.

그렇기 때문에 사소한 부분에서의, 특히 이런 식의 지적은 정말 달갑지 않은 일이다.

차라리 환자 처치와 관련해서 저지른 실수였다면…….

조금만 정신을 차리고 제 할 일만 찾아 했다면 겪지 않아도 되었을 질책에 멍청하기만 한 제 자신에 대한 짜증이 물밀듯 치고 올라오는 중이다. 아니, 낯빛을 붉히는 민망함과 창피함에 쥐구멍이라도 있으면 찾아 숨고 싶은 심정이다.

제발 정신 좀 차리자, 김민준.

그렇다고 죽이고 싶게 미우냐. 그건 절대 아니다.

외과의사의 필요 조건으로 흔히 매의 눈, 사자의 심장, 어머니의 손. 이 세 가지를 꼽는다.

세심하고 날카로운 관찰력으로 한 치의 오차 없는 판단을 내리고 고비를 적절하게 넘길 수 있는 혜안(慧眼)과 과감한 결단력. 그와 더불어 수술 부위와 장기를 다룰 섬세한 손길까지.

딱 눈앞에 있는 강지윤을 일컫는 말인 것 같았다. 아니, 콕 짚어 그녀가 아니더라도, 2년차 때 심실중격결손증 환자의 수술을 집도했다던—물론 뻥이라 믿고 싶지만—스태프 선생을 비롯, 죄다 저보다는 월등한 우등인자들만 모여 있는 것 같다.

모니터에 시선을 박은 채 간혹 키보드를 두드리는 지윤을 바라봤다.

고집스럽게 닫혀 있는 입매.

그러고 보니 저 입매가 느슨하게 당겨 올라가는 걸 본 적이 없는 것 같다.

뱉는 말도…… 사실 틀린 말은 하나 없다.

문득 궁금해져 온다.

저 차가운 입술로 내뱉는 칭찬이 얼마나 달콤할지.

제자리에 선 채 지윤을 향해 꾸벅 인사를 한 민준이 손잡이를 열고 의국 문을 나서자 그 뒤를 이어 줄줄이 1년차들이 따라 나왔다.

"선생님, 어디 불편하십니까?"

눈치를 살피던 철형이 잔뜩 낯을 굳힌 채 걸음을 옮기는 민준의 옆에서 조심스레 물었다. 가히 병원 최고의 이슈라 할 수 있는 스태프 선생님의 전설에 대해 숨 가쁘게 논쟁을 벌이던 조금 전의 분위기와는 사뭇 다르게 가라앉은 민준의 기분에 혹시나 엄한 불똥이 떨어지진 않을까 슬며시 밀려온 걱정 때문이었다.

갑자기 민준이 걸음을 멈췄다.

"니들."

"네?"

덩달아 걸음을 멈춘 1년차들이 멀뚱히 민준을 바라보며 반문을 했다.

"강지윤 선생님 웃는 거 본 적 있냐?"

뜬금없는 민준의 질문에 갸웃 고개를 기울인 운석이 철형보다 먼저 입을 열었다.

"아뇨."

"저도. 근데 그건 왜요?"

"그걸 왜 네가 궁금해해!"

말뚱히 눈을 밝히며 물어오는 철형을 향해 버럭 소리를 지른 민준이 황급히 몸을 돌려 제가 가야 할 곳으로 걸음을 재촉해 사라지자 빈 복도에 덜렁 남겨진 둘이 서로의 얼굴을 바라보며 무언가 할 말을 찾고 있었다.

"그거 궁금해하면 안 되는 거였냐?"

"그런가 본데, 얼굴까지 붉히시는 걸 보면."

"……"

"……"

마주 선 두 사람의 입가가 슬쩍슬쩍 올라간다.

아무래도 궁금해하면 안 되는 이유를 찾은 것 같았다.

✳

"PT(물리치료) 다녀오시나 봐요."

발목과 허벅지 통증 탓에 어쩔 수 없이 휠체어에 의지한 채 엘리베이터에서 내려 막 스테이션을 지나던 순간, 태하의 머리 위로 간호사 두엇의 동글동글한 얼굴이 불쑥 다가왔다.

"네."

가벼운 목례와 함께 미소를 지어 보인 태하가 휠체어를 밀어 제 병실을 향해 움직였다.

언제 어떻게 소문이 난 건지 병실에 새로 올 흉부외과 스태프가 입원해 있단 소식에 어찌 됐든 다른 환자들보다 많은 관심을 받고 있는 건 사실이었다.

덥진 않으냐, 혹시 필요한 건 없느냐, 불편한 게 있으면 언제든 눌러라.

불편한 게 있다면 부담스러우리만치 과도한 관심이라 할 수 있겠지만 어찌 됐든 출근을 하게 되면 오가다가도 마주하게 될 병원 사람들인 탓에 그가 할 수 있는 반응은 그저 사람 좋은 미소만 지어 보이는 것뿐이었다.

달칵.

문을 열자마자 보인 것은 무엇을 사왔는지 몸을 굽힌 채 냉장고에 이것저것을 챙겨 넣고 있는 태정의 뒷모습이었다.

"왔어?"

"응. 근데 어디 갔다 와?"

허리를 세운 태정이 들고 있던 빈 봉투를 접으며 태하를 향해 물었다.

"물리치료."

"아."

알았다는 듯 고개를 끄덕인 태정이 막 침대로 몸을 올리는 태하를 부축해 앉히곤 접혀 있던 간이 테이블을 폈다.

"점심 먹어야지."

"메뉴는?"

태정이 대답 대신 초밥이 담긴 쇼핑백을 흔들어 보였다.

"예담에까지 가서 사왔어. 하여간 까다로워 가지고."

"이왕 먹는 거, 맛있는 걸 먹자 주의지."

"병원에 있으면 병원 밥을 먹어야지."

"병원 밥이 싫은 게 아니야. 환자식이 입에 맞지 않을 뿐이지."

"환자식이 다 그렇지, 뭐."

"식판을 보고 있으면 소금기 없이 푸석한 사하라 사막 한복판에 던져진 느낌이랄까."

"뭐?"

"고기를 찾아 헤매는 한 마리 하이에나로 빙의된 것 같다고."

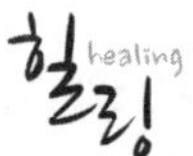

"푸흡. 환자 상태에 맞춰 주는 거잖아. 누워 있는 주제에 고기 타령은."

타박하듯 슬쩍 눈을 흘긴 태정이 쇼핑백 안에 든 초밥 도시락을 꺼내 테이블 위에 얌전히 얹었다. 그러면서 마음은 쓰이는지 태하의 눈치를 살피며 넌지시 물어온다. 원래 삼 남매 모두 원체 고기라면 사족을 못 쓰는 식성이다.

"저녁때 갈비찜이라도 사다 줄까?"

"……."

"싫어?"

"얼른 밥이나 먹어. 보나마나 너도 이게 첫 식사일 텐데."

"내가 얼마나 잘 챙겨 먹고 다니는지 모르시는군. 아침이야 벌써 먹었지, 그것도 국까지 끓여서."

"네가?"

"귀찮다고 굶고 다니는 것도 다 어렸을 때 얘기지."

"2년간 많은 변화가 있었구나."

"그럼. 오빠도 마냥 청춘은 아니잖아?"

태정의 말에 입안에 든 초밥을 우물거리던 태하가 잠시 생각에 잠긴 듯 고개를 기울였다.

"그래서 그런가. 아까 온열치료 받는데 무지 시원하긴 하던데."

"조만간 등 긁어줄 사람도 필요하겠네."

"시원하다면."

“글쎄, 단번에 만족시켜 줄 사람이 있으려나 모르겠다.”

“등 긁는 데 무슨…….”

“오빠 은근히 까다로운 사람이야. 자기만 모르고 있는 거지.”

“내가?”

“응, 모난 곳 없이 전부 둥글기만 한 구면체인 줄 알고 봤는데 자세히 보면 열두 개의 정오각형 면으로 이루어진 정십이면체라고나 할까.”

“정십칠각형 작도보단 그래도 쉬운 셈이네.”

“가우스?”

“응.”

“열아홉에, 그것도 자랑 컴퍼스만 가지고 정십칠각형 작도법을 알아낸 수학 천재만큼 복잡했다면……. 가려운 등도 좌표 따져 불러주려나?”

“까다롭단 소린 너한테 처음 듣는다.”

“나니까 해주는 거지. 오빠, 까다롭기만 한 게 아니라 은근 무섭기도 해.”

뱉은 말과 달리 마지막 하나 남은 초밥을 입에 넣은 채 아직 온기가 남아 있는 장국까지 홀짝인 태정이 테이블에 흩어져 있던 1회용 용기들을 챙겨 가져왔던 쇼핑백에 집어넣으며 태하를 바라봤다.

“근데.”

잠시 말을 끊어낸 태정이 저벅저벅 걸음을 옮겨 냉장고 안에

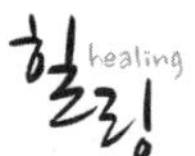

넣어두었던 초코볼 몇 개를 꺼내 테이블 위에 얹었다.

"은근 쉽기도 하지."

반박의 여지가 없는 듯 태하의 손이 곧바로 테이블 위에 놓인 초코볼을 향해 움직였다. 그런 태하의 모습을 힐끗 바라본 태정이 빙그레 웃음을 머금으며 냉장고에서 꺼낸 캔커피의 풀탭을 열었다.

"그나저나 병원엔 언제까지 있어야 돼?"

"한 5, 6일쯤? 퇴원해선 외래 다녀야 되는데 어차피 집 구할 때까지 호텔에 있을 생각이었으니 상황 봐서."

"병원 근처에 집 알아봤다며."

"두 군데 얘기가 오갔는데 아직 직접 보진 못했어. 여기 들어오는 날 가보기로 했었거든."

"내가 대신 봐줄까? 집은 아무래도 남자보단 여자가 보는 게 낫지. 가구도 골라야 하잖아."

"그래 주면 고맙고."

"거실에 걸 그림은?"

황당하다는 태하의 시선이 날아들자 어깨를 으쓱해 보인 태정이 당연하다는 듯한 얼굴로 입을 열었다.

"설마 내 직업을 잊었다곤 말하지 마."

"네가 내 동생이란 사실조차 까먹어 버렸다."

"갤러리는 작품 전시만을 위한 기획을 하는 게 아니라고."

"그림에는 별 재주가 없다더니 마케팅 쪽으론……."

"오빠들보단 그래도 내가 제일 나았지. 비록 아빠의 바람을 벗어나긴 했지만 그래도 항상 그림과 함께이니까. 나름 만족스러운 삶이야."

얼굴에 걸린 구김 없는 미소가 방싯 태하를 향해 날아들었다.

사람들의 기대와 또 그에 미치지 못한 재능 사이에서 힘겨워하던 모습은 이제 어디에서도 찾아볼 수 없었다.

"너무 큰 건 싫어. 도저히 이해할 수 없는 추상화도 안 돼."

저를 향해 손까지 저어가며 단호히 제 의사를 밝히는 태하를 보며 가방을 집어 든 태정이 태하를 향해 제 휴대전화를 내밀었다.

"집 알아봤다는 사람 번호 찍어줘. 이 근처라니까 가는 길에 한번 들러보지 뭐."

평소엔 느긋한 것 같다가도 뭔가 해야 할 일이 생기면 단번에 해치워야 직성이 풀리는 성격은 여전한가 보다.

건네준 전화기에 꾹꾹 번호를 찍은 태하가 다시 전화기를 내밀자 대충 눈으로 확인한 태정이 가볍게 손을 흔들곤 문가로 걸어갔다.

"참."

무언가를 잊었다는 듯 걸음을 멈추고 몸을 돌린 태정이 태하를 바라보며 입을 열었다.

"나, 오빠 친동생이라고 밝혔다?"

"뭐?"

"아까 병실 앞에서 눈 동그랗게 뜬 간호사 둘이 쳐다보더라고. 이렇게."

이내 의심과 호기심이 가득한 눈초리를 만들어 태하를 바라본 태정이 샐쭉 눈꼬리를 접어 보였다.

"잘했지?"

그리곤 금세 손을 뻗어 손잡이를 밀었다.

"간다."

태정이 사라지고 두 시간 후쯤, 그새 후보지로 점 찍어두었던 아파트를 벌써 다 둘러본 건지 간단하지만 꽤 꼼꼼한 브리핑이 전화 통화를 통해 이뤄졌다.

두 군데 다 입지 조건은 비슷하지만 구조라든지 일조, 조망 등을 따지면 이당아파트가 좀 더 쾌적한 환경이라는 입장이었다. 메일로 받아봤던 사진상으로도 이당아파트 쪽에 마음이 더 갔던 터라 태하 역시 그녀의 의견에 동의하며 계약 진행을 위한 서류 준비를 부탁했다.

퇴원하면 바로 입주를 해야 했기에 여유를 부릴 틈이 없었다. 우선적으로 계약이 마무리되어야만 가구나 가전제품, 기타 주방, 욕실용품 같은 살림도 들여올 수 있기 때문이었다.

이튿날 오후, 주치의로부터 외출 허가를 받은 태하는 태정이 밀어주는 휠체어에 탄 채 조금은 꼴사나운 모습으로 병원 근처의 부동산을 찾았다. 물론 부동산을 찾기 전, 제가 살 아파트를 먼저 둘러보는 것도 잊지 않았다.

일사천리로 계약이 진행됨과 동시에 태하의 두 손엔 세심하게 체크가 된 각종 카탈로그들이 가득 쥐어졌다. 가구는 물론, 태정이 고른 벽지며 바닥, 기타 등등의 책자들이 그녀의 손끝에서 휘리릭 지나가며 동의를 구하고 있었다.

되도록 심플하게, 라는 태하의 의견에 따라 곧 집 안이 꾸며질 것이다.

병실까지 휠체어를 밀어주겠다는 태정을 고맙단 인사와 함께 주차장에서 돌려보내고 병원 로비로 들어섰다.

언제나 그렇듯 환자와 보호자, 그리고 면회를 온 사람들로 매 층마다 북적이는 엘리베이터는 굼뜬 속도가 굼벵이를 능가한다. 성격이 급해서가 아니라, 분초를 다투는 의사들은 엘리베이터의 숫자판을 초조하게 바라보고 섰느니 웬만한 높이의 층수는 그냥 계단으로 뛰어다니는 게 훨씬 편하다고 생각할 것이다. 자신 역시도 불편한 다리만 아니었다면 벌써 계단을 향해 달리기 시작했을 것이다.

도착한 엘리베이터에 몸을 싣고 얼마 지나지 않아 레지던트로 보이는 두 명의 남자가 가운을 펄럭이며 안으로 들어서는 게 보였다. 게으르거나, 혹은 몹시도 피곤하거나, 아니면 상당히 낙천적인 성격의 선생들인가 보다 생각을 하며 시선을 돌리던 순간.

"아, 강지윤 쌤 정보 구하기가 왜 이렇게 어려운 거냐."

미간을 찡그리며 뱉어낸 한쪽의 말에 태하의 시선이 그에게로 다시 고정되었다.

강지윤. 꽤나 낯익은 이름이다.

"학교 다닐 때 옵세였다잖아. 친한 친구도 없었겠지. 얼마나 강심장이었던지 해부학 첫 실습 때도 눈 하나 깜짝 안 했다던데."

"그야 해부할 카데바가 무서운 게 아니라 유급이 무서웠던 거지."

"근데 웃긴 건 수술실에 스크럽 선다고 들어갔다가 바로 신콥(syncope:실신)했다더라."

"왜?"

"그야 모르지. PK 때였다던데 대동맥 박리였던가? 암튼 피 보더니 그대로 넘어갔대."

"우와, 강지윤 쌤한테 그런 시절이 있었단 말이야? 웬 연약한 모습?"

"그러게. 우리가 할 일은 바로 그, 강지윤 쌤의 연약한 모습을 김민준 쌤한테 날라 바치는 거지."

"김민준 쌤이 진짜 강지윤 쌤한테 관심 있는 거 맞겠지?"

"그날 봤잖아, 얼굴까지 빨개지는 거. 재채기랑 사랑은 절대 숨길 수 없는 거야."

"삭막한 흉부외과에도 드디어 애정촌이 형성되는가."

층마다 가다 서다를 반복하던 엘리베이터 안에서의 수다는 7층 도착을 알리는 알림음과 동시에 끝이 났다.

우르르 쏟아지는 사람들 틈에 섞여 바쁜 걸음으로 사라지는 두 명의 남자를 물끄러미 바라보던 태하는 그로부터 두 층 위인 9층에 이르러서야 다시 한 번 강지윤이란 이름에 대해 되짚을 수 있었다.

'곧 다시 뵙겠습니다' 라는 문자를 보내긴 했지만 그것은 빨라야 2주 뒤의 일이라 생각했었다. 그날 바로 이모님께 전화를 드렸던 것은 저로 인해 그녀가 곤란을 겪지 않았으면 하는 바람에서였긴 했지만, 우선은 불편한 몸부터 추스르고 제대로 된 모양새를 갖추는 게 먼저란 생각에 사실 만남에 대한 구체적인 계획은 갖고 있지 않은 터였다.

물론 강지윤이란 이름을 가진 또 다른 동명이인일 수도 있지만 태하는 왠지 동일인일 거란 확신이 밀려들었다.

서울 시내 병원에서 강지윤이란 이름을 가진 미혼의 흉부외과 의사가 과연 몇이나 겹칠 수 있을까.

마치 누군가 짜 맞춘 듯 묘하게 반복되는 우연의 얼개.

수천, 수만이 넘는 경우의 수를 지나 하필 제게로 찾아온 만남에 모처럼 심장이 기분 좋게 달려대는 중이다.

자칫 비껴갈 수 있었던 만남에 누군가 소맷부리를 잡고 등을 떠밀어 다시 그 자리로 꿰어 맞춰 넣은 거라면.

정말로 신이 있어, 이렇게 흘러갈 수밖에 없도록 둘의 필연을 설계해 둔 거라면.

고개를 든 태하가 시야 안으로 푸르게 스며든 커다란 통창 너머의 하늘을 바라보았다.

서른다섯 해의 삶을 살아오면서 오늘처럼 하늘이 크게 느껴진 적이 없던 것 같다.

그런데…… 김민준? 경계해야 할 대상인 건가?

피식.

저도 모르게 좁혔던 미간을 푼 태하가 혼자 앞서 간 저의 생각이 어이없는 듯 옅은 웃음을 흘리며 휠체어의 방향을 틀었다.

2. 반복된 우연

"튜브 준비해!"

응급실 인턴의 콜을 받고 급히 내려온 지윤은 오토바이 교통 사고로 실려 온 환자의 초음파와 portable X—ray를 확인하곤 거친 호흡을 뱉을 수밖에 없었다.

traumatic hemopneumothorax(외상성 혈기흉).

흉막강 내 출혈량이 적어도 1ℓ 는 훨씬 넘어 보였다.

불러 내릴 인원이 남아 있지 않았다. 치프인 4년차 성국은 이미 한 시간 전 교수님 입회 아래 두 번째 집도를 하게 되었다며 설레는 걸음으로 수술실에 들어간 뒤였기 때문이다.

빠른 속도로 흉관 삽입술(chest tube insertion)이 시행되었다.

삽입 부위 소독을 끝내고 수술용 장갑과 마스크를 착용한 지윤이 손가락으로 늑골을 따라 짚어가며 삽관 위치를 파악하곤 국소마취제를 주입했다. 메스를 들어 손가락이 충분히 들어갈 크기로 피부를 절개한 뒤 Kelly를 집어넣어 피하와 근육 조직을 벌리며 흉막(pleura)을 뚫었다. 그리곤 곧바로 검지를 넣어 촉진을 끝내곤 Kelly로 튜브 끝을 잡아 쑥쑥 흉강 안으로 밀어 넣었다.

워낙에 초 응급이라 봉합 없이 그대로 테이프로 고정하는 사이 700cc 넘는 피가 bottle 안에 차오르고 있었다.

"피는?"

응급수혈을 위한 중심정맥관을 삽입하던 지윤이 철형을 돌아보며 물었다.

"아직요."

"여태 뭐 하느라!"

"TA로 실려 온 hepatic rupture(간 파열) 환자 때문에 병원 안에 있는 O형 피는 죄다 GS(외과)에서 긁어다 부었답니다."

"그래서! 지금 피 쏟아지는 거 안 보여?"

난감한 듯 하, 숨을 뱉어낸 지윤이 빠르게 말을 이었다.

"우선 plasma expanders(혈장증량제) 투여하고 튜브 잠가!"

응급실에 실려 오는 교통사고 환자 가운데, 특히나 오토바이 사고로 인한 부상자의 경우 다발성 외상과 그 손상 정도가 심해 즉각적인 응급조치가 이뤄진다 해도 그 예후가 좋지 않은 경우가 허다하다.

그런 이유로 응급실에서 1년, 아니, 6개월만 지켜본 사람이라면 오토바이 사고 환자가 들이닥치는 순간 한결같이 '대체 오토바이는 왜 탄 거야!' 하는 원망을 토해낼 것이다.

그런 중증외상환자를 가장 먼저 접해야 하는 의료진의 입장에선 모든 방법을 총동원해 무조건 살려서 수술실이든 입원 병동으로든 올리는 게 가장 큰 임무이자 쉽지 않은 소망인 셈이다. 적어도 의사의 사망선고 앞에 무너지듯 오열하는 가족들의 황망한 눈빛을 마주하고 싶지 않은 바람이랄까.

밤샘 당직으로 잠은커녕 과자로 대충 허기를 채운 채 달려온 피곤한 몸이지만 식어가는 심장을 되살리기 위해서라면 자신의 모든 것을 내던질 준비가 되어 있는.

"그런 의사였군."

멀찍이 입구에 기대선 채 신청한 피가 어서 도착하기를 기다리며 심전도 모니터를 체크 중인 지윤을 지켜보던 태하가 짚은 목발을 천천히 떼며 중얼거렸다.

예감은 틀리지 않았다.

어제 오후, 실은 잔뜩 궁금한 마음에 흉부외과 과장인 민 교수를 찾아 강지윤에 대해 물어볼까도 생각했었다. 하지만 이내 고개를 털었다.

신께서 제게 준 필연의 설계라면 처음부터 끝까지 제 손으로 그려야 할 인연이었다.

첫 만남 자체도 참으로 강렬했을 텐데 두 번째 만남까지도 선혈이 낭자한 응급실에서 맞고 싶진 않았다.

'안녕하십니까. 일전에 강지윤 씨와 맞선을 보기로 했던 신태하라고 합니다. 저의 교통사고 때 응급처치를 해주시기도 했죠. 스타킹 보호대가 참 인상 깊었습니다' 라고?

아니면 대뜸 마주한 수술실 안에서 '정말 놀라운 인연이군. 자네가 이곳 흉부외과 레지던트였다니' 라며 흉부외과 스태프로서의 여유로운 미소를 지어줘야 하는 건가.

아무래도 출근에 앞선 환영회에서 자연스레 인사를 나누는 것이 좋을 듯하다.

제 이름이 신태하라는 걸 기억하고 있다면. 그리고 조금만 관심을 기울여 새로 올 스태프의 이름이 신태하라는 사실을 알게 된다 해도 둘 사이에 어떤 연관성이 있을까 웬만하면 고민하지 않은 채로 만났으면 한다. 자신과 맞닥뜨린, 그래서 놀라고 당황한 그녀의 얼굴이 보고 싶다는, 조금은 짓궂은 마음이 밀려오기 때문이다.

"고생하셨습니다."

한 시간여의 사투 끝에 간신히 바이탈이 안정된 환자는 곧바로 수술실로 옮겨져 응급수술을 받을 수 있었다. 응급실에서, 다시 수술장으로 올라가 다섯 시간에 걸친 어시스트까지 서고 나니 온몸 구석구석에서 요란한 비명을 질러대는 중이었다. 무엇보다 참기 힘든 건 몸에 밴 비릿한 혈향과 내내 눈앞을 수놓던 붉은 액체. 온몸의 무언가가 갑자기 쑥 빠져나간 듯 급격히 몰려오는 현기증에 지윤이 질끈 눈을 감았다.

"뭘 좀 드셔야 할 텐데……. 내내 아무것도 못 드셨잖습니까."

잔뜩 파리해진 얼굴로 수술모를 벗는 지윤을 향해 걱정스런 눈빛의 민준이 다가와 물었다.

'먹는다' 라는 의미가 전달되자마자 곧바로 속이 울렁거리기 시작했다.

숨을 들이쉬며 간신히 속을 진정시킨 지윤이 힘겹게 입술을 열며 말을 뱉었다.

"다들 같은 처지지. 1년차들 데리고 내려가서 뭐라도 먹고 와. 환잔 내가 케어할 테니."

"먼저 드시고 오십시오. 어차피 전 다시 중환자실로 내려가야 하는데요."

"생각 없어서 그래. 괜찮으니까 얼른 먹고 와."

너무도 단호한 태도에 잠시 머뭇대던 민준이 지윤을 바라보며 입을 열었다.

"그럼 얼른 폭풍 흡입하고 돌아오겠습니다. 밥 생각 없으시면 샌드위치라도 좀 사다 드릴까요?"

피곤한 얼굴로 고개를 저은 지윤이 다리가 무거운 듯 크록스 신발을 질질 끌다시피 하며 걸음을 옮겼다.

응급실이 되었든, 수술실이 되었든, 어떠한 상황에서도 전혀

 힐링 healing

흔들림 없는 모습을 보여주는 지윤이지만 유독 마무리 즈음에선 극도의 피로를 느끼는 것 같았다.

잠깐, 이 무슨 바보 같은 생각인 거지?

아침부터 밤까지 전쟁과도 같은 하루를 마감하는 이 시간에 피곤을 느끼지 않는다는 게 더 이상한 일이긴 할 것이다.

하지만 어깨를 늘어뜨린 채 복도를 걸어가는 지윤의 뒷모습이 오늘따라 유난히도 위태로워 보인다. 용케 버텨내고는 있지만 조만간 사달이 날 것만 같았다.

저렇게 먹지 않다간 쓰러질 텐데.

수술 전후 식욕이 없다는 이유로 음식을 먹지 않는 지윤의 습관을 알게 된 건 그리 오래된 일이 아니었다. 막 2년차에 접어들었던 올봄. 제 할 일만으로도 벅차기만 한 병원 생활에 윗년차의 식사 습관에까지 신경 쓸 여력이 없던 민준 역시 다른 이들과 마찬가지로 제 끼니 챙겨 먹는 데만 급급했었다.

그런데 어느 날, DOA(Dead On Arrival:병원 도착 시 이미 사망한) 환자를 위해 응급실 한켠에 마련된 좁은 공간 안에서 쭈그린 채 앉아 링거를 맞고 있던 지윤을 발견한 이후, 별 관심 없이 그냥 그런가 보다 흘려 넘기던 사소한 것들이 눈에 들어오며 신경을 긁어대기 시작했다.

왜 걱정은 시키고 난리인 거야.

에잇, 배가 고프니까 별생각이 다 든다.

아무것도 걸릴 게 없는 빈 공간에 괜한 헛발질을 해댄 민준이

1년차들을 부르기 위해 주머니에 들어 있던 전화기를 꺼내며 걸음을 옮기기 시작했다.

밤 11시를 넘겨 집으로 돌아온 지윤이 간단히 샤워를 마치고 주방으로 들어섰다.

냉동고 문을 열어 1인분씩 소포장된 곰국 덩어리를 냄비에 넣고 가스 불을 켜자 얼마 지나지 않아 치지직 소리와 함께 얼었던 곰국이 녹아내리기 시작했다.

곰국이 끓을 동안 함께 먹을 잘 익은 김치와 송송 썬 파를 꺼내 식탁 위에 얹고 간을 맞출 소금 용기도 꺼내놓았다.

겨우 한 대접 분량이니 그리 오래 기다릴 필요는 없었다.

의자에 털썩 주저앉아 뭉친 어깨를 주물주물 풀다 보니 어느새 코끝을 자극하는 구수한 냄새가 주방 안에 차오르기 시작했다.

그제야 제 할 일을 자각한 위에서 밥을 내놓으라 뒤늦은 성화를 부린다.

혼자 먹는 밥이 맛있을 리 없지만 살짝 새콤해진 김치를 쭉쭉 찢어 얹어가며 후루룩 맛나게 곰국을 먹어댔다. 상황이 안 될 땐 어쩔 수 없지만 먹을 수 있을 땐 무조건 잘 먹어줘야 힘든 수술을 감당할 체력을 유지할 수 있기 때문이다.

입안에서 아삭아삭 씹히는 김치의 질감을 느끼던 지윤이 피식 웃음을 흘렸다.

배가 고픈 거였구나. 곰국이 뜨거우니 잘 식혀 먹는 거구나. 그리고 김치는 이렇게 아주 맛있게 잘 익었구나.

아무렇지 않게 남의 가슴에 흉관을 박아대곤 또 이렇게 아무렇지 않게 김치를 씹어댄다.

살아 있다.

나는.

빌어먹게도 아직 살아 있다.

＊

수술이 끝난 저녁 7시부터 1, 2, 3년차 전공의 회진을 돌았다. 회진 사항을 정리한 뒤 consult(협진 진료)까지 마치고 모처럼 응급 콜이 없는 저녁이라며 함께 밥을 먹으려는데 9층 병동에서 급하게 흉관 삽관 의뢰가 들어왔다. 유방암으로 투병 중이던 한 환자가 호흡 곤란을 호소하는 중이라고 한다.

"제가 가보겠습니다."

막 숟가락을 내려놓으려던 1년차들의 움직임을 저지하며 민준이 냉큼 몸을 일으켰다.

이만하면 제 끼니를 포기한 채 아랫년차를 배려하는 따뜻한 심성의 남자란 이미지를 충분히 심어줄 수 있을 것이다.

말기 암 환자들 중, 간혹 흉막으로 암이 전이될 경우 늑막에 악성 흉수가 고일 수 있다.

보통 남성에게선 폐암이, 여성의 경우엔 유방암이 가장 큰 원인으로 지목되는데, 이로 인해 극심한 호흡 곤란이 발생하기도 한다.

삽관은 주로 1, 2년차가 시행하는데 이렇게 삽관된 흉관을 따라서 악성 흉수가 배액통(drainage bottle)으로 흘러나오게 되는 것이다.

간혹 흔하지 않게 삽입 후 출혈이 발생하는 경우가 있다. 보통의 경우, 출혈이 생기면 흉강 안으로 나오는 피가 흉강 안에 삽입된 배액통 안으로 다량 흘러나오게 되는데, 물론 환자 상태에 따라 매 시간마다 배액량 체크를 해주면 좋겠지만 이는 환자 케어가 시시각각 이뤄지는 중환자실에서나 가능한 일이고, 일반 병동의 경우 하루 서너 번 환자를 체크하는 간호사들의 업무상 출혈이 뒤늦게 발견되는 경우가 발생하기도 한다.

더욱이 악성 흉수는 정맥혈처럼 검붉은색이 나올 수 있기 때문에 흘러나온 혈액을 악성 흉수로 오인하는 경우도 드물지만 발생할 수 있다.

밤 12시가 조금 넘어 환자 상태가 좋지 않다는 종양내과의 응급 콜을 받은 지윤이 서둘러 병실을 향해 달려갔다.

환자 호흡이 가빠지는 소리에 옆에서 자고 있던 보호자가 흔들어 깨웠으나 반응이 없어 간호사를 호출했다고 한다.

혈압 70/50mmHg. 맥박수 120.

급하게 내과 전공의가 호출되었고 병실로 불러온 portable

X—ray 촬영을 하며 흉부외과로 연락을 한 것이다.

bottle 안을 가득 채운 혈액과 급격히 저하된 혈압. 의식은 거의 없는 채 대량 출혈로 인한 쇼크로 환자의 낯빛은 창백하기 그지없었다.

X—ray 판독 결과를 보던 지윤의 미간이 일순 찌푸려졌다.

바라지 않은 결과. 흉강 내에는 배액되지 않은 다량의 혈액이 고여 있었다.

다시 흉관을 넣는다고 해도 혈액이 굳어 혈종으로 변한 부분들도 있을 것이므로 고여 있는 혈액을 모두 뽑을 수는 없었다.

배액되는 혈액의 양상을 보면 정맥 혈관이 문제인지, 작은 동맥 손상으로 출혈이 생겼는지 파악이 가능하지만 작은 동맥 손상으로 생각되면 지혈제 투여만으로는 지혈이 될 가능성이 적다.

수술이나 영상의학과에서 하는 intervention(중재 시술)으로 지혈이 가능하긴 하지만 intervention은 지혈은 가능하나 배액은 할 수 없다는 단점이 있다.

지혈과 배액을 동시에 할 수 있는 방법은 단 하나. 응급수술밖엔 도리가 없었다.

답은 나왔지만 아이러니하게도 지금 당장 수술을 집도할 의사가 없다는 난감한 문제가 고집스럽게 버티고 올라온다.

대전에서 열리는 학회 참석차 펠로우 선생님과 함께 자리를 비운 민 교수를 떠올리며 지윤은 일단 전화기를 집어 들었다.

"과장님, 3년차 강지윤입니다."

전화기 너머로 익숙한 목소리가 들리자마자 다급한 목소리로 이곳의 상황을 설명하기 시작했다. 4년차 성국은 퇴근 후 음주를 한 상태라 제일 먼저 수술에서 제외된 상황이었다.

〈하필 자리를 비운 새 일이 생기나.〉

난감한 듯 잠시 말을 끊은 민 교수가 짧게 한숨을 내쉬곤 이내 말을 이었다.

〈KTX도 끊겼을 테고. 일단 대전에서 열심히 밟으면 한 시간 조금 넘어선 도착할 수 있을 거야. 펠로우 선생 보낼 테니까 강지윤 선생은 일단 수술장 잡고 마취과에 콜부터 해. 스크럽(scrub nurse)이랑 써큘레이팅 간호사(circulating nurse)한테도 연락하고.〉

"네, 알겠습니다."

늦은 밤. 응급수술을 위한 수술 팀이 꾸려졌다.

흉관 삽관을 했던 민준 역시 급박하게 돌아가는 상황에 몹시도 놀란 듯 당황스런 모습을 감추지 못한 채 이리저리 서성이고 있었다.

"김민준 선생! 계속 그렇게 넋 놓고 있을 거면 차라리 수술실에서 나가!"

"집중하겠습니다. 죄송합니다."

갑작스레 닥친 응급 상황이 두려운 건 비단 민준만이 아니었

다. 의지할 사람이 아무도 없는 지금의 상황에선 펠로우 선생님
이 도착할 때까진 모두 지윤 자신이 감당하고 책임져야 할 몫이
다. 집도할 선생님이 오실 때까지 환자가 잘 버텨주면 좋겠지만
만일 그렇지 못할 경우 발생될 돌발 상황엔 그에 맞는 적절한 대
처를 해야만 한다.

지윤의 속이 바짝 마른 입술만큼이나 속절없이 타들어가기
시작했다.

"환자 혈압 계속 떨어지는데요. 더 지체하는 건 무리일 것 같
아요."

텐팅 뒤에서 모니터를 주시하던 마취과 선생의 말에 퍼뜩 고
개를 돌린 지윤이 시계를 바라봤다. 적어도 20분은 더 있어야
펠로우 선생님이 도착할 것이다. 하지만 지금 당장 수술을 하지
않으면 환자의 생명은 보장할 수 없다.

"수술 시작하겠습니다."

지윤 자신도 제 입으로 뱉어낸 소리에 실은 기함했다. 하지만
달리 방법이 없었다. 어쩔 수 없이 내린 선택이 제발 좋은 결과
를 가져다주기를.

표 나지 않게 심호흡을 한 지윤이 환자 옆으로 한 걸음 다가갔
다.

"메스."

순간, 조용히 닫혀 있던 수술실의 문이 열리고 수술모와 마스
크를 쓴 한 남자가 조금은 불편한 걸음걸이로 들어서는 모습이

눈에 들어왔다.

"아, 난 신경 쓰지 말고 계속하세요."

마스크 너머로 듣기 좋은 중저음의 음색이 들려왔지만, 옆에서 조언해 주실 교수님조차 계시지 않은 첫 단독 집도에 잔뜩 신경이 곤두선 지윤의 귀에 그것이 곱게 들릴 리 만무했다. 게다가 사전에 논의되지 않은 낯선 이의 방문이라니.

생명을 다투는 다급한 수술실에선 다들 날이 서기 일쑤다.

특히나 수술이 잘 풀리지 않을 경우, 어시스트를 들어온 레지던트가 잠시 딴생각을 하거나 꾸벅 졸기라도 하는 날엔 대뜸 들고 있던 수술 도구로 손등을 내려치거나 혹 scrub nurse(소독 간호사)와 제대로 사인이 맞지 않을 땐 자기도 모르게 버럭 짜증을 내는 집도의도 종종 볼 수 있을 정도다.

"죄송합니다만 저는 신경이 쓰입니다. 누구신데 수술실에 함부로 들어오신 거죠?"

"과장님 전화 받고 내려와 본 겁니다."

과장님 전화?

아까 마지막으로 통화했을 때도 별말씀 없으셨는데…….

"혹시, 수술……."

"보다시피 몸이 이래서."

과장님이 보내셨다는 이야기에 일말의 희망을 담아 물은 지윤의 물음은 애석하게도 단칼에 잘려 나가 버렸다.

"그래도 없는 것보다는 낫지 않을까요? 옆에서 봐줄 테니까 얼른 시작해요."

결국 제가 맡아 해야 한다는 결과는 달라지지 않았다.

측와위(側臥位:옆으로 누운 자세)로 누워 있는 환자의 thoracotomy(개흉술)를 위해 간호사가 넘겨준 메스를 손에 쥔 지윤이 5번 늑간을 절개하며 개흉을 시작했다.

개흉술의 광범위한 절개는 수술 후 환자에게 심한 통증을 안겨준다. 게다가 근육이 절단되기 때문에 환자는 한동안 수술한 쪽 어깨와 팔을 움직이기 어렵기까지 하다.

최소한의 절개선을 따라 근육과 흉막을 절개하자 민준이 곧바로 retractor(견인기)를 넓게 벌려 수술 시야 확보에 나섰다. 집중을 하겠다고는 했지만 여전히 민준의 낯빛은 좋지 않았다.

입술을 꾹 다문 채 수술에 임하고 있는 지윤을 한 걸음 물러난 채로 지켜보던 태하는 연이어 터지는 의외의 상황에 묘한 긴장감을 느꼈다.

퇴원을 하루 앞둔 밤.

아침 회진이 끝남과 동시에 나갈 생각으로 얼마 되지 않는 짐을 챙기고 막 잠자리에 들려던 순간, 다급하기만 한 민 교수의 목소리가 전화기를 통해 들려왔다.

〈자네, 아직 퇴원 전이지?〉

"내일 아침에 나갑니다."

〈그럼 지금 당장 수술실 좀 내려가 봐.〉

"수술실이요?"

〈응, 학회 때문에 대전 내려와 있는데 하필 consult 환자한테
서 문제가 생겼나 보네. 급한 대로 3년차가 수술장 열고 들어가
있긴 한데 펠로우 선생 도착할 때까지 마음이 놓이질 않아서. 근
데 자네 생각이 나지 뭔가.〉

혹시나 모를 응급 상황에 내내 마음이 쓰였던 민 교수가 마침
병실에 입원해 있던 태하를 떠올리고 전화를 건 것이다. 상황이
어찌 될지 모르니 수술실에 들어가 있는 레지던트에겐 따로 연
락을 하지 않았다며 일단 내려가 만일의 사태에 대비를 해달란
뜻을 전했다.

민 교수의 언질이 있었던지 과장님이 보낸 신태하란 한마디
에 별다른 제지 없이 수술실에 들어설 수 있었다. 단 하나, 신경
이 쓰인다며 잔뜩 날을 세운 채 경계의 눈초리를 날려대던 강지
윤을 제외한다면.

그녀를 보자마자 헛웃음부터 터져 나왔다.

그가 내놨던 두 번째 예상 안.

대뜸 마주한 수술실 안에서 뱉을 '정말 놀라운 인연이군. 자
네가 이곳 흉부외과 레지던트였다니' 라는 대사와 흉부외과 스
태프로서의 여유로운 미소.

겁도 없이 메스를 쥐고 있는 저 레지던트 3년차가 바로 강지
윤이란 사실에 대체 강지윤과 관련해 앞으로 더 놀랄 일이 무엇

일지 상상하는 것만으로도 그녀에 대한 호감이 백만 배쯤 상승하는 것 같았다.

더불어 복부 대동맥류 파열 환자의 수술을 혼자 집도해야만 했던 저의 3년차 시절이 떠올라 뜬금없는 감회에 젖어보기도 한다.

"이리게이션(irrigation). 석션(suction)."

정확한 손놀림으로 흉막강 내에 고인 흉수와 응고된 혈액과 혈종을 깨끗이 씻어낸 지윤이 충분한 크기의 흉관을 적당한 위치에 막 삽입하는 순간 헐레벌떡 숨을 몰아쉬며 펠로우 선생이 들어섰다.

늦은 밤이라 꽤 빠르게 오긴 했는데 거의 서울에 도착할 즈음 바로 앞에서 발생한 3중 추돌 사고로 오랜 시간 정체가 되었다고 했다.

펠로우 선생의 얼굴을 보자 여태 긴장으로 뭉쳐 있던 몸에서 주르르 힘이 빠져나가는 것 같았다.

"혼자서 여기까지?"

보통은 집도의가 주요 과정을 마치면 남은 마무리는 어시스트를 섰던 레지던트들이 하게 마련인데 이미 다리가 풀린 지윤의 상태를 살핀 펠로우 선생이 거꾸로 마무리를 제가 할 테니 그만 나가보란 소릴 한다.

감사한 마음에 꾸벅 펠로우를 향해 인사를 한 지윤이 후들거

리는 걸음을 간신히 옮기며 수술실을 나서는 순간,

"칭찬부터 해줘야겠지, 강지윤 선생."

막 수술모를 벗어 든 지윤의 등 뒤로 지윤의 뒤를 따라 수술실 문을 나서는 남자의 목소리가 들려왔다. 걸음을 멈춘 지윤이 천천히 몸을 돌리자 시선을 마주친 남자가 입을 열었다.

"그리고…… 다시 봐서 반갑다는 인사도 함께."

지윤의 앞에 선 태하가 얼굴을 가리고 있던 마스크를 벗어 내렸다.

"……!"

"곧 이 병원으로 출근하게 될 흉부외과 스태프, 신태하다."

악수를 청하듯 태하가 내민 손을 바라보는 지윤의 눈동자가 더 이상 커질 수 없을 만큼 부풀어 올랐다.

"그때 그……."

"응급처치. 약속을 지키지 못한 강지윤의 맞선 상대. 그리고 같은 병원의 새로 올 스태프 의(醫)."

"하."

끝끝내 이름 석 자 외엔 아무런 정보도 말해주지 않던 엄마의 속내가 무엇이었는지 이제야 알 수 있을 것 같았다. 배신감이라 표현하기엔 조금 우스울 수도 있겠지만 어쨌거나 기분이 썩 좋은 것만은 아니었다.

복잡하게 얽혀드는 생각들을 정리하느라 질끈 입술을 깨무는데 한참 동안이나 손을 내밀고 있던 태하가 시선을 집중시키려는 듯 살짝 손을 흔들어 보이며 입을 열었다.

"꽤나 비싼 손인가 보군."

그제야 제 쪽을 향해 뻗어 있는 커다란 손이 눈에 들어왔다.

잠시의 머뭇거림과 함께 그가 내민 손을 맞잡자 지윤의 손을 지그시 감싸 쥔 태하가 가볍게 손을 흔들며 입을 열었다.

"괜한 오해는 없었으면 하는데. 나 역시 강지윤이란 이름 석 자 외엔 아무런 정보도 얻지 못한 채 나간 자리였거든. 뭐, 중간에 생긴 피치 못할 사정 탓에 약속 장소엔 나가지 못했지만."

그리고 빠르게 한마디를 덧붙였다.

"그 강지윤이 이 강지윤인 건 병원 와서 우연히 알게 된 거고."

그래서 아까 수술실로 '올라왔다'가 아닌, '내려왔다'는 표현을 쓴 거였구나.

적어도 저 혼자 바보가 된 건 아니었다.

혹시나 남들이 짜놓은 각본에 따라 움직인 마리오네트 인형이 된 것은 아닐까, 잠시 가졌던 원망이 적어도 이 남자에게서만큼은 풀어지는 기분이다.

"우연이 세 번 겹치면 운명이란 말, 사실 드라마 속 남자 주인공들이나 뱉는 낯간지러운 대사인 줄 알았는데."

중얼대듯 내뱉는 태하의 말이 들려왔다. 그러고 보니 너무 오래 손을 잡고 있었단 생각에 지윤이 황급히 손을 빼내려 하자 잡고 있던 손에 더더욱 힘을 가한 태하가 나른한 미소를 머금으며 지윤을 향해 물어왔다.

"어때? 우리도 이만하면 운명이란 말을 써먹을 만하지 않나?"

새벽을 향해 달려가는 시간.

금지된 공간의 제한된 공기를 마시며 그녀를 향해 한껏 미소 짓고 있는 남자를, 지윤은 그저 멍한 눈으로 바라볼 수밖에 없었다.

3. 훌륭한 surgeon이 되길

머리가 깨질 듯이 아파왔다.

혹시나 수술한 환자에게 어떤 문제가 생기진 않았을까, 밤새 가슴을 졸인 지윤은 호출이 오면 즉각 달려갈 수 있도록 내내 신발도 벗지 못한 채 당직실 침대에 기대앉아 날을 지새웠다.

콜은 오지 않았지만 그래도 마냥 손 놓고 앉아 있을 수만은 없는 마음에 시간에 한 번씩 환자를 찾아 상태를 체크하느라 온몸이 죽을 지경이었다.

환자의 생명에 경중이 있을 리 없겠지만 자신이 집도한 첫 수술, 첫 환자였다. 게다가 아무런 준비 없이 맞닥뜨린 급박한 상황에서 정신을 추스를 틈 없이 진행된 수술이었기에 사실 첫 집도의 설렘보다는 환자에 대한 걱정이 앞선 터였다.

흉부외과 의사라는 사람 몸에 직접 칼을 대는 직업을 선택한 이상, 그녀도 곧 집도의가 되어 수술에 대한 총책임을 지게 되는 초집도의 관문을 넘어야만 했을 것이다.

외과 의사들에게 평생 기억에 남을 초집도의 날.

그날이 어떤 날인가.

수술에 앞서 잔뜩 긴장한 레지던트를 위해 옆에 붙어 선 고년차 선배는 내내 수술 과정을 여러 번 숙지시키며 긴장 해소를 위한 온갖 조언을 아끼지 않는다.

이제 갓 메스를 쥔 초짜 의사는 오랜 세월 수없이 많은 수술을 집도한 교수님 앞에서, 또 그 생생한 순간을 기록으로 남겨주기 위해 카메라를 준비한 동료 의사들의 응원 속에 흉부외과 의사로의 첫발을 내딛게 되는 것이다.

서툴기만 하던 손길은 점점 자연스러움을 찾아가게 될 것이고, 그렇게 시작된 수술은 하나둘 환자에 대한 걱정과 관심으로 끈끈하게 이어질 것이다.

"……."

천천히 고개를 내려 전화기를 쥔 채 힘을 주고 있는 제 손을 바라봤다.

surgical hand scrub(외과적 손 씻기:수술에 참여하는 의사나 간호사가 수술에 들어가기 앞서 손과 팔을 닦는 행위)과 하루에도 수십 번, 환자를 보기 전후로 소독 젤로 닦아내느라 거칠게 터버린 손이 시야에 들어온다.

많은 이들의 축하와 응원이 아닌 삶과 죽음의 사이에서, 그 암담한 수술의 무게를 저 혼자 감당해야만 했던 손.

그래도……

"칭찬부터 해줘야겠지, 강지윤 선생."

제 손을 잡아주던 따뜻한 손.

"곧 이 병원으로 출근하게 될 흉부외과 스태프, 신태하다."

그 전설적인 존재라던.

물끄러미 생각에 잠겼다 고개를 털어내니 다시 깨질 듯한 두통이 머리를 으깨며 지나간다.

시간을 확인하니 어느새 새벽 6시가 넘어 있었다.

테이블 미팅까지는 아직 좀 여유가 있었지만 자리를 털고 일어난 지윤이 부스스하게 흐트러진 머리를 정리하며 당직실 문을 나섰다.

피곤과 긴장이 한꺼번에 몰린 탓이었을까.

수술을 마치면 으레 들르던 화장실을 어젯밤엔 향하지 않았던 사실을 인지하지 못했다.

　4년차 레지던트이자 치프인 성국의 주재로 이뤄진 환자 브리핑이 끝나고 당일 확인된 수술 일정에 따라 어시스트와 스크럽을 설 인원이 정해졌다.

　지윤 못지않게 밤새 중환자실을 들락거린 민준도 까칠한 얼굴을 한 채 모니터에 뜬 화면을 주시하고 있었다.

　"아침 안 먹었지?"

　소리 없이 다가간 지윤의 물음에 화급히 몸을 돌린 민준이 멋쩍은 미소를 지어 보였다.

　"생각 없다고 굶지 말고 얼른 가서 아침부터 먹어. 수술실 들어가면 그나마도 못 먹으니까."

　"네."

　대답은 그렇게 했지만 먹지 않을 게 뻔하다.

　"삽입 후 출혈이 생길 가능성에 대해서도 대비를 하고 체크했어야지."

　"죄송합니다."

　"의사는 신이 아니야. 하지만 환자에게 있어 의사는 그들이 믿고 의지할 가장 마지막 신이 되어야만 해. 그렇기 때문에 한 번 본 환잔 두 번 더 들여다보고, 두 번 본 환잔 다섯 번 더 고민해 봐야 하는 거고."

　"네……."

　"다행히 상태가 나빠지진 않았으니까. 김민준 선생도, 나도 기운 내자고."

사실 말기 암 환자들에게 동반되어 오는 악성 흉수는 당장 효과적인 치료를 기대하긴 어렵다. 그저 환자가 살아 있는 한, 환자가 느끼는 불편함을 최소화하기 위한 노력일 뿐 문제를 불러일으킨 근본적인 병인(病因)이 제거되지 않는 한 어쩔 수 없이 겪어야만 하는 고통인 것이다. 그것은 환자 본인뿐 아니라 옆에서 지켜보는 의료진의 입장에서도 마찬가지다.

그리고 유야무야, 그녀의 첫 집도도 그렇게 지나갔다.

＊

"병원 밖에 나온 게 대체 얼마 만인지."

정규 스케줄이 끝난 저녁, 태하의 환영회를 겸한 흉부외과 전체 회식이 병원 정문 앞의 한 고깃집에서 열릴 예정이었다. 병동 당직자를 제외한 심장혈관외과와 일반흉부외과에 소속된 전부가 무리를 지어 식당을 향해 걸음을 옮기고 있었다.

겨우 정문을 벗어났을 뿐인데 코끝에 맴돌던 병원 특유의 냄새가 사라졌단 이유 하나만으로도 잔뜩 들뜬 기색을 지우지 못한 운석이 함박웃음을 머금은 채 입을 열었다.

"노릇하게 구운 삼겹살에 시원한 소주 한 잔. 아우, 죽인다!"

"니들한테 소준 없다."

"예에?"

성국의 말에 하늘이라도 무너진 듯 눈을 동그랗게 뜬 철형이 혀를 쑥 빼문 채 울상을 지었다.

"양심도 없는 것들. 지금 이 시간, 누군가는 병원을 지켜야만 하겠지? 그리고 그 누군가는 원래 1년차여만 했겠지?"

"강지윤 쌤이 대신 계시기로 하셨잖습니까."

볼을 쭉 내밀며 늘어놓는 불만에 크크 웃음을 지은 성국이 팔짱을 끼며 철형을 돌아봤다.

"그 강지윤 쌤 초집도 축하 회식도 겸하라신 과장님 지시가 뒤늦게 내려왔다지?"

"에엑, 진짜요?"

"그래, 내색은 안 했어도 유야무야 그렇게 넘긴 게 서운하긴 할 거다. 과장님은 나름 서프라이즈로 해줄 생각이시라 말씀 안 하고 계셨나 본데 정작 주인공인 강지윤 선생이 당직이란 소리에 부랴부랴 부르신 거지."

보통 첫 수술을 마치고 나면, 축하의 의미 외에 초심을 잊지 말란 의미로 수술에 쓰인 메스를 '초집도식 기념패'에 담아 선물한다.

하지만 안타깝게도 지윤의 첫 메스를 챙겨준 이는 아무도 없었다. 응급 상황에 정신없이 들어온 펠로우도, 그날 수술에 들어갔던 팀 전부뿐 아니라 지윤 자신마저도 메스를 챙길 여유가 없었기 때문이다.

GS(외과)의 경우, '외과 의사의 일생은 맹장으로 시작하여 맹장으로 끝난다' 라는 말이 있듯 전공의 1년차 때 첫 집도를 맹장 수술로부터 시작하게 되는데 대부분 10월에서 11월 사이, 간혹 송년회를 겸해 초집도식을 갖기도 한다.

"여차하면 단축번호 1번을 꾹 누를 인턴이 상시 대기 중이니까 니들은 콜이 오는 즉시 병원으로 뛰어가면 된다."

"앗, 고기 굽다 콜 오면요?"

"니들 말고도 고기 구울 사람 많다."

성국의 한마디에 운석의 입술이 한일자로 꾹 다물어졌다.

그러거나 말거나 식당을 향해 걸음을 재촉하는 성국과 달리 제자리에 멈춰 선 채 병원을 돌아본 철형이 운석을 보며 소곤거렸다.

"어? 그럼 김민준 쌤이 지금 도시락을 사러 갈 때가 아닌 것 같은데."

저녁을 먹지 못할 지윤을 챙기겠다며 부리나케 근처 도시락 가게로 뛰어갔던 민준을 떠올린 철형이 운석을 바라보며 나직이 중얼댔다.

"일단 전화부터 때리자."

성국의 뒤에서 스리슬쩍 걸음을 멈춘 철형이 재빨리 전화기를 꺼내 버튼을 누르기 시작했다.

"쌤? 도시락은 됐고 당장 꽃다발 하나 만들어서 식당으로 오십시오."

뱉고 나니 어쩐지 명령조인 것 같아 슬쩍 고개를 기울였던 철형이 급하게 뒷말을 이어 붙였다.

"강지윤 쌤도 이쪽으로 오신답니다. 교수님이 부르셨대요. 초
집도 축하해 주신다고."

'진짜?' 하는 소리가 전화기 밖으로 쩌렁쩌렁 울려 퍼진다.

상황을 그렇게 만든 탓에 나름대로 마음이 쓰였던 민준이 날
아갈 듯 '끊어!' 한마디를 외치곤 금세 전화를 끊었다.

"아, 진짜. 고기는 끝까지 먹게 해줄 만한데. 그치?"

당직 업무를 보고 있다가 갑작스런 호출을 받은 지윤은 제가
불려온 영문도 모른 채 식당 안으로 들어서는 중이었다. 새로 오
신 스태프 선생님의 환영회라고는 들었지만 저희들끼린 이미 난
감하게나마 통성명을 나눈 사이이고, 아무리 생각해도 제가 가
지 않는 편이 나을 거란 생각에 당직 근무를 자처한 터였는데 어
찌 된 영문인지 냉큼 달려오란 과장님의 지시가 떨어졌단 연락
을 받고 급히 달려오는 길이었다.

"죄송합니다. 늦었습니다."

꾸벅 인사를 하며 조용히 들어서자 옆자리의 교수들과 잠시
사담을 나누며 술잔을 기울이고 있던 민 교수가 지윤을 향해 어
서 오라는 듯 눈인사를 건네며 흠흠, 주위를 집중시켰다.

"이제야 다들 모인 것 같구만."

미소를 띤 얼굴로 슬쩍 태하를 돌아본 민 교수가 입을 열었다.

"아마 재수 없는 소문으로 먼저 접했을 거야. 혜명대 의대 수
석 입학에 수석 졸업. 그것도 모자라 6년 내내 단 한 번도 장학

금을 빼먹지 않았던 우리 혜명대병원 흉부외과 스태프 의(醫) 신태하 선생.”

떠도는 소문엔 분명 일말의 과장이 있을 거라 그간 굳게 믿었던 사람들의 표정이 뜨악하게 변했다. 과장님이 직접 저렇게 말씀하시는 것을 보면 레지던트 3년차 때 대동맥류 파열 환자의 수술을 혼자 집도했다던 뻥도 사실일지 모른다.

실체가 분명하지 않은 것에 대한 ‘카더라’ 통신은 대부분 근거가 부족한 소문이 마치 사실인 양 자극적인 내용으로 부풀려져 떠돌기 일쑤기에 대체로 소문을 접한 이들은 귀로는 솔깃하면서도 내용 자체가 갖는 신빙성엔 부정적일 때가 많다.

그런데 그것이 사실이었다니.

방 안에 모인 사람들의 경악한 시선이 일제히 태하에게로 집중되었다.

“제가 그렇게 재수가 없었던가요? 나름대로는 꽤 관리를 했던 것 같은데.”

입가에 여유로운 미소를 머금은 태하가 자리에서 몸을 일으키며 가볍게 고개를 숙였다.

“내일부터 혜명대병원 흉부외과로 출근하게 된 신태하라고 합니다. 여기 계신 많은 분들의 지도 편달 속에서 앞으로 좀 더 재수 있는 남자로 거듭날 수 있도록 열심히 노력하겠습니다.”

뜨악하게 굳어 있던 사람들의 표정이 언제 그랬냐는 듯 풀어진 채 열렬한 환영의 박수를 보내기 시작했다.

뒤에서 수군대던 사람들을 이렇게 한 방에 제 편으로 만들 수 있는 친화력, 아니, 카리스마라고 해야 하나.

그저 가벼운 미소와 몇 마디 말로써 단번에 분위기를 반전시킨 태하의 능력에 감탄을 하며 지윤은 앞에 놓인 물잔을 들어 입술을 축였다.

저런 사람이었구나.

시선을 들어 바라본 태하는 손에 든 술잔을 여기저기 부딪치며 밝은 인상으로 사람들과 이야기를 나누는 중이었다.

금세 물에 섞여드는 물감처럼 그렇게 어울려 동화될 수 있는 사람.

늘 물에 뜬 기름처럼 겉돌기만 하는 저와는 딴판의 사람이었다.

"그 남자, 흉부외과 스태프로 올 의사라는 거 일부러 말 안 해 준 거지?"

집에 김치랑 밑반찬을 가져다 두었다며 걸려온 엄마의 전화에 다짜고짜 그것부터 물어봤었다.

〈선본 게 언젠데 그걸 이제 물어? 그럼, 그날 만나서는 하는 일도 안 물었단 말이야? 세상에. 니들도 참 대단하다.〉

이건 또 무슨 소리인가.

그날은 만나기는커녕, 아니, 만나기는 했었구나.

"어쨌든. 병원에서 매일 부딪쳐야 하는 사람을 만나 어쩌라는 건데."

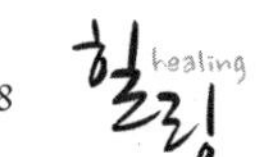

〈부딪치라고.〉

"부딪치면. 불꽃이라도 일 것 같아?"

〈그렇게까지나?〉

"엄마, 제발. 그 사람, 전공의도 아니고 나한텐 하늘 같은 스태프 선생님이란 말이야."

〈마음에 안 드나 보구나.〉

아무리 설명을 해도 엄마 귀엔 전공의와 스태프 선생이 아닌 그저 맞선을 본 상대 남의 관계로만 들어갈 것이다.

홀로 한숨을 쉰 지윤은 앞으로 다시는 선 자리에 나가지 않겠다는 엄포를 두며 전화를 끊었다.

당분간 선보란 잔소리는 듣지 않아도 되겠지.

"아, 그리고……."

엉거주춤 몸을 일으키며 테이블 밑에 두었던 무언가를 꺼내 든 민 교수의 움직임에 두런대던 소음이 일시에 잦아들었다.

"강지윤 선생."

"네?"

멍하니 시선을 내린 채 엄마와의 통화를 떠올리고 있던 지윤은 갑자기 제 이름을 부르는 민 교수의 목소리에 화들짝 놀라 몸을 일으켰다.

민 교수의 손엔 곱게 포장된 작은 케이스가 들려 있었다.

"늦었지만 첫 집도 성공한 거, 진심으로 축하하네. 그날 혼자

고생 많았어.”

새로 오신 스태프 선생님을 소개하실 때도 자리에 앉은 채셨는데.

함박웃음을 머금고는 제게 케이스를 건네는 민 교수를 따라 엉거주춤 일어나 두 손을 내민 지윤은 가볍게 등을 두드리는 따뜻한 손길에 그만 눈시울이 붉어졌다.

전혀 생각지도 못했던 일이었기에 더더욱 감사한 마음이 앞섰다.

“얼른 풀어보세요, 쌤!”

여기저기서 궁금한 재촉이 밀려들었다.

가늘게 떨리는 손으로 연 케이스 안에는 찬란한 금빛을 발하고 있는 메스가 얌전히 자리하고 있었다.

handle(손잡이)에 새겨진 작은 글귀.

「강지윤 선생님의 집도를 축하합니다.」

“우와! 혹시 순금 메스면 과장님 너무 차별 두시는 건데요.”

누군가가 내지른 짓궂은 소리에 쩝, 하고 입맛을 다신 민 교수가 그쪽으로 시선을 던지며 입을 열었다.

“순금 아니고 도금.”

“그래도 특별히 주문하신 메스. 강지윤 쌤, 진짜 부러워요!”

“정말…… 감사합니다.”

고개를 숙여 인사하는 지윤을 향해 민 교수가 다시 자리에 앉으며 손을 휘휘 저었다.

"근데 쌤, 꽃다발은요?"

치익, 불판에 고기를 얹은 운석이 잔뜩 소리를 낮춘 목소리로 민준을 향해 물었다.

"카운터에."

"왜요?"

"스태프 선생님 환영 회식도 겸하는 자린데 여기 이 자리서 드리면, 드리는 나나 받는 강지윤 선생님이나 뻘쭘하지 않겠냐."

"아. 그럼 어떡해요?"

"이따 나가는 길에 슬쩍 드리든지."

"그게 좋겠네요."

금세 화색이 돈 철형이 방싯 미소를 머금으며 민준을 바라봤다.

"두 분만 계시면 뻘쭘하실 테니까 저희 둘이 끝까지 남아서……."

"고기를 먹겠다고?"

"……."

깨갱, 입을 다문 철형이 손에 쥔 집게와 가위를 forsep(의료용 집게)과 operating scissors(수술용 가위)를 쥐듯 잡고 얌전히 고기를 썰기 시작했다.

"이만 파장할까요?"

이미 10시를 훌쩍 넘긴 시각. 불판을 빼버린 테이블 밑으로 옅은 흔적만을 남긴 빈 술병들이 열을 지어 늘어서 있었다. 오랜만에 열린 전체 회식에 기분 좋게 취한 이들이 그만 정리를 하자는 민 교수의 말에 주섬주섬 몸을 일으키며 옷이며 가방 등을 챙겨 들기 시작했다.

신발을 찾아 신는 사람들 뒤에서 물끄러미 차례를 기다리던 지윤도 제 구두를 꿰어 신고는 천천히 가게 밖을 향해 걸음을 내딛었다.

"자, 병원으로 갈 사람들은 병원으로. 집으로 갈 사람들은 집으로 잘 들 가시고. 내일 봅시다."

삼삼오오 무리를 지은 사람들이 금세 제 갈 곳들을 향해 흩어지기 시작했다.

무리에서 조금 떨어진 채 7월로 접어든 여름의 밤을 느끼던 지윤이 회식 내내 조용한 침묵을 지키고 있던 휴대전화를 꺼내 확인을 했다. 순간 제 쪽으로 성큼 다가서는 긴 그림자.

휴대전화에서 눈을 뗀 지윤이 고개를 들었다.

"병원으로 가는 길인가?"

주머니에 손을 꽂은 채 지윤을 내려다보고 있던 남자, 태하였다.

"네."

"원래 당직도 아니었다던데."

"그렇게 됐습니다."

“내가 불편한가?”

“편하다고는 말씀 못 드리겠습니다.”

“솔직한 편이군.”

“…….”

“앞으론 어떡할 거지? 좋든 싫든, 병원에선 매일 부딪치게 될 텐데.”

“공과 사는 구별할 줄 압니다.”

“훗. 지금 내가 공과 사를 구별 못한단 소린 것 같군.”

“그런 뜻은 아니었습니다.”

“강지윤 선생한테 공적인 볼일이 남아 있어서.”

그가 말한 ‘공적인 볼일’이 무엇일지 고개를 살짝 움직이며 고민에 들어가던 지윤 앞에 안주머니에서 꺼낸 케이스를 불쑥 건넨 태하가 곧바로 뚜껑을 열어 케이스 안의 내용물을 공개했다.

“메스라면 이미 과장님께 받았는데요.”

눈앞에 들이밀어진 메스를 보며 지윤이 난감한 듯 대꾸하자 여전히 제 손에 들린 케이스를 바라보던 태하가 이내 지윤을 바라보며 입을 열었다.

“그것과 이건 또 다른 의미가 있을 테지.”

대체 무슨…….

“그날, 개흉할 때 썼던 메스.”

“……!”

"챙겨주고 싶었어. 강지윤의 첫 집도를 오롯이 지켜본 스태프로서."

강하게 시선을 고정시킨 태하의 눈빛이 지윤을 향해 날아들었다.

「훌륭한 surgeon이 되길.」

"혼자가 아니었단 걸 기억했으면 해서."

지금도 병원 안에 전설로 남아 있는 수술.

수술이 성공했다고 해서 '이야, 난 그랬지' 한때의 무용담처럼 끝날 일은 결코 아니다.

그날, 쓸데없는 자존심 탓에 내색은 하지 않았지만 그 역시 감당 못할 두려움에 한껏 위축되어 있던 것도 사실이었다. 때문에 도움 청할 이 하나 없는 수술실 안에서, 홀로 메스를 잡고 선 그 무시무시한 책임감을 지윤이 하루빨리 털어낼 수 있도록 도와주고 싶은 마음이 컸다. 한동안 악몽에 시달렸던 그로선 다시 겪고 싶지 않은 기억이었다.

혼자만 예민하게 반응한 탓일까.

그날 이후 내내 빠르고 거침없는 손놀림에 비해 한껏 경직되어 있던 지윤의 어깨가 자꾸만 마음에 걸렸다. 단순한 책임감이나 긴장이 아닌 다른 무언가가 그녀를 짓누르고 있는 것만 같은 느낌. 차라리 잘못 본 거라면 다행일 텐데.

“그럼, 사적인 볼일은 다음에 보도록 하지.”

더 마주하고 있다간 꼬치꼬치 캐물을 것 같은 조바심에 지윤의 손에 케이스를 쥐어준 태하가 먼저 몸을 돌려 성큼성큼 사라졌다.

“선생님.”

어느새 걸음을 옮기고 있는 지윤의 뒷모습을 멍하니 바라보고만 있던 민준의 팔을 톡톡 두드린 철형이 조심스런 말투로 민준을 불렀다.

그제야 고개를 돌려 철형을 바라본 민준이 제 손에 들린 꽃다발로 시선을 내리고는 철형을 향해 불쑥 꽃다발을 내밀었다.

“그냥, 아무나 갖다 줘라.”

철형의 품에 꽃다발을 안긴 민준이 고개를 숙인 채 터벅터벅 움직였다.

평소 그리 곱지만은 않은 윗년차였지만 지금 순간만큼은 달려가 안아주고 싶을 정도로 안쓰러운 마음이 컸다.

“남자 2호의 등장이 너무 강렬했어.”

“그치? 과연 여자 1호님의 마음은 어디로 향할 것인지.”

“김민준 쌤한테 좀 더 잘해 드려야겠다.”

4. 뜨겁지만은 않은

저벅저벅.

병원 건물을 향해 움직이던 커다란 걸음이 입구를 향해 시작된 계단 앞에 우뚝 멈춰 섰다.

푸른 하늘빛이 너무나도 상쾌한 이른 아침.

5년 만의 출근을 앞둔 태하가 병원 건물을 올려다보며 심호흡을 했다.

마음의 여유를 찾기 힘든 사각의 공간.

어찌 보면 인생에 있어 가장 극단적인, 죽음이란 소재로 전개되는 메디컬 드라마가 매일같이 반복되는 곳이기도 하다.

치열할 수밖에 없는, 삶과 죽음이 공존하는 순간에의 환희와

절망을 함께 맛볼 수밖에 없는 공간으로의 복귀.

늘 해피엔딩일 수는 없겠지만.

쓱, 미소를 머금은 태하가 잠시 멈췄던 걸음을 떼어내며 금세 병원 안으로 사라졌다.

"후후."

문을 열고 들어선 태하를 가장 먼저 반긴 건, 책상 위에 얌전히 놓인 미니 초코볼 자판기였다.

"자네, 아직도 초코볼 좋아하나?"

기억해 주시는 것만도 감사한데 이런 세심한 배려까지.

예상치 못했던 민 교수의 선물에 잠시 생각에 잠겼던 태하가 서둘러 몸을 움직여 자판기 앞으로 다가갔다.

반가운 마음에 냉큼 손부터 뻗어 동그란 부분을 돌리니 철컥, 하고 막힌 채 돌아가질 않는다. 혹시나 하는 생각에 주머니에서 꺼낸 100원짜리 동전을 입구에 넣고 돌리니 그제야 우르르 초코볼이 흘러나왔다.

그럼 수익금은 누가 갖는 걸까.

재미난 생각에 훗, 웃음을 지은 태하가 손바닥 안에 갇힌 초코볼을 하나씩 입안으로 밀어 넣기 시작했다.

오독오독.

달콤한 맛이 입안 가득 퍼져 나갔다.

✳

"관상동맥 우회술 시행하고 5일째인 만 64세 여자 환자입니다. 일반 병실로 이동한 후에 특별한 증상 없이 복도에서 운동도 열심히 하고 계십니다."

미리 인계받은 환자들의 차트를 꼼꼼히 살피고 들어선 태하의 첫 회진이 시작되었다.

관상동맥 우회술(CABG)이란 심장의 바깥쪽을 타고 흐르면서 심장근육에 산소 및 영양분을 공급하는 관상동맥이 좁아져 있거나 막힌 경우에 흉벽의 내흉동맥(left and right internal mammary artery), 하지에 있는 복재정맥(saphenous vein), 우위대망동맥(right gastroepiploic artery), 팔의 요골동맥(radial artery) 등의 대체 혈관을 연결하여 심장의 혈류 공급을 원활하게 해주는 수술로, 쉽게 말해 심장근육에 분포하는 혈관의 막힌 뒤쪽으로 새로운 혈관 길을 만들어주는 것을 말한다.

물론 이 수술에 사용되는 우회혈관은 떼어내더라도 신체에 큰 지장을 주지 않는 혈관을 이용한다.

최근 들어서는 심장이 박동하는 상태에서 우회술을 시행하는 OPCAB(off pump coronary artery bypass graft:무심폐기 심장 박동 하 관상동맥 우회술)이 주된 수술법으로 자리 잡게 되었지만

OPCAB이 등장하기 이전엔 박동하는 심장을 약물로 멈추게 하고(심장정지:cardioplegia) 대신 심장이 멈춘 채 수술하는 동안 몸 안의 혈액을 체외의 기계(인공심폐기)를 통해 순환시키면서 각 장기로의 혈액순환을 유지한 채 관상동맥 우회술을 시행했다.

이는 분당 평균 70회의 박동을 하는 심장에 극히 미세한 혈관을 육안으로는 보이지도 않는 가는 실로 문합해야 하는 정교한 수술이란 이유 때문이었지만, 최근에는 문합을 시행하는 부위만 움직임을 최소화하는 기구들이 발달해서 심장이 뛰는 상태에서도 수술을 시행할 수 있게 되었다.

지금 태하가 마주하고 선 환자가 바로 5일 전 OPCAB을 받은 할머니 환자였다.

회진 무리에 선 지윤이 환자 상태를 살피고 있는 태하의 뒷모습을 물끄러미 바라보며 생각에 잠겼다.

"챙겨주고 싶었어. 강지윤의 첫 집도를 오롯이 지켜본 스태프로서."

흰 가운을 걸친 그의 모습을 상상해 본 적이 없어서일까.

꽤나 일찍부터 서둘렀던 저보다도 먼저 보이던 커다란 등에, 그렇게 등을 보인 채 서 있던 그가 몸을 돌리던 순간 지윤은 평온하던 심장이 잠시 제 리듬을 잃은 채 흔들리는 걸 느끼고 서둘

러 고개를 숙여 인사하곤 애써 아무렇지 않은 척 시선을 돌려야
만 했다.

그는…… 단지 스태프 의(醫)일 뿐이다.

"혼자가 아니었단 걸 기억했으면 해서."

그 역시 본인의 경험에서 우러난 친절이었을 뿐.
또 다른 의미…… 는 없다. 없을 것이다.
지윤이 가만히 입술을 깨물었다.
"심전도 확인했나? 부정맥은 없고?"
"네."
"가슴 통증은?"
"수술 전 흉통은 아니고 수술 부위 통증으로 생각됩니다."
"그래?"
철형을 돌아본 태하가 갑자기 몸을 낮춰 환자의 손을 잡았다.
"오늘 흉관 제거할 겁니다. 경과가 아주 좋으세요."
"아유, 잘생긴 선생님이 손잡아 주시니까 늙은 사람 가슴도
괜히 싱숭생숭하네."
"응? 얼른 손 놔드려야겠네. 가슴에 또 이상 생기시면 안 됩니
다."
환자를 향해 한껏 미소를 지어 보인 태하가 몸을 세우며 철형
을 돌아봤다.

"흉관 제거하고, 수술 후 심장혈관 CT 확인하도록."

"네."

다음 환자로 이동하기 직전, 철형과 운석이 빠르게 시선을 주고받았다.

당연한 얘기겠지만 잔뜩 굳어 있는 민준과 달리 태하의 얼굴엔 느긋한 여유가 넘쳐 보인다.

2년차와 스태프.

과연 우리는 어느 줄에 매달려야만 하는 것인가.

짧게 보면 남자 1호를, 길게 보면 남자 2호를 밀어야 하는 현실을 두고 뜬금없이 펼쳐진 고민의 깊이에 절대 내막을 알 리 없는 여자 1호님은 버럭, 칼날 같은 눈빛을 발사하며 느리게 처져 있던 걸음을 재촉하라 아우성을 치는 중이다.

제발, 콩고물은 둘째치고라도 새우등이 터지는 불상사만큼은 벌어지지 않기를.

"와, 원래 이 가운이란 게 체형 보정 효과가 커서 배 나온 사람 배 가려주고, 암튼 대충 입어도 다 근사해 보이긴 한데. 어디서 병원 홍보 모델이 튀어나온 줄 알았다니까?"

"난 메디컬 드라마라도 찍는 줄 알았어."

"그렇게 잘생긴 선생님이 손까지 다정히 잡아주시는데 어떤 환자가 안 좋아하겠어."

"회진 돌았던 환자 손을 일일이 다 잡았다며?"

“응, 그것도 이렇게 몸을 낮추곤 두 손으로 꼬옥.”

“캬. 실력이야 이미 클리블랜드에서 인정받은 거고. 알고 보니 실력 좋고 자상하기까지 한 메디컬 드라마 남주였네.”

“애인은 있나? 아직 결혼은 안 했다지?”

“응, 애인도 없는 것 같대.”

“왜, 무슨 소리 들었어?”

“전에 TA로 입원했던 적 있잖아. 그때 웬 늘씬한 여자가 도시락 사다 나르던데 송 간호사 보고 ‘저, 애인 아니고 오빠 친동생이에요’ 그러더래.”

“송 간호사가 대놓고 물어본 거야? 애인이냐고?”

“아니, 그냥 쳐다만 봤는데 그러더래. 완전 끝내주게 예쁘다던데.”

“피가 남다른가. 남매가 어찌 그리……. 다른 남자 형젠 더 없나?”

“글쎄. 왜, 있으면 어쩌려고?”

“병원에 좀 놀러 오라고. 흐흐.”

의국이든, 스테이션이든 둘 이상 모인 자리에선 어김없이 신태하라는, 새로 온 스태프 선생에 관한 화제뿐이었다.

실력 좋고 자상하기까지 한 의사라.

스테이션에서 EMR(Electronic Medical Record:전자의무기록) 차트를 살피던 지윤이 수기(手記) 차트 기록을 위해 손에 쥐고 있던 펜을 까딱거리며 생각에 잠겼다.

환자들 입장에선 당연히 '실력' 있는 의사의 '친절'을 원할 것이다. 아니, '친절'한 의사의 '실력'이 더 어울리는 표현일까?

만일 둘 다 갖추지 못한다는 전제를 단다면 환자들은 어떤 의사를 선택하게 될 것인가.

실력은 있되 친절하지 않은 의사를?

아니면 친절하긴 하지만 실력은 제로인 의사?

당연한 결과겠지만 차라리 실력은 있되 친절하지 않은 의사를 선택할 것이다.

신태하 선생님이 실력 있고 친절한 의사라면 난 어떤 의사인 거지?

설마 불친절한데다 실력까지 없는 의사?

생각이 이에 미치자 저 스스로 내린 결정에 은근한 불만이 솟아오르는 게 느껴졌다.

실력이…… 아주 없진 않잖아.

스스로를 위안하다 보니 문득, 전설로만 떠돌던 그의 수술 실력이 궁금해졌다.

첫 수술이 모레 아침이었던가.

고개를 들어 퇴근 시간을 향해 달려가고 있는 시계를 바라봤다.

당직 근무도 없는 저녁. 빨리 집에나 가야겠다.

손에 쥔 펜에 꾹, 하고 힘을 준 지윤이 빠르게 몸을 돌렸다.

"퇴근하는 길인가?"

병원 현관을 나온 지윤이 정문을 향해 뻗은 길을 따라 몇 발짝 걸음을 떼었을 때였다.

현관 근처 주차장에서 스르르 다가온 검은색 차량이 위잉, 차창을 내리곤 낯익은 얼굴을 드러내었다.

태하의 얼굴을 확인한 지윤이 가볍게 목례를 하자 조금 전 질문에 대한 답을 꼭 확인해야겠다는 듯 재차 질문이 이어졌다.

"약속 있어서 가는 건가?"

"아닙니다."

"그럼 타지. 저녁이나 같이 먹게."

엎어지면 코 닿을 곳에 집이 있으면서도 기어코 차를 끌고 나온 이유였다.

대답을 기다리느라 잡고 있던 핸들을 톡톡 손으로 두드리며 여유로운 모습을 보이는 태하와 달리 지윤은 거절할 핑계를 찾느라 연신 미간을 찡그리는 중이었다.

차라리 약속 있다고 할걸.

뒤늦은 후회를 해봤지만 이미 엎질러진 물이었다.

"태워줘야 하는 건가 보군."

핑곗거릴 찾느라 잠시 고개를 숙이고 있던 지윤이 뭐라 말릴 틈도 없이 차에서 내린 태하가 어느새 성큼 다가와 조수석 문을 열어 보였다.

"죄송합니다만 그냥 집으로 가겠습니다. 많이 피곤해서요."

"집에 가더라도 어차피 저녁은 먹어야 하지 않나?"

"……."

"끔찍할 정도로 내가 싫은 게 아니라면 어서 탔으면 하는데. 돌려주지 못한 손수건에 대한 보답쯤이라 생각하면 안 될까? 미안하게도 그때 그 손수건, 응급실에서 잃어버렸거든."

혈액 공포증은 고통스럽긴 해도 저 스스로의 제어가 가능했다. 때문에 식구들은 물론, 여태 병원 안 의료진들까지도 감쪽같이 속일 수 있었지만 조수석 공황장애는 문제가 달랐다. 전문가를 통한 상담 치료로도 극복하지 못한 트라우마. 지윤은 벌써부터 숨이 막혀오는 듯했다.

"강지윤 선생, 나 배고픈데."

문을 연 채로 벌인 한참의 실랑이 끝에 지윤은 저도 모르게 조수석 안으로 몸을 밀어 넣고 있었다.

탁.

결국 차 문이 닫혔다.

"한식으로 하는 게 낫겠지?"

스르르 차를 이동시키며 태하가 입을 열었다.

하지만 이미 새하얗게 질린 지윤의 귀엔 아무 소리도 들어오지 않았다.

열심히 마인드 컨트롤을 해보지만 이미 의지를 떠난 뒤였다.

'걱정하지 마. 여긴 9년 전 그때 그 국도가 아니야.'

질끈 눈을 감은 지윤이 관절이 하얗게 드러나도록 주먹을 움켜줘며 호흡을 골랐다.

'이 사람도, 석훈 오빠가 아니잖아.'

하지만 괜찮을 거란 믿음과 달리 천천히 움직이던 차에 점차 속도가 붙기 시작하자 걷잡을 수 없이 머릿속이 흔들리기 시작 했다.

'석 달 전엔 택시 뒷좌석에도 탔었어.'

그래, 그랬었지. 과장님과 함께…….

윙윙, 울리는 이명에 감았던 눈을 뜨니 방금 전까지도 분명 어스름 저녁 무렵이었던 창밖이 어느새 여행을 떠났던 그해 여름의 한낮 풍경으로 바뀌어 있었다.

아아.

절망 섞인 탄식을 속으로 삼킨 지윤이 다시금 눈을 감아버렸다.

"안전벨트를 안 했네."

슬쩍 고개를 돌린 태하가 아직 벨트를 매지 않은 지윤을 향해 입을 열었다.

하지만 무언가 이상했다. 눈을 꼭 감은 채 아무런 미동도 보이지 않는 지윤의 반응에 의아한 듯 돌아본 태하가 갓길에 급히 차를 세웠다.

"크흡."

숨을 제대로 들이쉬지 못한 지윤의 입에서 거친 숨소리가 터져 나왔다.

급제동과 더불어 벨트를 매지 않은 지윤의 몸이 꿀렁, 앞으로 움직였다.

차가 멈췄다, 라는 사실을 인지함과 동시에 '끼익' 타이어가 미끄러지는 소리가 들려오는 것 같았다.

갑자기 눈앞에 커다란 트럭이 튀어나온다.

한결같이 익숙한 광경.

9년째 반복되는 악몽의 시작이다.

"흐윽!"

"강지윤 선생!"

석훈 오빠가 나를 돌아보며 핸들을 꺾었어.

'오빠, 안 돼. 그 방향이 아니야, 제발!'

끝내 밖으로 터져 나오지 못한 소리가 먹먹하게 가슴을 짓누르기 시작한다.

'쾅!'

시간이 지났어도 절대 잊히지 않는, 그 귀청이 찢어질 것 같은 굉음은 오직 지윤의 뇌리에만 고스란히 존재하는 중이다.

"으윽!"

잔뜩 웅크린 채 가슴을 움켜쥔 지윤이 열린 입 새로 괴로움을 토해냈다.

점점 안쪽으로 밀려드는 차 안.

산소가 희박한 고산지대라도 올라온 듯 숨이 쉬어지지 않는다.

“크흑. 흑.”

이제 곧 오빠에게서부터 흘러나온 피가 점점 차 안을 적시기 시작할 테지.

뜨겁게 끈적끈적 다가오는 피.

힘겹게 몰아쉬는 거친 숨소리.

“하아.”

“강지윤! 제발 눈 좀 떠봐!”

누군가의 목소리가 들린다.

하지만 눈을 뜰 수가 없다.

눈을 떠 끔찍한 순간을 마주할 자신이 없다.

‘이대로 그냥 날…….’

“강지윤!”

‘제발.’

“강지윤!”

‘부르지 마세요.’

이대로 깨어나지 말기를 바라면서도 필사적으로 팔을 뻗은 지윤이 아직 온기가 남아 있는 커다란 손을 덥석 움켜쥐었다.

“오…… 빠.”

정신을 잃어가면서도 희미하게 중얼대는 지윤의 입술을 읽은 태하가 그대로 그녀를 끌어안은 채 다급히 병원으로 차를 몰았다.

떨어지는 수액의 속도를 조절한 태하가 옅은 한숨을 내쉬며 지윤을 바라봤다.

창백하게 질렸던 낯빛은 이제 어느 정도 돌아오는 듯했지만 여전히 가득 채우고 있는 불안의 기색은 가실 줄을 모르고 진득하게 붙어 있는 중이다.

다행히 병원 정문을 지나고 얼마 되지 않은 중에 일어난 터라 급히 차를 되돌려 올 수 있긴 했지만 아무리 기억을 되짚어봐도 급작스럽게 보인 지윤의 행동을 이해할 길이 없었다.

차에 오르고부터 시작된 이상 행동.

한참을 선 채 차에 타지 않으려 고집을 부렸던 이유가 분명 있었던 것이다.

"강지윤, 대체……."

누구를 그렇게 애타게 불러본 적이 없던 것 같았다.

혼란스럽게 휘몰아친 감정의 물결.

정신을 잃고 쓰러진 그녀를 품에 안은 채, 당연히 운전을 하기 위해선 조수석 한켠에 그녀를 내려놨어야 했지만 꾹꾹 고통을 참아내다 결국 늘어져 버린 그녀를 차마 떨어뜨려 놓을 수 없어 한쪽 팔로만 운전대를 움직여 황급히 병원으로 들이닥쳤다.

응급실로 향하던 발걸음을 급히 돌려 이곳 연구실로 온 이유는 혹시나 하는 염려에서였다. 굳이 들추고 싶지 않은 기억이나 이유가 있다면 조용히 덮어주고 싶었기 때문이다.

여자 당직실에 눕히지 않은 이유 또한 마찬가지에서였다. 상황을 목격한 누군가가 지윤을 두고 수군거리는 모습 따위도 보고 싶지 않았다.

아까보다 좀 더 편안해진 숨소리에 마음을 놓은 태하가 가만히 손을 뻗어 지윤의 머리카락을 쓸어 넘겼다. 결 좋은 머리카락이 손가락 안에서 부드럽게 흩어진다.

"으음."

인기척 때문인지 파르르 떨리던 지윤의 눈꺼풀이 천천히 열렸다.

그리고 금세 커다랗게 부풀어지는 눈동자.

"헉!"

급히 몸을 일으키려던 지윤을 붙잡은 태하가 걱정스런 얼굴로 입을 열었다.

"그렇게 금방 일어나면 어지러울 텐데."

"괜찮습니다."

대꾸를 하며 억지로 몸을 일으키려던 지윤의 어깨를 다시 잡아 뉜 태하가 단호한 눈초리로 바라보았다.

"내가 안 괜찮아."

이젠 아예 일어나지 못하게 지윤의 어깨를 잡아 누른 태하의 손길에 계속 누워 있을 수도, 일어날 수도 없는 자세로 불편한 시선을 던진 지윤이 바싹 마른 입술을 달싹였다.

"그새 입술이 갈라졌네. 잠깐 있어봐."

지윤에게서 손을 뗀 태하가 몸을 일으켜 냉장고 안에 있던 생

수병 하나를 꺼내 다시 지윤 쪽으로 다가왔다. 예상했던 대로 지윤은 이미 몸을 일으킨 뒤였다.

"그래도 맞던 수액은 마저 맞아."

"네."

"의외네. 싫습니다, 하고 도망칠 줄 알았는데."

"체력은…… 챙겨야 하니까요."

"정말 많이 피곤했던가 보군. 나는 데리고 들어오자마자 동공 반응 살피고 혈압 체크하고 난리를 피웠는데 혼자 어찌나 잘 주무시던지."

그녀가 쓰러진 이유를 웃음으로 슬쩍 묻어버린 태하가 우드득, 생수 뚜껑을 따서 지윤에게 건네자 바싹 마른 입술을 축이며 목 너머로 천천히 물을 흘려 넘겼다.

물끄러미 그 모양을 지켜보던 태하의 목울대가 덩달아 꿀꺽 움직였다.

"보신 대로 표현하셔도 됩니다."

담담하게 내뱉은 지윤의 대꾸에 의아함을 담은 태하의 시선이 날아들었다. 작게 호흡을 들이마신 지윤이 시선을 마주하며 입을 열었다.

"제가 잠들었던 게 아니란 거 잘 아시잖아요."

"굳이 드러내고 싶지 않을 것 같아서."

"그렇다고 해서 없던 일이 되는 것도 아니죠."

"물어보면, 설명해 줄 건가?"

"사고를 크게 당한 적이 있어서 차를 잘 타지 못합니다."

아까 차 안에서 보였던 반응과 달리 지윤은 별일 아니라는 듯 덤덤히 말을 뱉었다.

끊어내고 싶은 거다.

거기까지만 하라는.

"그런 일이 있었군. 그럼, 먼 거리 이동은……."

"기차나 버스 정도는 탈 수 있습니다. 과장님이 배려해 주신 덕분에 별로 이동할 일도 없었고 특별히 앞좌석만 아니면 일반 승용차도 그럭저럭 견딜 수 있습니다."

"미안하군. 미리 알았더라면 그렇게 억지로 차에 태우진 않았을 텐데."

"그건 제 문제였으니 선생님께서 사과하실 필요는 없다고 생각됩니다."

공적인 관계를 앞세워 지극히 사무적인 태도로 일관하는 지윤의 대꾸에 가만히 듣고 있던 태하의 입매가 불편한 듯 굳어졌다.

"강지윤의 문제였다고?"

"……네."

"그럼 내가 지금 이 시간에 여기 있는 이유를 설명해 봐."

태하의 말에 얼른 시선을 올린 지윤이 벽에 걸린 시계를 확인했다.

"그럼 타지. 저녁이나 같이 먹게."

그와 나눴던 대화를 떠올리며 질끈 눈을 감아버렸다.

저녁을 먹기엔 이미 한참이나 지나 버린 시간.

미안한 마음이 앞섰다.

"죄송합니다. 저 때문에……."

어찌 됐든 사과는 해야겠기에 다짜고짜 뱉은 말이었다.

하지만 끝까지 사무적인 태도로 일관하는 지윤의 모습에 태하는 그만 치미는 화를 참지 못하고 버럭 소리를 지르고 말았다.

"내가 지금 고작 사과 따위나 듣자고 있는 줄 알아!"

쩌렁쩌렁한 목소리가 방 안을 가르고 흩어지자 이내 아득한 정적이 찾아들었다.

씨근덕대는 가슴을 추스르며 거칠게 앞머리를 쓸어 올린 태하가 지윤을 돌아보며 말했다.

"수액 다 들어가기 전까진 돌아올 테니 그대로 있어."

달칵.

문이 닫히는 소리와 함께 그가 시야에서 사라졌다. 머릿속은 복잡했지만 아무런 생각이 들진 않았다. 수액이 다 들어가기 전까진 돌아온다 했으니 그의 외출은 20분을 넘기지 않을 것이다.

모든 것이 엉망이 된 상황. 다시 그를 마주해야 한다는 사실이 암담하기만 하다.

이대로 팔에 꽂힌 라인을 빼고 달아나 버릴까?

그럼 당장 내일 아침엔 어쩔 건데.

소파에 비스듬히 기댄 채 자문자답(自問自答)을 하다 보니 미처 눈에 띄지 않던 책상 위의 무언가가 시야에 들어왔다.

'설마 초코볼 자판기?'

전혀 어울리지 않는 공간에 자리 잡고 있는 그것은 분명 학교 앞 문방구나 PC방 같은 곳에나 있을 법한 물건이었다. 혹시나 그냥 모형이 아닐까 코앞까지 다가가 살펴봤지만 진짜 초코볼이 든 멀쩡한 기계가 맞아 보였다.

이립을 넘긴 나이. 그것도 한 병원의 흉부외과 스태프 선생의 책상 위에 놓인 초코볼 자판기라니.

방금 전까지 버럭 소리를 질러대던 태하의 모습을 떠올리며, 지윤은 도무지 어울리지 않는 둘의 조합에 고개를 갸웃 움직였다.

저도 모르게 한참을 그 작은 기계에 시선을 빼앗기고 있었나 보다. 어느새 문이 열리고 있었다.

멍하니 넋을 놓고 있다 얼른 고개를 돌리니 어디서 구했는지 환자용 식판을 손에 들고 있는 태하가 보였다. 빠르게 걸어와 우선 손에 들린 식판을 테이블에 내려놓은 태하가 통에 담긴 알코올 솜을 꺼내 들고 지윤에게 다가왔다. 바늘을 빼는 동안 힐끗 시선을 돌리니 모락모락 김이 나는 미역국과 흰쌀밥이 눈에 들어온다.

"구내식당도 문을 닫았고, 편의점 죽은 맛없을 테고. 입원해 있는 산모들은 수시로 미역국을 먹을 수 있다는 게 갑자기 떠올랐어."

아무리 늦은 밤이나 새벽이라도 출산한 산모들이 원하는 시간에 미역국을 먹을 수 있도록 구내식당과 별개로 직원이 상주해 있는 주방이 있긴 하다.

그렇다 하더라도 직접 가서 미역국을 얻어올 생각을 하다니.

"나는 간만에 컵라면."

미역국이 담긴 식판을 지윤에게로 밀어주며 태하가 식판 한켠에 올려져 있던 컵라면을 집어 들었다. 미리 뜨거운 물이 부어져 있던 라면은 먹기 적당하게 익어 있는 상태였다.

"넌더리를 칠 정도로 미역국을 싫어하는 게 아니라면 식기 전에 얼른 먹지?"

나무젓가락을 툭, 가르며 태하가 입을 열었다.

도저히 입안으로 밥을 넘길 기분은 아니었지만 어쩐지 미안한 마음에 지윤은 숟가락을 집어 들 수밖에 없었다. 조갯살로 맑게 국물을 낸 미역국이 먹음직스럽게 찰랑인다.

"집은 이 근처인가?"

"네."

"그렇군."

태하가 먼저 후루룩 라면을 먹기 시작하자 지윤도 따라 숟가락을 움직였다.

늦은 시각, 연구실에서 먹는 미역국은 의외로 맛이 있었다.

공기에 수북하던 밥을 국그릇에 덜어 꾹꾹 말아 먹으니 입맛이 없단 생각과 달리 금세 바닥을 보였다.

"강지윤."

"네."

"서른다섯이나 먹은 내가, 여자 때문에 쩔쩔매게 될 줄은 미처 몰랐다."

막 숟가락을 내려놓던 지윤의 고개가 태하를 향해 들려졌다.

"사적인 볼일이었어, 아까 그 식사 제의."

따로 설명하지 않아도 충분히 사적인 의도로 받아들였었다.

맞선과 교통사고.

사과가 됐든, 감사 인사가 됐든, 어떤 식으로든 한 번은 부딪쳐야 했기에 따라나선 길이었다. 때문에 그가 내민 손길에 사실 큰 의미를 두진 않았었다.

"너무나 완강하게 거부하는 널 보면서 조금은 자존심이 상한 것도 사실이고, 그래서 더더욱 내 고집을 꺾지 않았던 것 같아. 조금 전에 화를 낸 것도 그 비슷한 이유랄까."

머리끝까지 올랐던 화는 어느새 푸시시 꺾인 뒤였다.

찜찜한 것보다는 차라리 창피를 당하는 게 낫단 생각에 와르르 뱉어냈더니 오히려 속은 훨씬 더 시원해진 것 같았다.

"다 먹었으면 그만 일어나지."

지윤이 고개를 끄덕이며 식판을 집어 들었다.

"그건 뭐 하게?"

“반납하려구요.”

“내일 내가 할 테니 놔둬.”

“밤새 음식 냄새가 밸 겁니다.”

“그런가? 그럼 이리 줘.”

“제가 하겠습니다.”

“정말?”

“네.”

“구내식당도 문을 닫은 야밤에, 미역국을 받아간 남자 스태프와 그 식판을 싹 비워 반납하는 여자 전공의를 향한 사람들의 시선을 감당할 자신 있나?”

“……”

입술을 꾹 다문 지윤의 얼굴에 핏, 하고 웃음을 흘린 태하가 지윤의 손에 들린 식판을 뺏어 들었다.

“데려다 줄 테니 도망가지 말고 아까 그 계단 앞에서 얌전히 기다려.”

엘리베이터 문이 닫히기 직전, 식판을 반납하기 위해 4층에서 내린 태하가 지윤을 돌아보며 말했다.

대꾸할 여유도 없이 금세 문이 닫히고 시야에선 이내 그의 모습이 사라졌다.

평소의 그녀였다면 ‘그냥 혼자 가겠습니다’ 잘라냈을 텐데 이상하게 그 앞에서 머뭇거려졌다.

애써 그어놓은 선이 점점이 흩어지는 느낌.

그 혼란스런 감정에 지윤이 크게 고개를 털어냈다.

밤이 되었지만 낮 시간의 열기를 제법 간직한 아스팔트 때문
인지 여름의 정취를 한껏 머금은 채 찌익찌익 울어대는 풀벌레
소리마저 늑진하게 느껴졌다.

알 수 없이 밀려드는 복잡함을 삭이려는 듯 지윤은 어느새 걸
음을 떼 병원 건물에서 멀어지고 있었다.

얼마나 걸었을까.

저벅저벅.

귀에 익은 소리란 생각을 함과 동시에,

"계단 앞에서 기다리라고 했던 것 같은데."

틀린 생각은 아니었나 보다.

코앞에 나타난 태하의 얼굴을 보며 지윤이 혼자 '아' 하는 탄
성을 뱉어냈다.

어둠 속에서도 저를 향해 또렷이 고정된 짙은 눈동자와 굳게
닫힌 입술. 그리고 슈트가 기가 막히게 잘 어울리는 장신에 곧고
길게 뻗은 다리가 지윤의 시선에 들어왔다.

화보 속에서 금세 툭 튀어나온 듯한 근사한 모습에 또 얼마나
많은 이들이 화젯거리로 삼을까 생각하며 지윤이 조용히 입을
열었다.

"병원 사람들이 많이 지나다니는 곳입니다."

"사람들의 눈을 의식한 거라면, 지금도 예외일 순 없을 텐데?"

큰 걸음으로 성큼 움직이기 시작하며 태하가 물어왔다.

"일부러 기다리는 것과 우연히 만나 같이 가는 건 다르니까요."

그의 걸음에 맞추기 위해 조금 빠르게 발을 내딛던 지윤이 바닥에 시선을 둔 채 나직이 대꾸했다.

"경계가 꽤나 단단하군."

지윤의 보폭에 맞춰 걸음을 늦춘 태하가 피식 웃음을 머금으며 중얼대듯 말했다.

"선생님과의 사적인 볼일이 더는 없었으면 합니다."

"어째서?"

"그야……."

병원 정문을 지날 무렵 물어온 태하의 질문에 지윤은 갑작스레 말문이 막힌 듯 답을 하지 못했다. 뭐라고 말해야 할까. 마땅한 대꾸가 떠오르지 않는다.

"사적인 볼일이 있을 수밖에 없는 사이 아닌가?"

"맞선 때문이시라면……."

"그것뿐이라고 생각해?"

"응급처치는 사고 현장에 있던 의사로서 당연히 해야 할 일이었습니다."

"그리고?"

"첫 집도 때 옆에 계셔주셨던 건…… 감사했습니다."

"그 정도면 충분한 이유가 될 것 같군."

지윤의 얼굴이 난감하게 굳어졌다.

결국 제 입으로 그 '사적인 볼일'이 남아 있는 것에 대한 정당한 근거를 제시해 준 셈이다.

"여기서 어디로 가지?"

위아래 갈래길이 나오자 걸음을 멈춘 태하가 지윤을 돌아봤다.

약이 오를 정도로 아무렇지 않은 얼굴이다.

여기서부터 혼자 가겠단 소리가 목구멍까지 넘어왔지만 억지로 꾹 눌러 참은 지윤이 제가 갈 방향으로 시선을 돌리며 입을 열었다.

"위쪽으로요."

살짝 경사진 언덕을 따라 올라서자 곧이어 성냥갑처럼 줄지어 선 아파트 입구가 나타났다.

작은 상가를 지나 조금 더 들어서니 아파트 특유의 정형화된 조경이 자칫 삭막하게 보일 회색의 건물을 아늑하게 감싸고 있었다.

"다 왔습니다."

107동 1—2 라인 앞에 다다른 지윤이 태하를 올려다보며 말했다.

"병원 앞 숙소라……. 가족들과 함께 살고 있진 않겠군."

"차라도 한잔하고 가시란 말씀 못 드린다는 것도 아시겠네요."

건조하게 뱉는 지윤의 말에 허리를 젖힌 채 한참 호탕한 웃음을 지어낸 태하가 이마에 손을 얹으며 입을 열었다.

"강지윤 덕분에 올 여름이 덥지만은 않겠어."

"……."

"그럼, 내일 보지."

입가에 미소를 머금은 채 그대로 몸을 돌린 태하가 저벅저벅 큰 걸음으로 사라지고 있었다.

그녀에게 있어 여름은 항상 뜨겁고 아프기만 한 계절이었다.

올해라고 달라질 리 있을까.

가볍게 어깨를 으쓱해 보인 지윤이 서둘러 아파트 입구 안으로 사라졌다.

5. 36.5℃

　아침 7시. 오늘도 어김없이 테이블 미팅과 함께 일과가 시작되었다.

　차트에 시선을 꽂은 채 환자 상태 및 검사 결과 등을 듣는 태하의 얼굴은 어제의 일은 싹 다 잊었다는 듯 무심할 정도로 평온한 기색이었다. 뒤이어 이어진 회진과 의국 컨퍼런스를 마치고 두 건의 수술 스케줄에 따라 어시스트를 들어갔다 나오니 어느새 오후가 훌쩍 지나 있었다.

　"연락하신 교통사고 외상 환자 어디 있습니까?"

　응급의학과 레지던트로부터 콜을 받은 지윤이 빠른 걸음으로 다가가자 차트를 살피고 있던 레지던트가 꾸벅 인사를 하며 베드에 누워 있는 한 환자를 가리켰다.

"바이탈 사인은요?"

"혈압이나 의식에는 큰 문제 없습니다. 운전을 하던 중 접촉 사고가 나서 핸들에 앞가슴을 들이받았다고 하는데 좌측 가슴과 앞가슴이 숨을 쉬기도 힘들 정도로 아프고 숨이 차다고 합니다. 아, 사고 당시 안전벨트는 하고 있었다고 하구요."

"일단 사진부터 찍고 검사 결과 확인하고 가죠."

잠시 후, 모니터에 뜬 검사 결과를 확인한 지윤이 초조한 얼굴로 주변을 서성이고 있던 보호자를 불러 설명을 하기 시작했다.

"CT 및 X—ray를 확인한 결과 좌측 늑골이 여러 개 골절되었고 그로 인해 흉강 내에 혈액이 고여 있습니다. 폐에 손상이 생겨서 공기도 흉강 내로 새고 있는 상태고요."

"그럼……."

"흉관을 삽입해서 고여 있는 혈액이랑 공기를 몸 바깥으로 배출시킬 겁니다."

"가슴에 관을요?"

"생각하시는 것만큼 위험한 건 아니고 국소 마취 후 작은 절개를 해서 갈비뼈 사이에 관을 넣는 겁니다. 시간은 한 30분 정도 걸리고요."

일단 보호자를 진정시킨 지윤이 다시 응급의학과 레지던트에게 다가갔다.

“복부 CT에 비장 출혈이 보이고 안전벨트 충격으로 인한 pancreas(이자) 손상이 의심되는데, 일단 일반외과랑 영상의학과에 확인하시고 이상 있으면 일반외과에서 입원시킬 건지 결정해 주세요. 다른 이상 없으면 흉부외과로 입원시키겠습니다.”

“알겠습니다.”

생각보다 긴박한 상황이 아니었기에 안도의 숨을 돌리며 막 스테이션을 지나갈 무렵, 베드에 꾸부정하게 앉아 있던 한 중년 남자가 허공을 향해 혼자 중얼거리는 모습이 눈에 들어왔다.

“개자식들, 지들이 누구 땜에 그만큼 살게 되었는데. 조금 잘나간다 싶으니 뵈는 게 없지? 니들이 날 그렇게 무시하고 그냥 넘어갈 수 있을 것 같아?”

게슴츠레 뜬 눈. 흔들흔들 몸을 가누지 못할 정도로 취한 몸에선 곁에 있는 것만으로도 취할 것 같은 진한 술 냄새가 진동하고 있었다.

야간 응급실의 복병, 바로 취객이다.

“어이.”

남자의 부름에 지윤의 걸음이 멈췄다.

가끔 한밤의 응급실에서, 특히나 술에 취한 환자들에게서 익숙하게 듣는 호칭이지만 들을 때마다 기분이 좋을 리는 없다.

싸움을 했던 건지, 아니면 비틀거리다가 어딜 부딪친 건지 남자의 이마와 팔에 핏물이 굳어 있는 게 보인다.

“무슨 일이십니까.”

그대로 몸을 돌린 지윤이 남자를 향해 묻자 남자가 팔을 들어 보였다.

"다친 거. 왜 치료 안 해주냐고."

피를 보았으니 우선 응급실로 찾아온 환자의 심정은 이해가 가지만 응급실은 번호표를 뽑은 순서대로 차례가 되는 은행과 달리 촌각을 다투는 '응급'한 환자부터 처치를 하게 된다.

그러다 보니 응급실 안에서는 늘 크고 작은 시비가 끊이지 않는다. 특히나 야간의 응급실은 방문한 환자나, 늦은 시간까지 업무에 지친 의료진 모두 날카롭게 날이 선 상태기 때문에 사소한 실랑이가 멱살잡이로까지 발전하는 경우가 왕왕 있다.

우선 인턴을 불러 상처 부위 소독부터 시킬 요량으로 주위를 둘러봤지만 방금 전 실려 온 또 다른 환자의 기도삽관을 하고 있는 모습이 목격되었다.

"잠시만 기다리시면 곧 담당 선생님이 봐주실 겁니다."

"아가씨가 해주면 되잖아. 의사 아냐?"

나이가 많다는 이유로 내내 반말을 고수하던 남자는 급기야 '아가씨' 소리까지 들먹이며 소리를 높이기 시작했다.

"모든 진료에는 진료 체계가 있습니다. 저는 흉부외과 의사고, 그리고 지금 바로 중환자실에 올라가 봐야 합니다."

"진료 체계? 그래서 사람 구석에 처박아놓고 들여다보지도 않아? 지금 너도 날 무시하는 거지? 어?"

대뜸 흥분부터 하는 남자에게 차분히 설명을 하려는 순간 벌

떡 몸을 일으킨 남자가 지윤을 향해 손을 올리는 게 보였다. 질
끈 감은 눈 위로 번쩍, 불이 지나갔다.

"선생님!"

삽관을 마친 인턴과 응급의학과 레지던트들이 가운을 펄럭이
며 부리나케 달려오고 있었지만 그보다 먼저 몸을 날린 건 언제
내려왔는지 금세 모습을 드러낸 민준이었다.

뺨을 맞고 쓰러진 지윤의 얼굴을 빠르게 살핀 민준이 벌떡 일
어나 남자의 앞을 가로막고 섰다.

"무슨 짓입니까!"

"너도 맞고 싶지 않으면 비켜. 저 여자랑 볼일 끝내야 하니
까."

남자의 말에 눈빛을 번득인 민준이 손을 뻗어 남자의 멱살을
틀어쥐었다.

"죽고 싶습니까?"

남자의 면전에 바짝 얼굴을 갖다 댄 민준이 낮은 소리로 으르
렁대며 주먹에 힘을 주었다.

여차하면 주먹이 날아갈 기세다.

"김민준 선생, 그러지 마."

응급의료에 관한 법률 제60조를 보면 응급의료를 방해하거나
의료용 시설 등을 파괴, 손상 또는 점거한 자는 5년 이하의 징역
또는 3천만 원 이하의 벌금에 처하게 되어 있지만 병원의 대외
적 이미지나 장소가 갖는 특수성 때문에 대체로 병원 안에서 조

용히 해결하는 경우가 많다.

병원 내 보안 요원이 있긴 하지만 경찰처럼 공권력을 갖고 있지 않을뿐더러 환자나 보호자에 대한 어떠한 물리적 행동도 금지되어 있기 때문에 엄밀히 따지면 그저 제복을 입고 있는 민간인에 불과하다고 볼 수 있다.

"난 괜찮으니까 괜한 분란 만들지 마."

차분히 들려온 지윤의 목소리에 멱살을 쥔 손을 풀지 않은 민준이 지윤을 돌아보며 버럭 소리쳤다.

"선생님이 맞으셨잖습니까!"

잔뜩 화가 난 채 씨근덕거리는 민준과 달리 지윤은 붉은 손자국이 난 뺨을 한 손으로 가린 채 가만히 고개를 저어 보일 뿐이었다. 힘껏 움켜쥔 주먹이 부르르 떨다 스르르 가라앉았다.

하지만 주먹을 내린 민준의 가슴은 여전히 들썩이고 있었다.

"강지윤 선생이 맞았다고?"

다음날 아침.

흉부외과 의국은 물론 간호사들이 모여 있는 스테이션까지, 어젯밤 응급실 난동 사건을 주제로 한판 토론이 벌어지고 있었다. 남자 전공의들도 야간의 응급실에선 수시로 봉변을 당하기 일쑤지만 여자 전공의가 당한 폭행은 사안이 사안인지라 다들 빈감한 반응을 보일 수밖에 없었다.

"남자 선생들은 다 뭐 하고?"

"상황 벌어지는 줄도 모르고 있다가 갑자기 그런 거지."

"근데 김민준 선생이 바로 달려들었다며, 멱살 잡고 '죽고 싶습니까?' 이러면서."

"그랬다대, 눈에 살기를 풀풀 풍기면서."

"설마 강지윤 선생한테 마음 있나?"

"알 수 없지. 근데 분위기는 좀 묘했다더라."

"하여간 도로에서만 할 게 아니라 응급실 앞에서도 음주 단속을 해야 한다니까. 혈중 알코올 농도 몇 이상은 응급실 안으로 진입 못하게."

"강지윤 쌤은. 출근했어?"

"출근뿐이야? 어제 그 봉변을 당하고도 인턴한테 드레싱이랑 슈처(suture:봉합) 세트 갖고 오라더니 직접 봉합까지 했다던데."

"그건 좀 오버 아닌가?"

"때린 남잔 진짜 뻘쭘했겠다."

"하여간 대단해. 강지윤 선생 심장은 뭘로 만들어졌을지."

"그것도 아닌가 보더라. 휘청거리는 걸음이 불안해 응급실 심 선생이 급하게 따라가 봤는데 화장실로 들어가 웩웩 다 올리곤 숨죽여 가며 울더래."

"눈물이 나올 만큼 속상했나 보네."

“속상했다기보다 그 울음이 엄청 슬프게 들렸다던데. 하도 짠해서 차마 괜찮냐는 말도 못 건네 보고 몰래 나왔다고 하더라고.”

오늘은 태하의 첫 집도가 있는 날이었다.

평소보다 조금 일찍 테이블 미팅 준비를 위해 다가서던 태하는 스테이션에서 들려오던 간호사들의 목소리에 움직이던 걸음을 멈추고 미간을 일그러뜨렸다.

강지윤이 맞았다고?

입술 밖으로 낮게 욕설이 새어 나왔다.

대체 어떤 상황이었기에 1, 2년차도 아닌 3년차가 봉합 환자에게 폭행을 당한단 말인가.

게다가 사내자식들은 다 무얼 하고 있었고.

벽을 짚고 선 채 숨을 고르고 있는데 마스크를 쓴 지윤이 고개를 숙인 채 걸어오는 모습이 눈에 들어왔다. 태하를 발견하고 잠시 걸음을 멈춘 지윤이 마스크를 끌어 올리며 꾸벅 인사를 했다. 그리곤 바로 지나쳐 가는 뒷모습에 저도 모르게 뻗은 손이 지윤의 팔을 붙잡았다.

“아!”

곧바로 들려온 옅은 신음에 힘을 주고 있던 태하가 급히 잡고 있던 팔을 놓았다. 상황을 느낀 듯 찡그렸던 얼굴을 바로 편 지윤이 슬며시 팔을 뒤로 감추며 고개를 숙였다.

“다친 건가?”

"그냥 살짝 부딪친 겁니다."

서둘러 고개를 든 지윤이 아무렇지 않은 듯 답을 했다.

"그냥 살짝 부딪친 건데 그렇게 아파해?"

"그게…….."

날 선 시선으로 바라보던 태하가 다시 뻗은 손으로 지윤의 소매를 걷어 다친 부위를 확인하려는 순간 손목 안쪽에 남은 희미한 흉터가 태하의 시선에 들어왔다.

태하의 미간이 움찔, 움직였다. 대답을 찾지 못한 채 머뭇대던 지윤의 시선이 허공에서 마주쳤지만 그것도 잠시. 싸늘하게 시선을 외면한 태하가 먼저 몸을 돌려 성큼 안으로 사라져 버렸다.

무거운 공기가 주변을 감싼 듯했다.

누구의 잘못이 아니었음에도 의국원들은 짙게 가라앉은 태하의 위압감에 압도당한 듯 서로의 눈치를 살피며 말을 아꼈다.

"강지윤 선생."

"네."

"오늘 내 수술에서 빠진다."

갑작스레 날아온 목소리에 지윤의 눈동자가 커다랗게 부풀어 올랐다.

"어째서죠?"

"몰라서 묻는 건가?"

태하의 시선이 지윤의 팔을 빠르게 훑고 지나갔다.

"팔은 부러지지도 않았고, 상처가 나지도 않았습니다."

"대신 통증이 있지."

"심하지 않습니다."

지윤의 강한 반발에도 태하는 못 들은 척 고개를 내리며 검사지를 넘겼다.

"수술하는 덴 절대 지장 없습니다."

"환자는 그렇게 생각하지 않을 거다."

"선생님!"

"수술 집도의는 나다. 강지윤 선생의 주관적인 판단은 필요치 않아."

더 이상의 대꾸는 허용하지 않겠다는 듯 단호한 눈으로 지윤을 바라본 태하가 낮게 가라앉은 목소리로 입을 열었다.

"적어도 프로라면 무슨 뜻인지 알아듣겠지."

내심 기대했던 첫 수술이었건만 단번에 잘린 채 수술에서 제외된 지윤은 1년차 둘의 스케줄을 조정하고 곧바로 문을 나서는 태하의 뒷모습을 그저 멍하니 바라볼 수밖에 없었다.

어째서…….

뒤늦은 중얼거림이 지윤의 입술을 타고 흘러나왔다.

"팔도 다치신 겁니까? 그러면서 왜, 치료 안 받으셨어요."

잔뜩 억눌린 듯한 목소리가 들려왔다. 그제야 민준을 돌아본 지윤이 멍하게 풀려 있던 얼굴을 굳히며 대답했다.

"별거 아니야. 넘어지면서 살짝 부딪쳤어."

이를 앙다무는지 관자놀이가 불끈 일어난 민준이 지윤이 쓰고 있는 마스크를 바라보며 미간을 찡그렸다.

"얼굴, 많이 부으신 겁니까?"

"아니, 엄살이야. 시위 좀 하느라고."

말은 그렇게 하지만 마스크 안 그녀의 뺨은 퉁퉁 부어 있거나 아니면 퍼렇게 멍이 들어 있을 것이다.

"그나저나 팔 좀 부딪친 걸 가지고 수술까지 못 들어오게 하다니……. 엄살의 부작용이 크네."

"걱정…… 때문이실 겁니다."

저처럼요.

뒷말을 삼키며 민준이 말했다.

"걱정은 무슨. 잔뜩 화가 난 얼굴인데."

푸념처럼 늘어놓은 지윤이 옅게 한숨을 뱉어내곤 엉켜 버린 스케줄 조정을 위해 고개를 숙였다. 동시에 민준의 입에서도 옅은 한숨이 새어 나왔다. 태하의 분노를 고스란히 공감하고 있는 저 자신에 대한 한심함 때문이었다.

그녀에 대한 감정도, 꽃다발도.

요란하게 뒷북만 울려댔던 제 처지가 그냥 짜증스럽기만 하다.

"강지윤 선생한테 공적인 볼일이 남아 있어서."

그녀를 따로 불러낸 조금은 불순한 의도.

그가 말한 '공적인 볼일' 외에 또 다른 무엇이 추가되었다는 것은 눈치 없기로 소문난 1년차들도 알아챘을 것이다.

이럴 줄 알았으면 진즉에 어떻게 좀 해보는 건데.

뒤늦은 후회를 해보지만, 하아……. 상대가 웬만해야지.

눈을 감으니 눈앞이 더 막막하기만 하다.

"하."

비상계단을 통해 연구실로 돌아온 태하가 탁, 소리가 나게 문을 닫으며 고개를 뒤로 젖혔다.

처음, 지윤이 폭행을 당했단 이야기를 들었을 땐 온몸의 신경이 죄다 곤두서는 느낌이었다.

그러다 맨 얼굴을 드러내지 못해 마스크로 얼굴을 가린 지윤을 보는 순간 앞뒤 잴 것 없이 무작정 치미는 화를 삭이느라 피가 날 정도로 입술을 깨물어야만 했다.

왜 하필 그 시간에 취객과 마주하고 있던 거냐고. 네가 왜 그깟 취객 때문에 그렇게 가슴 아프게 울었어야 했냐고.

아니, 아니다.

대체 강지윤이 뭔데. 네가 뭐라고, 날 이렇게…….

그 자신조차도 원인을 알 수 없는 혼란스런 감정에 휘둘리던 순간 그의 눈에 들어온 손목 안쪽의 상흔이 결국 간신히 지탱하고 선 이성의 끈을 끊어놓고야 말았다.

누가 봐도 어떤 상처였을지 충분히 짐작 가는 흔적이었다.

스스로 죽음을 선택했어야 할 만큼 벼랑 끝으로 내몰린 이유를 유추하니 의식을 잃어가던 와중에도 불러대던 '오빠'의 존재가 떠올랐다.

첫 수술에 대한 기대라…….

그것이 그녀에게만 있던 것은 아니었다.

더없이 깐깐하던, 클리블랜드의 편견 어린 시선 앞에서도 여유만만하게 수술을 선보이던 그였지만 왠지 모를 긴장과 설렘에 밤잠을 설치며 일찍부터 걸음한 병원이었다.

하지만 머리가 돌 지경으로 제어가 되지 않는 저 자신을 느끼며 도저히 같은 공간 안에서 얼굴을 마주한 채 수술할 자신이 없었다.

마치 마음에 드는 장난감을 향해 내비치는 다섯 살 아이의 서툰 소유욕처럼 태하는 온전히 그녀를 소유하고픈 집착을 느끼고 있었다.

정신을 잃어가는 와중에도 그토록 애달프게 불러대던 오빠의 존재를 따져 묻고 싶었고, 미팅 내내 지윤을 향해 안타깝게 쏟아지던 민준의 시선도 단칼에 잘라 막아내고 싶었다.

"강지윤, 너 때문에 진짜 미쳐 버리겠다."

커다란 산처럼 우뚝 버티고 섰던 남자가 혼잣말을 중얼대며 허리에 손을 짚었다.

수술실에 내려가야 할 시간.

허리를 곧추세운 태하가 빠른 걸음으로 연구실을 나섰다.

*

"어제 대동맥판막, 승모판막 치환술을 시행한 63세 남자 환자입니다. 수술 후 중환자실로 이동하고 배액관으로 혈액이 200cc 배액되었습니다. 이후 시간당 100cc 정도 출혈이 있었으나 출혈 부위 지혈을 위한 재수술이 필요할 것으로 판단이 되지 않아 적혈구, 혈장 및 혈소판 수혈하면서 경과 관찰하였습니다."

혜명대병원 출근 후 첫 집도를 했던 대동맥판막, 승모판막 치환술 환자 회진이 시작되었다.

참관조차 할 수 없어 그의 수술을 직접 보진 못했지만 예상했던 대로 태하의 수술 실력은 손이 보이지 않을 정도라던 풍문이 나돌 정도였다.

"혈압이랑 소변량에는 이상이 없었나?"

"네, 세 시간 정도 후부터는 배액량이 50cc 정도로 감소하였고, 밤에 촬영한 흉부 X—선 검사에서 심장음영의 증가 없어 cardiac tamponade(심낭압전:심근과 심낭 사이에 혈액 등 액체가 고여 심박출량이 감소, 이로 인해 혈압이 떨어지는 상태)의 가능성이 적어 따로 연락드리지 않았습니다. 새벽부터는 배액량 거의 없고 혈액검사에서 적혈구 수치도 변화 없어 출혈은 멎은 것으로 생각됩니다.”

“수고. 오후까지 지켜보고 출혈되지 않는 것이 확인이 되면 환자 재우는 약 끊고 깨워보지. 다음 환자.”

섬세하면서도 길고 단단한 손이 깊이 잠든 환자의 손을 힘껏 잡았다 놓는 모습이 눈에 들어왔다. 단지 이틀이란 시간, 아침 회진 때마다 봐왔던 일인데도 벌써 익숙한 광경이 되어버렸다.

행동에 담긴 의도가 그저 ‘실력’ 있는 ‘친절’한 의사를 표방하고자 환자의 손을 일일이 잡은 거라면, 굳이 의식 없는 환자에게까지 저럴 필요가 있는 걸까.

물끄러미 선 채 저만치 멀어지는 태하의 뒷모습을 바라보던 지윤은 회진 내내 저와는 눈 한 번 마주치지 않고 지나간, 그의 건조하고 무심한 시선이 조금은 불편하다고 느끼며 조용히 걸음을 움직였다.

30여 분간에 걸친 회진과 한 시간쯤 이어진 컨퍼런스를 마치고 다시 병동으로 돌아온 지윤은 수술에 들어간 1년차들을 대신해 퇴원 처방과 추가 검사 차트 작성, 채혈 검사 및 드레싱 등의 업무를 보며 종종걸음을 치고 있었다. 연이틀 태하의 수술에서 제외된 지윤이 어쩔 수 없이 1년차들의 루틴 잡을 떠맡은 탓이었다.

대체 이게 뭐 하자는 건지.

울컥 솟아오른 화기(火氣)에 후우, 숨을 뱉어낸 지윤이 드레싱

세트를 정리하며 입술을 꾹꾹 깨물었다.

"걱정…… 때문이실 겁니다."

걱정 두 번만 했다간 조만간 밥 당번까지 시키겠군.

인턴을 거친 이라면 누구나 겪었을 밥 당번의 추억을 떠올리며 지윤이 쓰게 웃었다.

수술 시간에 쫓겨 끼니를 제때 해결할 수 없는 외과의들은 대부분 컵라면이나 삼각김밥 등으로 허기를 채우곤 한다.

아침은 먹을 시간도 없거니와 밀려오는 피곤에 사실 무엇을 먹을 입맛도, 정신도 없다. 어쩌다 운이 좋으면 환자 보호자가 쥐어준 우유 하나로 든든한 아침을 보내기도 하지만 점심을 챙겨 먹는 호사 따윈 일찌감치 포기한 뒤다.

때문에 그나마도 밥다운 밥을 챙겨 먹을 수 있는 저녁 식사 주문은 인턴이 맡은 임무 중 가장 중요한 것이라 할 수 있다.

어제 먹었던 메뉴가 다시 반복되어서도 안 되고, 똑같은 밑반찬을 피하기 위해 같은 식당에서의 반복 주문도 절대 안 된다. 가격은 저렴하되 양은 푸짐해야 되고 맛은 기본으로 뒷받침되어야 한다.

새로 생긴 식당의 주문용 스티커를 신환 차트보다 더 소중히 품어 안고 달려야만 했던 시절.

까마득한 옛일처럼 추억하지만 시간은 고작 3년이 지났을 뿐이다.

글로브를 벗은 지윤이 흐트러진 머리를 다시 추스르곤 CT를 찍으러 갈 환자의 동의서를 받기 위해 터덜터덜 걸음을 옮기기 시작했다. 그녀의 오늘 점심은 아마도 콜라에 삼각김밥이 될 듯싶다.

"대체 어디서 뭘 하다가 이제 나타난 거야!"

자고 있었던 게 분명한 듯 머리가 눌린 채 벌겋게 충혈된 눈으로 달려온 철형을 향해 지윤이 의국이 떠나가도록 소리를 질렀다.

교통사고를 당해 응급실로 실려 온 혈흉 환자를 1년차 철형에게 호출하여 노티(notify:보고)했는데 바로 내려오겠다던 철형이 온다 간다 말도 없이 사라진 채 결국엔 걸려오는 전화도 받지 않은 것이다.

안절부절못한 채 철형을 기다리던 인턴은 갑자기 떨어진 혈압과 산소포화도에 놀라 지윤에게 연락을 했고, 다급히 달려온 지윤이 흉관을 삽입하여 대량의 출혈과 흉강 안에 고여 있던 혈액을 배액하고 수혈 및 수액 주입, 기관 삽관과 인공호흡기 치료 등을 통해 위기를 벗어난 터였다.

"잠결에 전화를 받은 것 같았는데 저도 모르게 다시……."

"응급 콜을 받은 의사가 다시 잠을 자? 지금 제정신이야?"

"죄송합니다."

허리를 숙이며 지윤을 향해 몇 번이고 머리를 조아리는 철형의 눈 밑이 퀭하게 들어가 있었다. 유독 야간 콜이 많은 날이 있다. 정말 작정이라도 한 것처럼 한 시간에 한 번씩 콜이 올 때면 붙은 눈을 억지로 떼어내는 내내 울리는 전화벨에 살심(殺心)이 일 정도다.

의사도 사람이기에 지치고 힘들 때가 있다. 30분만 있다 깨워 달란 말을 한 지 고작 3초밖에 안 지난 것 같은데 벌써 30분이 지났으니 일어나라고 하는 믿기지 않는 소리가 들려온다. 그 상태로 비몽사몽 수술실에 들어가면 차라리 수술대에 누워 있는 환자가 되고 싶을 정도다. 배가 고픈 건 참을 수 있지만 다디단 졸음은 정말 참을 수 없게 치명적인 유혹이다.

1년차면 특히나 힘이 들 때다.

며칠 전, 철형이 안과 1년차는 머리도 매일 감더라면서 부러워하던 걸 본 적이 있다. 머리조차 매일 감지 못할 정도로 바쁘게 살아야 하는 1년차들에 대한 안쓰러운 마음이 들긴 하지만 자칫 위험한 상황으로 갈 수 있었던 케이스라 혼을 낼 부분에 대해서는 단호하게 조치를 해야만 했다.

"몇 시간 잤니."

지윤의 물음에 의문이 가득 담긴 철형의 시선이 올라왔다.

그래서 얼마나 처 잤냐는 비아냥은 아닌 것 같은데.

"어제 몇 시간 잤냐고."

"두 시간이요."

"전화기 주고 당직실로 가."

"네?"

"네 전화기 나한테 주고 가서 눈 좀 붙이라고."

"아, 아닙니다!"

"그럼, 복부 대동맥류 스텐트 삽입술에 관한 증례 발표 준비할래?"

입술을 꾹 붙인 철형의 시선이 날아들었다.

"마음 바뀌기 전에 얼른 전화기 내놔라."

잔뜩 혼이 난 뒤이기도 하지만 그보다 잠이 더 고팠는지 철형은 냉큼 주머니에서 꺼낸 전화기를 두 손에 곱게 얹어 지윤에게 건넸다. 그리고 '진짜 감사합니다' 한마디와 함께 바람같이 사라져 버렸다.

두 대의 전화기를 주머니에 넣은 지윤이 지폐를 챙겨 들고 의국 문을 나섰다. 잠시나마 피로를 쫓을 진한 카페인이 너무도 간절했기 때문이다.

"오늘 저녁은 오프 아니었던가?"

지폐를 밀어 넣은 자판기 앞에서 막 버튼을 누르려던 지윤의 손길이 그대로 허공에서 멈춰 버렸다.

텅.

멀뚱히 서 있는 지윤을 대신해 성큼 다가온 태하가 버튼을 누르자 지윤이 마시려던 캔커피가 둔중한 소리를 내며 떨어졌다.

태하가 건네는 커피를 받아 든 지윤의 얼굴에선 오전 내내 얼굴을 가리고 있던 하얀 마스크가 사라지고 난 뒤다. 지윤의 뺨을 살피는 태하의 노골적인 시선이 고스란히 느껴졌다.

지윤이 들고 있던 캔커피를 태하에게 다시 건넸지만 제 앞으로 내밀어진 캔커피를 그대로 무시하며 주머니에서 꺼낸 지폐 한 장을 자판기 안으로 밀어 넣을 뿐이었다. 손을 뻗어 버튼을 누르자 요란한 소리와 함께 쌀 음료가 모습을 드러냈다.

"오늘도 어쩌다 보니 그렇게 된 건가?"

어쩌다 보니, 라는 답을 꺼내려던 지윤의 입술이 굳게 다물려졌다.

사실 입을 열었다간 수술 열외에 대한 불만부터 터져 나올 것만 같았다.

"응급실 취객 슈처도 모자라 1년차 뒤치다꺼리까지. 병원 일은 강지윤이 죄다 맡아서 할 생각이야?"

"감당할 만큼만 하고 있습니다."

"감당? 지금 제 얼굴을 보고도 그런 소리가 나와?"

"……."

"대체 왜 그렇게 필사적인 거지? 너는 대체 어떤 의사가 되고 싶은 건데?"

손에 들린 음료 병을 힘껏 쥔 태하가 치밀어 오르는 감정을 억누르며 조용히 물었다.

"사람을…… 죽이지 않는 의사요."

"보통은 사람을 살리는, 이란 표현을 써."

"뻔하고 당연한 답일 테지만, 사람을 살리고 싶으니까. 내 손
아래서 힘차게 뛰는 심장을 느끼고 싶어."

뇌리 깊숙이 묻어두었던 아련한 기억이 지윤의 심장을 울리
고 지나갔다. 흐릿하게 흔들리던 지윤의 눈동자가 이내 태하를
향해 고정됐다.
"그건, 저의 꿈이 아니었으니까요."
한숨처럼 뱉어낸 지윤의 말에 곧바로 태하가 말을 이었다.
"나는 강지윤의 꿈을 물었어. 내가 알지 못하는 다른 이의 꿈
따윈 알고 싶지 않아."
"그럼, 물어보지 말아요. 내가 버티고 선 가장 큰 이유가 바로
그 사람의 꿈 때문이니까."
"대체 그 사람이 누군데!"
"그걸 왜 선생님께서 궁금해하시는 거죠?"
지윤의 시선을 피하지 않은 채 덤덤히 받아내던 태하가 조용
한 목소리로 입을 열었다.
"몰라서 묻는 게 아니니 대답은 필요 없겠지?"
감정을 알 수 없는 검은 눈동자가 지윤을 내려다보고 있었다.
그리고 한 걸음 바짝 다가온 태하가 지윤의 손목을 부드럽게 잡
아 쥐었다. 어느새 그녀의 손에 들려 있던 캔커피는 자취를 감춘

채 태하가 뽑아두었던 쌀 음료 병으로 바뀌어 있었다.

"강지윤에게 지금 필요한 건 커피가 아니라 잠이다."

"당직입니다."

"모든 당직의가 너처럼 깨어 있진 않아. 자다 깨서 콜을 받는 한이 있더라도 일단은 잠부터 자라."

제발.

나직이 뒷말을 이은 태하가 지긋한 시선으로 지윤을 바라보다 몸을 돌렸다.

방금 전 자판기에서 뽑아낸 캔커피가 그녀만큼이나 서늘한 냉기를 머금은 채 그의 손에 들려 있었다. 차가운 캔을 쥐고 있던 탓인지 음료를 건넬 때 잡은 지윤의 손은 여름의 복판임에도 불구하고 싸늘히 얼어 있었다.

손을 잡아주고 싶었지만 그것이 기폭제가 되어 자신을 제어할 수 없을 상황에 이를 것만 같아 대신 그녀의 손에서 뺏어온 캔을 손안의 온기로 녹여내는 중이다.

36.5℃.

똑같이 느껴져야 할 체온이 유독 그녀에게서만큼은 차갑게 전해지는 건, 그렇다고 해서 그녀의 심장이 다른 숫자를 뿜어낼 리는 없는데.

"좀 더 뜨거워질 필요가 있겠군."

좀 더 센 악력으로 캔을 움켜쥐며 그가 중얼댔다.

민준은 출근을 하자마자 벌어진 눈앞의 상황에 할 말을 잃은 뒤였다.

원래 출근을 하면 곧바로 밤에 당직을 선 1년차의 보고를 받는다. 그런데 당직을 선 철형이 아닌, 운석의 고발(?)이 난데없이 이어진 것이다.

"당직을 서야 할 1년차가 전화기를 맡기고 여태 잤다? 그것도 3년차 선생님한테?"

철없는 철형의 얼굴을 바라보고 있자니 기가 막히고 코가 막힌다는 말이 무슨 뜻인지 절절히 공감할 수 있을 것만 같았다. 문제는, 정작 사고를 친 당사자는 이 상황이 얼마나 황당한지 개념조차 없다는 거다.

하아……. 지금의 상황에선 무개념인 녀석에게 어떤 말로 혼을 내봤자 제 입만 아플 뿐이겠지.

"그래서, 몇 시간이나 잤냐?"

"여섯 시간이요."

"하! 1년차 주제에 여섯 시간씩이나. 곰 한 마리 잡아먹은 것같이 힘이 불끈 솟겠네?"

"벌당 주시려고요?"

불쌍한 얼굴로 선수를 쳐보지만 민준의 얼굴에선 자비의 기운이 보이지 않는다.

"죽을죄를 졌습니다."

여차하면 석고대죄라도 할 기세였지만 잘 자고 일어나 아침

밥까지 챙겨 먹은 철형의 얼굴은 무겁게 가라앉은 의국 분위기와 어울리지 않게 너무도 뽀송하기만 했다.

"우선 회진 준비부터 철저히 해놔. 하나라도 빠진 게 있거나 숫자 버벅대기만 하면……."

죽을 줄 알아.

민준의 목소리가 낮게 으르렁댔다.

"선생님."

의사 가운까지 정갈히 챙겨 입은 모습이었지만 얼굴에 붙은 피곤은 차마 어찌할 수 없었나 보다. 지윤을 보자마자 튀어나온 목소리에 민준이 한 걸음 다가서며 항의 아닌 항의를 시작할 때였다.

"잘못을 한 건 사실이고 나도 물론 화가 나. 근데 김민준 선생도, 나도 겪었던 일이잖아. 큰 걸 바라는 것도 아니고 그냥 잠인데. 너무 피곤해서 잠깐 누웠다 일어났을 뿐인데 훌쩍 시간이 지나 버린 거. 환자는 어떻게 되었을까, 선생님은 방방 뛰시겠지. 내려가 깨질 생각에 그저 막막하기만 하고. 그러다 보면 머릿속으로 드는 생각은 그냥 콱 도망이나 가버릴까 보다."

지금도 딱히 잠이 풍족하다고는 할 수 없지만 더없이 힘들기만 했던 1년차 땐 정말 잠 한번 실컷 자보는 게 소원이긴 했었다. 지윤 말대로 도망을 꿈꿨던 적도 여러 번.

나름 전교 1, 2등을 다투는 수재 소릴 들으며 부모님들의 뿌듯한 시선 아래 의대에 들어왔건만 하늘 끝까지 닿아 있던 자존심은 그 존재 여부 자체가 의문스러울 정도로 증발하듯 사라지고, 해도 해도 끝이 보이지 않는 루틴 잡(routine job)을 위해 버려진 휴지 조각처럼 병원 바닥을 휩쓸고 다녔던 때다. 물론 연차가 올라갈수록 조금 수월하다고는 하나 그것도 어디까지나 '연차에 비하면' 이지 절대 편해진단 뜻은 아니다.

"투자라고 생각해. 가뜩이나 사람 없는 과에 도망자까지 생기면 너무 우울하잖아."

"그래도."

"당분간 오프 없다 그리고 ICU(intensive care unit:집중치료실, 중환자실) 강동명 할아버지 주치의 맡겨. routine ABGA(동맥혈 가스 분석)도 인턴 맡기지 말고 직접 하라 그리고, 장운석 선생한테는 따로 밥이나 사주면서 좋게 달래."

손을 휘휘 저으며 뽑아놓은 기록지를 살피는 지윤을 보며 민준은 ICU에 누워 있는 강동명 할아버지를 떠올렸다. ICU 환자라고 해서 다 의식이 없는 것은 아니다. 특히나 흉부외과 환자들 가운데는 의식이 또렷한 채로 있는 경우도 많은데, 강동명 할아버지는 팔순을 넘긴 연세에도 의료진들의 acting에 과한 대응을 하는 터라 아침마다 동맥혈 채취를 하는 인턴이 혀를 내두를 정도다.

모든 검사에 대해 무작정 '나는 안 한다, 이놈들아!' 식이라 얼굴을 마주한 순간부터 거하게 욕을 얻어먹는 건 일상이요, 바

늘을 찔러야 할 팔을 내놓지 않고 감춘 채 약 좀 올라봐라, 뚱하
니 바라보기를 수차례.

연애 초기의 밀당 커플도 아니고 아침마다 펼쳐지는 협박과
설득의 장에 다른 환자들보다 몇 배의 공과 시간을 들여야 하는
문제 환자였다.

"현명한 판결이십니다."

민준의 입가가 활짝 올라섰다.

아무리 생각해도 이 여잔 너무나 매력적인 것 같다.

연차만 같았어도 와락 부여안고 부비부비 머리카락을 흐트려
줬을 텐데.

저도 모르게 뻗어나가려던 손에 힘껏 힘을 주며 민준이 아쉬
운 탄식을 뱉어냈다.

6. 작은 변화

　오전 9시. 심근경색과 좌심실 심실류가 있는 남자 환자의 관
상동맥 우회술(CABG)과 심실류 절제술(SAVER:Surgical
Anteroseptal Ventricular Endocardial Restoration)이 태하의 집
도 아래 시작될 예정이었다.

　환자는 이미 한차례 혈전으로 인한 심근경색으로 혈전용해술
(Thrombolysis)을 시행받은 병력이 있으며, 얼마 전 시행한 초음
파검사 결과 심근경색으로 인한 합병증으로 좌심실류(left
ventricular aneurysm)가 발생했음을 알게 된 케이스였다.

　심장혈관이 막혀 심근경색이 발생하면 심근의 변성이 오게
되는데 좌전하행동맥이 완전 폐색이 되는 경우에 좌심실의 심실

류가 형성되고 그 안에 혈전이 형성되는 경우가 있다. 물론 심실 수축기능도 떨어지기 때문에 수술이 필요한 상황이다.

이 환자의 경우 관상동맥 우회술과 심실류 절제술을 동시에 받아야 했기에 OPCAB이 아닌 CABG로 수술이 진행될 예정이었다.

심실류 절제를 위해 먼저 심장을 정지시킨 뒤 심실류를 해결하고, 그다음 CABG를 시행한 후에 수술을 종료하게 되는 순서이다.

좌전하행동맥이 완전 폐색, 우관상동맥의 협착이 있는 관상동맥협착증이 있는 환자에서 좌심실류 및 심실류 내 혈전으로 CABG+SAVER를 할 경우, 먼저 심장을 멈추고 복재정맥의 끝을 우관상동맥에 연결해 놓고 SAVER(심실류 수술)를 하고 내흉동맥을 좌전하행동맥에 연결한 뒤, 복재정맥의 앞부분을 대동맥에 연결한다.

"완벽한 수술은 완벽한 준비만이 가능하게 한다."

수술에 앞서 가진 회의에서 그가 뱉었던 말을 떠올리며 지윤이 메스를 들었다. 태하는 아마도 내흉동맥 박리를 마치고 체외순환이 시작될 즈음 수술실에 들어올 것이다.

그녀가 준비해야 할 약 한 시간의 시간. 그의 말대로 완벽한 수술이 될 수 있도록 지윤 자신도 최선을 다해야만 할 것이다.

위잉.

bone saw(전기톱)가 요란한 기계음을 내기 시작했다. 절개한 흉골을 spreader로 벌리고 지윤이 빠른 손길로 내흉동맥 박리를 시작하자 그와 동시에 민준이 환자의 다리에서 복재정맥을 채취했다.

약 40분간에 걸친 내흉동맥 박리가 끝나자 심폐체외순환을 위한 동맥관, 정맥관 삽입이 이어졌다.

"체외순환 시작한다고 연락드리세요."

써큘레이팅 간호사를 보며 지윤이 지금 바로 태하에게 연락할 것을 지시했다.

심정지액을 주입할 대동맥 벤트 캐눌라를 상행대동맥에 삽입하고(우상폐정맥으로 심장 내의 혈액을 보조적으로 흡입하기 위한 벤트 캐눌라를 삽입) 그다음 대동맥 겸자 후 심정지액을 주입하여 심장을 멈추게 되는데, 심장을 멈추는 것은 대개 집도의가 들어오고 나서 시행하게 된다.

얼마 지나지 않아 태하가 수술실에 모습을 드러냈다. 지윤이 건너편으로 이동하고 태하가 집도의 자리에 들어갔다.

시선 한 번 마주치지 않은 태하는 곧바로 내흉동맥을 박리한 것과 다리의 복재정맥을 떼어낸 것을 살피기 시작했다. 마치 숙제 검사를 받는 학생이 된 듯 지윤은 초조한 기색을 감추지 못한 채 입술을 깨물며 태하의 눈치를 살폈다.

칭찬도, 추궁도 없이 대동맥 겸자가 시행되었다. 곧이어 심정지액을 주입하게 될 것이다.

대동맥 벤트 캐눌라에 심폐체외순환 기계에서 이어진 관을 연결하고 심장을 정지시킬 심정지액을 보내서 심장을 멈추게 되는데, 약 800cc 정도의 심정지액이 들어가는 데 소요되는 시간은 약 1~2분. 그리고 심장이 서는 데는 약 30초 정도의 시간이 걸린다.

복재정맥의 끝을 우관상동맥의 협착 부위 다음에 연결했다. 10분이 채 걸리지 않은 시간이었다. 그리고 막 심실류를 절개하려는 순간,

"강지윤 선생, 심실류 부위의 심근을 절개해야 하는데 어디를 쨀 거지?"

갑작스레 날아온 질문에 당황한 듯 두어 번 눈을 깜빡인 지윤이 이내 차분한 어투로 답을 했다.

"심실류로 의심되는 부위의 중앙을 절개합니다."

"심실류의 중앙? 맞아? 그럼 지금 어디를 열어야 하지?"

"……"

"그럼 지금 심실류의 경계 부위를 suture하는데 이걸 뭐라고 하나?"

나름대로 잘해내었다 자부했다. 흉골 절개를 하고 심폐체외순환을 준비하는 것도 무리 없이 잘 해냈고, 내흉동맥의 박리도 OPCAB이든 CABG든 언제나 필요하니까 이전의 경험을 살려 깔끔하게 박리했다고 다독이고 있었다.

그런데 가타부타 말도 없이 대뜸 suture 따위나 물어오다니.

사실 SAVER는 흔하게 진행되는 수술이 아닌 탓에 3년차인 지윤은 아직 접해보지 못한 수술이었다. 때문에 수술 참관에 대한 기대에 부풀어 자료를 찾아보긴 했지만 suture 명칭까지 챙길 여력은 없었다.

"Fontan suture라고 한다. suture의 이름을 아는 것이 중요한 것은 아니지만 이 수술을 미리 review했다면 당연히 알 수 있는 거겠지."

"……."

"심실류의 경계 부위를 suture하고, patch를 대고. 심실류 부위를 절제하는 이유도 정확히 모르겠군."

크게 흔들리는 지윤의 눈동자를 바라보며 태하가 나직이 중얼거렸다.

"기본적으로 수술에 들어오는 마음가짐이 부족하다."

마스크에 감춰진 지윤의 얼굴이 화르륵 달아올랐다. 수술 부위에 시선을 고정한 채 묵묵히 서 있는 지윤의 모습을 민준이 안타까운 눈으로 주시하다 곧바로 시선을 들어 일말의 동요 없이 수술에만 집중하고 있는 태하를 슬쩍 바라봤다. 능숙한 손놀림엔 절로 감탄이 나온다.

하지만 도무지 속을 알 수 없는 사람이다.

지윤이 뛰어난 의사라는 건 누가 봐도 부정할 수 없는 사실이었다.

그런데 대놓고 저런 식으로…….

그저 지윤이 마음 상하지 않았기를.

민준이 낮은 한숨을 내쉬었다.

다른 이들의 사정은 알 바 없다는 듯 빠르고 정확히, 그리고 무척이나 조용한 분위기로 수술이 진행되었다. 필요한 수술 도구를 말하는 태하의 낮은 목소리와 수술 부위에서 만들어지는 작은 소음. 그리고 가끔 들리는 기계음을 제외하면 숨이 막힐 정도로 고요하다는 표현이 맞을 것이다.

"서른다섯이나 먹은 내가, 여자 때문에 쩔쩔매게 될 줄은 미처 몰랐다."

수술실에서의 분위기는 이렇게 다르구나.

미역국이 담긴 식판을 들고 서 있던 태하의 모습을 잠시 떠올리던 지윤은 마스크 너머로 굳게 다물려 있을 태하의 입매를 그려보며 뻑뻑해진 눈을 깜빡였다.

어쩐지 가슴께가 서늘한 느낌이었다.

드디어 수술이 끝났다.

정중흉골절개술(median sternotomy:흉골의 정중앙 부위를 절개하는 수술)을 한 환자는 보통 수술 후에도 intubation(기관 내 삽관)을 제거하지 않은 채 곧바로 중환자실로 옮겨져 인공호흡기를 달게 된다. 혈압이 안정적인지, 수술 부위에 삽입하고 온 흉관을 통해 출혈이 있진 않는지, 게다가 인공 심폐기를 가동함으로서 발생할 수 있는 여러 가지 합병증에 대한 예방이나 수술 후 통증 관리가 필요한 환자인 탓에, 오늘 수술의 1st assistant였던 지윤은 수술 모자도 벗지 못한 채 중환자실로 옮겨지는 환자를 따라가 ventilator mode를 설정하며 수술 후 처방을 냈다.

중환자실까지 따라와 잠시 머뭇거리던 민준은 마땅히 건넬 위로의 말을 찾지 못한 채 고개만 꾸벅 숙이며 '수고하셨습니다' 한마디를 건네곤 곧바로 사라졌다.

수술실에서의 망신이 그렇게 인상적이었던 건가.

수술 모자를 벗으며 지윤이 쓰게 웃었다.

평소 같았으면 중환자실에 환자를 옮겨놓자마자 바로 화장실로 향했을 테지만 어찌 된 일인지 지윤은 자리를 지키고 선 채였다.

무언가 허전한데.

피곤으로 감겨오는 눈꺼풀을 애써 들어 올리며 지윤은 문득 누워 있는 환자의 손으로 시선을 돌리며 평소 태하가 하듯 가만히 환자의 손을 잡아보았다. 감염 방지를 위해 20~24℃의 온도를 유지하는 수술실에서 오랜 시간을 버텨낸 탓인지 가볍게 감싸 쥔 환자의 손은 예상했던 대로 서늘했다.

그가 환자의 손을 잡는 건 어떤 이유에서일까.

"라뽀(rapport:의사와 환자 사이의 신뢰) 형성을 위해서라든가 하는 거창한 이윤 아냐."

갑자기 들려온 태하의 목소리에 손을 잡고 있던 지윤의 어깨가 흠칫 떨렸다. 지은 죄는 없으나 왠지 모르게 사무적이기만 하던 수술실에서의 서늘한 모습이 떠올랐기 때문이다.

손을 놓고 얼른 몸을 돌리니 수술복 차림의 태하가 팔짱을 낀 채 서 있는 모습이 눈에 들어왔다.

"그냥 내 나름대로의 믿음. 손이 따뜻하면 심장에서 피가 잘 돌고 있는 거구나."

한 걸음 다가온 태하가 힐끗 모니터를 살피곤 지윤을 돌아봤다.

"아침도 못 먹었을 텐데 가서 점심이나 먹지. 이어서 또 수술 들어가야 하지 않아?"

태하의 말을 들은 지윤의 눈이 멍하니 흐려졌다.

아까의 모습과는 사뭇 다른…….

아, 수술을 했는데 밥을 먹으라고?

그리고 보니 흉관에서 배액되는 핏물을 보는데도 이를 악물지 않았다.

점점 초점을 찾은 지윤의 눈동자가 당혹감으로 흔들리기 시작했다.

그러자 갑자기 단전 아래서부터 울컥 토기(吐氣)가 치밀어 오르는 게 느껴졌다.

황급히 입을 틀어막은 지윤이 화장실을 찾아 달려나갔다.

토악질을 하고자 달려가는데 오히려 가슴 안으론 안도감이 밀려왔다.

그래, 달라진 건 없었어.

나는 원래 이래. 이래야만 해. 고통스러워야만 해. ……혼자여야만 하니까.

"우욱!"

머릿속에 든 생각이 동시에 쏟아져 나오는 것 같았다.

"하아."

가쁜 숨을 내쉬며 변기 물을 내린 지윤이 비척비척 걸어나와 세면대를 짚고 섰다.

그래, 오늘은 다른 때보다 반응이 조금 느린 것뿐이야.

쏴아.

시원하게 쏟아지는 물을 두 손 가득 받은 지윤이 얼굴을 적시며 마음을 진정시켰다.

"강지윤!"

입구에서 들려온 태하의 목소리에 물을 틀어 입을 헹구던 지윤이 다급히 물을 잠그며 고개를 돌렸다.

"들어간다."

여자 화장실이에요, 막을 새도 없이 성큼성큼 태하가 들어섰다.

저도 모르게 한 발 뒤로 물러선 지윤이 세면대를 등에 진 채

태하를 바라봤다. 위압적인 시선으로 지윤을 내려다본 태하가 덥석 지윤의 양어깨를 틀어잡고 서늘한 음색으로 물어왔다.

"내가 모르는 문제가 더 있는 건가?"

"그냥 속이 좀 안 좋았을 뿐이에요."

"솔직하지 못한 답이군."

"솔직하지 않을 이유, 없습니다. 그리고 여긴 여자 화장실이에요."

"그래, 마침 배가 고프니 함께 밥을 먹으며 얘길 하면 되겠군."

"전⋯⋯."

대답은 미처 끝을 맺지 못했다.

지윤의 손목을 거칠게 끌어당긴 태하가 빠른 걸음으로 화장실 안을 벗어났다. 뛰어가듯 종종 두 다리를 움직이던 지윤이 디딘 바닥에 힘을 주며 버티기를 시도했지만 입매를 굳히며 의지를 꺾지 않는 태하의 완력엔 어떤 노력도 통하지 않았다.

이런 상태로 식당까지 갈 순 없었다.

"선생님!"

지윤의 절박한 외침이 허공을 갈랐다.

그제야 걸음을 멈춘 태하가 그대로 몸을 돌려 지윤을 바라봤다.

"놓아주십시오. 대체 왜 이러시는지 모르겠습니다."

그러자 잠시 멈췄던 태하의 걸음이 빠르게 비상계단 쪽으로 움직였다.

쾅.

요란한 소리와 함께 문이 닫혔다.

"기억을 못하는 건가? 나는 분명 강지윤 때문이라고 말했을 텐데."

"적어도 병원 안에선 공적인 관계를 유지했으면 합니다."

"보다시피 수술 파트를 챙기는 중이야. 약해 빠진 어시스턴트 는 필요 없거든."

"약하지 않습니다. 그냥 속이 좀 안 좋았을 뿐이에요."

"소화기 내과에 consult 널까? 어젯밤부터 굶은 거 맞지?"

"선생님!"

"너는 분명 문제가 있어. 그런데 감추려고만 해."

지윤이 입술을 깨물었다.

"강지윤."

"……."

"네 말이 맞다. 분명 사적인 감정이야."

틀어쥐었던 손목을 놓으며 태하가 가만히 어깨에 손을 올렸 다.

"아파 보여."

"괜찮습니다."

"네가 아픈 게 싫다."

"수술엔 지장 없……."

"네가 아픈 게 싫어."

귓가에 들려오는 그의 목소리가 너무도…… 간절하게 느껴졌다.

그럴 리가 없는데.

"보다시피 수술 파트를 챙기는 중이야. 약해 빠진 어시스턴트는 필요 없거든."

그래, 그럴 리가 없지.

"처절해 보이도록 필사적인 것도 싫고, 자꾸만 숨기고 도망치려는 것도 싫고, 그래서 자꾸 아픈 것도 싫어."

그래서 어쩌라는 거죠? 나한테 왜 그런 눈빛을 보이는 거예요.

바라보던 지윤의 시선이 바닥을 향해 떨어졌다.

아무렇지 않다고 부정해야 하는데 그러질 못했다.

처절하도록 필사적이고, 숨기고, 도망치고, 아픈 게 사실인데 그의 눈을 마주하고 부정할 수가 없었다.

고개를 숙인 채 그저 입술만 못살게 굴고 있던 지윤의 뺨으로 작은 감정의 동요가 일렁였다. 낯설기만 한 느낌, 아니, 잊은 척 했지만 잊지 못할…….

태하의 커다란 손이 지윤의 뺨을 가볍게 쓸었다. 외면해야 하는 걸 알면서도 지윤은 그러질 못했다. 뺨에 닿는 온기가 무척이나 다정하게 느껴졌다. 이유 모를 눈물이 뚝, 하고 떨어졌다.

"아프면 울기도 하는 거다. 힘들 땐 휴식도 필요하고, 안 되면 반항이라도 해야지."

미약하게 떨리는 지윤의 등을 안아주고자 태하가 손을 뻗자 황급히 고개를 든 지윤이 흠칫, 한 걸음 뒤로 물러섰다.

"반항은 이럴 때 하는 게 아니야."

단호하게 다가온 태하의 팔이 지윤의 등을 단단히 감싸 안았다.

태하의 힘에 밀려 엉겁결에 툭, 가슴에 얼굴을 묻은 지윤이 잠시 끅끅 가슴을 들썩이더니 이윽고 커다란 울음을 쏟아내기 시작했다.

"흐윽."

무엇이 서러운지 이유를 알 수 없었다.

다만 참았던 설움을 일러줄 요량으로 제 어미에게 달려간 아이처럼, 밤이 늦도록 외로이 버티던 술래잡기의 공포를 떨치려는 듯 가녀린 어깨를 들썩이며 눈물을 토해낼 뿐이다.

두 개의 심장은 한동안 맞붙은 채 서로의 온기를 각인하기 시작했다.

"죄송합니다만 정말 밥은 못 먹겠습니다."

벌컥 열린 문으로 누군가의 인기척이 들리자 화들짝 태하에게서 떨어졌던 지윤이 냉큼 손등으로 눈물을 훔치며 계단을 지나가는 남자의 얼굴을 확인했다. 다행히 제가 아는 이가 아닌지 얼굴 가득 안도의 기색을 지으며 아직은 채 가라앉히지 못한 울음을 한 번씩 들썩이던 지윤이 도리질을 하며 입을 열었다. 그 모양이 마치 선생님께 불려온 반항하는 십대 같아 바라보던 태하의 입가에 소리 없는 미소가 지어졌다.

고집스럽게 다물어진 입매하며 뚫어져라 바닥을 응시하는 시선.

그 모습 어디에도 메스를 손에 쥔 채 거침없이 가슴을 가르던 흉부외과 surgeon의 냉철한 카리스마는 보이지 않았다.

"사정을 해도 안 내려갈 기색이군. 그럼, 저녁은 같이 먹을 수 있겠지?"

시선을 마주하며 지윤을 종용해 봤지만 지윤에게선 아무런 대꾸가 없었다.

"대답."

"……."

"대답!"

"……네."

그제야 마지못한 대답이 들려왔다.

이거야 원, 어르고 달래야 하는 유치원생을 눈앞에 둔 기분이었다.

그러면서 가슴 한편에선 몽글몽글 간지러운 기운이 솟아오른다. 그러다가 어딘가 뻐근해지는 느낌.

"7시에 1층 계단 앞에서."

"7시는 너무 빠듯합니다."

"그럼 7시 반."

"……조금 늦어질 수 있습니다."

"8시까진 올 수 있겠지?"

어쩌다 이렇게 된 건지 모르겠다.

휴, 하는 낮은 한숨과 함께 앞머리를 쓸어 올린 지윤이 '그럼' 한마디를 뱉고는 꾸벅 인사를 하고 황급히 비상계단의 문을 열었다.

주위의 뭔가가 자꾸만 변해가는 것 같다. 아니, 실은 그녀 내부에 일어나기 시작하는 작은 변화를 애써 거부하는 중이다.

달갑지 않다.

생각은 들지만 자꾸만 그를 의식하게 된다.

따뜻하다.

그런 느낌이다.

들려오던 목소리가, 어깨를 감싸주던 커다란 손이, 그리고 안아주던 그 품이.

그가 던진 실없는 농담에도 자꾸만 반응하게 된다.

낯선 변화가, 그것에 흔들리는 제가 싫다.

"오빠……."

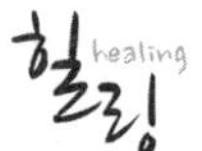

제 얼굴에 묻어 있는 태하의 온기를 지우기라도 하려는 듯 희미하게 기억되는 석훈의 온기를 애써 떠올리며 지윤이 나직이 중얼거렸다.

가슴 한켠이 지끈거린다.

7. 백숙과 자전거

"타."

1층 계단 앞에서 한참이나 뚝 떨어진 곳에서 태하를 기다리고 있던 지윤은 느닷없이 제 앞에 멈춰 선 자전거를 보며 연신 눈을 깜빡일 수밖에 없었다. 셔츠 소맷단을 걷어붙인 채 힘껏 페달을 밟아 달려온 남자는 다름 아닌 혜명대병원 흉부외과의 스태프였기 때문이다.

"타라니까?"

핸들을 잡지 않은 다른 한 손으로 제 뒤를 툭툭 친 태하가 지윤을 돌아보며 물었다.

얼이 빠진 채 멀뚱히 태하가 가리킨 곳을 바라보고 선 지윤을 보며 태하가 재차 질문을 던졌다.

"설마 자전거도 못 타는 건 아니겠지?"

"설마 지금 이 자전거를, 그것도 선생님 뒤에 타란 뜻은 아니시겠죠?"

"달리 탈 데가 있다면 재주껏 타도 좋다."

"선생님."

"최선의 방법이 안 되면 차선책이라도 강구해야지. 나는 당장 강지윤이랑 저녁밥을 먹어야겠는데 구내식당은 피하고 싶고. 아, 이건 어디까지나 강지윤의 입장이다. 컵라면에 미역국은 다시 먹기 싫으니 자전거라도 타고 나갈 수밖에. 다른 좋은 방법 있어?"

"그래도 어떻게……."

"그냥 올라타서 붙잡으면 돼."

움직이지도 못한 채 난감한 얼굴이다.

그 얼굴에 대고 태하가 묻는다.

"자전거도 태워줘야 해?"

울상을 짓더니 결국 태하의 뒤에 쭈뼛쭈뼛 올라타기 시작했다.

"배 많이 고파?"

"아뇨."

"잘됐군. 시간 좀 걸릴 거야."

"흐악!"

별다른 예고도 없이 자전거가 움직였다.

아무런 방비도 없이 머쓱하게 걸터앉아 있던 지윤이 휙, 하고 뒤로 젖혀지는 몸을 바로 하며 태하의 허리에 손을 둘렀다.

정문으로 이어진 긴 내리막길을 거침없이 쭉 달린 자전거가 병원 앞 골목을 지나 대로변으로 들어서기 시작했다. 기운 좋은 속도로 안정감 있게 달리는 자전거와 달리 뒤에 매달린 지윤의 심장은 불안할 정도로 가속도를 높였다.

서서히 어둠이 내리기 시작한 도심의 밤거리는 하늘을 수놓아야 할 별빛 대신인 양 각각의 색을 발하는 간판들로 어지럽게 반짝이고 있었다.

"저번에 데려가려고 했던 한정식 집은 나중에 차로 가자고. 자전거 타고 가려면 한 시간도 더 가야 해."

바람을 가르며 뒤에 앉은 지윤을 향해 입을 열던 태하가 힐끔 뒤를 돌아봤다. 그 바람에 태하의 허리에 팔을 두르고 있던 지윤이 찔끔 놀라 둘렀던 팔을 빼려 몸을 틀었다. 하지만 그보다 빠른 손길로 핸들을 잡지 않은 손이 달려와 지윤의 두 손을 단호히 감싸 고정했다.

두 사람이나 올라탄 자전거를 손 하나에 의지하는 모습이 어쩐지 불안해 지윤이 불쑥 입을 열었다.

"핸들 두 손으로 잡으세요."

"팔 안 풀겠다고 약속하면."

그건, 이라며 지윤이 약간은 억울한 기색을 드러냈다. 출발하겠단 언질도 없이 갑자기 움직인 탓에 엉겁결에 태하의 허리를 끌어안은 것이었는데.

분명 여유를 찾고 나면 그의 허리가 아닌, 옷깃을 잡을 생각이었단 변명을 웅얼대며 지윤이 낮은 한숨을 내쉬었다.

"손을 놓아주시면 알아서 잘 붙잡겠습니다."

"위치를 옮기겠단 뜻이로군. 그럼 난 난폭운전으로 가는 수밖에."

안 그래도 위태로워 죽겠는데 난폭운전이라니.

다섯 살 어린애도 아니고 서른다섯씩이나 먹은 병원 스태프가 3년차를 데리고 나눌 대화란 말인가.

그럼에도 어쩐지 불안한 마음에 태하의 허리를 꼭 틀어쥔 지윤을 힐끗 돌아보며 태하가 슬쩍 미소를 지었다.

"혹시 가리거나 못 먹는 음식 같은 거 있나?"

"그런 건 특별히 없지만."

설마 뱀, 지렁이, 자라 같은 이상한 음식을 먹으러 가는 건 아니겠지?

뒤에 매달린 지윤의 심장이 불안한 박자로 달아나기 시작했다.

"뭘 먹으러 가는 거죠?"

"몸에 좋고 맛도 좋은."

뱀이구나.

절망의 쓴맛이 입안을 맴돌았다.

몇 개의 골목을 지나고 다시 드러난 도로를 따라 이리저리 방향을 옮기자 도심의 건물 사이로 오래됐지만 잘 정비된 한옥이 눈에 들어왔다. 활짝 열린 대문을 지나 들어서니 주인의 손길이 오래 머물렀을 장독대와 앙증맞은 꽃이며 나무들이 그림 같은 풍경으로 늘어서 있었다.

개량한복을 입은, 나이 지긋한 아주머니가 기다렸다는 듯 반갑게 두 사람을 맞았다.

안내받은 방으로 들어서니 미리 전화를 해두었던 듯 상 위엔 먹음직스런 밑반찬들이 정갈하게 놓여 있었다.

일단 뱀 고기는 아니겠구나, 안도의 한숨이 흘러나왔다.

하지만 안심할 수 없다. 전혀 가늠할 수 없는 이 남자처럼 예상을 뒤엎고 뚝배기 안에서 똬리를 틀고 있는 뱀탕이 짜잔, 등장하게 될지도 모르니까.

잔뜩 긴장한 얼굴로 작은 노크 소리와 함께 안으로 들어오는 종업원의 손에 들린 음식을 확인하던 지윤의 입가에 허탈한 웃음이 지어졌다.

뜨끈하게 달궈진 커다란 뚝배기 안에서 모락모락 맛깔 나는 김을 피워내고 있는 음식의 정체는 바로 닭백숙이었다.

"어쩐지 실망한 눈치로군."

그런 지윤의 얼굴을 재미있다는 듯 바라보던 태하가 집게를 집어 들며 입을 열었다. 능숙하게 집게와 가위를 집어 든 모습이 마치 수술실 집도의를 떠올리는 듯해 어쩔 수 없는 직업 본능인가, 생각하던 지윤이 냉큼 태하가 쥐고 있는 것들을 건네받고자 손을 뻗었다.

"제가 하겠습니다."

"처음이지?"

쓱쓱. 닭의 배를 갈라 안에 있던 닭죽을 국물에 풀어 넣으며 태하가 물었다.

"네?"

"이 식당, 처음이냐고."

"네."

"나온 음식에 대한 완벽한 파악이 끝난 건가?"

여전히 이해가 되지 않는다는 얼굴로 바라보는 지윤에게 태하가 짐짓 엄한 얼굴로 입을 열었다.

"완벽한 수술은 완벽한 준비만이 가능하게 한다."

"……?"

"강지윤은 그냥 맛있게 먹기만 하면 된단 뜻이다."

말도 안 되는 소리.

지금 저더러 스태프의 시중을 받으며 식사를 하라는 건가.

도무지 의중을 알 수 없는 태하의 말에 미간을 모은 지윤이 그를 향해 다시 손을 내밀었다.

"주십시오."

"수술실에선……."

묵묵한 손길로 방금 떼어낸 큼직한 닭다리를 지윤의 앞 접시에 놓아준 태하가 조용히 입을 열었다.

"어쩔 수 없는 관계에 있다 하더라도 그 외의 때와 장소에서 넌, 신태하가 관심 갖는 강지윤일 뿐이다."

성격만큼이나 똑 부러지게 구분지어지는 공과 사.

아까 수술실에서의 행동을 떠올리면 충분히 납득할 수 있는 말이었지만 문제는 지윤 자신이 그의 마음을 받아들일 의지가 전혀 없다는 거다.

"고민은 나중에 하고, 식기 전에 우선 먹기부터 하지."

태하가 먼저 남은 닭다리 하나를 집어 들었다.

어느 분위기 좋은 레스토랑에서 우아하게 와인잔이나 쥔 채 스테이크나 썰고 있을 것 같은 길고 섬세한 손가락이 튼실하게 살이 오른 닭다리에 휘감겨 있었다.

미역국에 이어 닭백숙이라.

메뉴 자체가 갖는 특이함은 없지만 입에 넣게 된 과정은 딱히 평범하다고 할 수도 없었다.

일단 거기까지.

허기진 위장을 자극하는 구수한 냄새에 망설이는 기색 없이 곧바로 앞 접시에 놓인 닭다리를 집어 들었다.

후식으로 나온 수박과 수정과까지 먹고 나니 정말 배가 터질 것 같은 느낌이 어떤 건지 바로 알 수 있을 것만 같았다.

정말 이상하다.

마치 데메테르의 나무를 쓰러뜨리고 아무리 먹어도 늘 허기를 느끼는 저주를 받은 에리직톤이 제 옆에 딱 붙어 앉아 부추기기라도 하듯 지윤은 제 앞의 접시를 쉼 없이 비워 나갔다.

체력을 유지하기 위해 어쩔 수 없이 꾸역꾸역 먹어대던 그것과 다른, 누구와 함께 마주 앉아 나란히 젓가락질을 하는 행위.

물끄러미 생각에 잠겨 있던 지윤은 주인을 향해 맛있게 잘 먹고 간다며 인사를 하는 태하를 바라보며 조용히 결론지었다. 그저 무척이나 허기가 졌을 뿐이라고.

✳

"복날에 닭을 챙겨 먹은 것도 꽤 오랜만이군."

주차장에 세워두었던 자전거를 끌고 나오며 태하가 입을 열었다.

복날?

그러고 보니 절기상으로 중복이 가까워지긴 했을 것 같다.

미리 전화로 예약을 해놓은 것하며.

그럼 중복을 챙기기 위해 일부러 이곳까지 온 거였단 말인가?

"복날에 닭을 먹는다고 해서 특별히 뭐가 달라지는 건 아니겠지만 무시 못할 기운은 있는 것 같아."

논리와 이성을 초석으로 무장된 첨단의학의 산물인 병원이라고 해서 매사가 다 딱 떨어지게 과학적이진 않다. 눈에 보이는 증거와 결과를 중시하는 병원이지만 의외로 미신적인 부분도 상당수 차지하곤 한다.

단적인 예로, 우리나라 보통의 병원엔 4층이 없다. 넉 사(四)의

발음이 죽을 사(死)와 같다는 부정의 인식이 작용하기 때문이다. 어찌 보면 '사'로 발음되는 '4'를 회피하는 환자를 위한 배려로 볼 수 있지만 의료진도 결국 사람이기에 그들에게 남아 있는 오랜 정서 또한 무시할 수 없는 노릇이다.

태하의 말을 듣고 보니 복날이라고 따로 챙겨 먹은 보양식 때문인지 평소보다 조금은 더 든든한 느낌이 드는 것만 같았다. 사실 오늘 먹은 백숙이나 야식으로 시켜 먹는 치킨이나 결국엔 같은 닭일 텐데도 이 남자의 말을 들으면 봉황과 참새만큼이나 커다란 차이가 나는 것만 같이 느껴진다.

집까지 가는 길이 그냥 아득하게 느껴졌다.

"바람도 쐴 겸 좀 걸을까?"

태하의 등에 매달린 채 아파트 입구에 다다랐을 무렵, 태하가 던진 제안에 잠시 주저하던 지윤이 고개를 끄덕이며 자전거에서 내려섰다. 사실 집 앞에 데려다 준 스태프를 한 번도 아니고 두 번씩이나 그냥 돌려보내자니 오늘은 어떤 말로 인사를 해야 하나 망설이던 중이었다. 때문에 먼저 고민을 해결해 준 태하의 제안이 은근 반갑기까지 했다.

"아빠가 된 기분이야."

두 사람의 걸음이 아파트 바로 근처에 위치한 작은 공원으로 들어섰을 무렵이었다. 뜬금없이 들려온 태하의 말에 지윤이 걸음을 멈췄다. 의아한 표정으로 제 얼굴을 물끄러미 바라보는 지윤에게 태하가 한 걸음 다가섰다.

"널 보면 그냥 먹이고 싶고, 재우고 싶고, 달래고 싶고."

전혀 어울릴 것 같지 않은 낯간지러운 소리에 지윤의 고개가 절로 돌아갔다.

정말 이 상황은 어울리지 않는다.

오글거리는 멘트를 오더 내리듯 무덤덤한 표정으로 뱉은 태하가 다시 걸음을 옮기기 시작했다.

"뭐든 명확한 걸 선호하는 편인데 딱히 정해지지가 않아."

아무런 대꾸를 하지 않으며 지윤이 걸음을 움직였다.

"화났다가, 걱정됐다가, 안쓰럽다가."

"복잡하게 해드려 죄송합니다."

시선조차 돌리지 않은 덤덤한 얼굴이 말을 뱉었다.

아무런 감정이 담기지 않은, 그저 귀찮으니 대충 사과하고 넘기려는 듯한 느낌이 강하게 밀려왔다.

"강지윤."

"화가 나시면 그냥 화내시면 됩니다. 대신, 걱정 같은 건 하지 말아주셨음 합니다."

"그게 나이기 때문인가?"

"누가 됐든, 싫습니다."

"강해 보이고 싶어서?"

"나약하진 않으니까요."

"누가 그래?"

태하의 물음에 그만 말문이 막혀 버렸다.

사람들은 죄다 그렇게 알고 있을 것이다, 라고 여태 믿고 있었는데 한순간에 모든 것이 부정되는 느낌이었다. 지윤의 가슴이 덜컹 내려앉았다.

"그럼 어째서 애를 써야 하는 건지, 무엇 때문에 필사적이 되어야만 하는 건지 설명해 봐. 사람을 죽이지 않는 의사가 되겠단 말도 안 되는 이유 말고."

"사람을 죽이면 안 되니까요!"

고요함으로 가득 찼던 텅 빈 공원에 두 사람의 날 선 목소리가 허공 위에서 쨍강, 맞부딪쳤다.

"아무것도 할 줄 몰라서, 아무것도 해주지 못하면 안 되니까, 그래서 죽이면 안 되니까."

"그래서, 감당도 하지 못하는 주제에, 하얗게 질리도록 이를 악물고 달려드는 건가? 네가 아무것도 할 줄 몰라서, 하필 네 앞에서 죽어간 바보 같은 놈은 대체 누군데!"

어느새 눈물을 매단 지윤의 눈동자가 불규칙적인 파동을 그리며 심하게 흔들리기 시작했다. 어쩌면 그녀가 가장 감추고 싶었던 비밀일지 모른다. 하지만 알면서도 결국엔 들쑤시고 말았다. 감추면 감출수록 그녀가 느껴야 할 고통의 깊이는 점점 깊어져만 갈 것이 분명하기 때문이다.

손등으로 쓱, 눈물을 훔친 지윤이 무언가 할 말을 찾는 듯 입술을 달싹이고 있었다.

분명 자신은 괜찮다고, 그러니 상관 말라는 소리가 흘러나올 것이다.

안쓰러울 정도로 떨리는 지윤의 어깨를 보며 그동안 팽팽하게 당겨져 있던 이성의 끈이 툭, 끊어지는 걸 느꼈다.

"머리 나쁜 강지윤."

그가 한 걸음 다가섰다.

"너 땜에 화를 내는 거다. 너 때문에 걱정하는 거고, 너 때문에, 그래서 널……."

눈물이 날 정도로 다정한 목소리가 들려왔다.

그대로 지윤을 당겨 안은 태하가 그녀의 귓가에 달래듯 속삭였다.

"이게 다 너 때문인데 나더러 상관하지 말라면, 나는 대체 어떡해야 하지?"

자꾸만 눈물이 난다.

그래서 더 다정하게 들린다.

그것을 애써 부정하듯 태하의 품에 안긴 채 지윤이 연신 도리질을 했다.

어느새 다가온 커다란 손이 그런 지윤의 작은 뒤통수를 힘껏 눌러 제 가슴에 기대게 했다.

"그만."

그의 깊은 음성이 심장을 타고 울리듯 들려왔다.

마치 마법의 주문처럼 도리질을 하던 지윤의 고개가 가만히 멈춰 섰다.

쿵쾅쿵쾅.

머리를 댄 그곳에서 건강한 심음(心音)이 느껴졌다.

"널 꺼내오고 싶어."

네 심장이 기억하는 고통 속에서.

"그래서 네가 사람을 살리는 의사가 되었으면 좋겠다."

오빠…….

따뜻하게 잡아주던 손, 다정하게 지켜보던 눈빛. 지금도 그리운 기억 속 모든 것이 어지럽게 떠오른다.

정말 너무나 따스한데. 변함없이 따스하기만 한데. 그런데 오빠 품이 아니잖아. 나더러 어떡하라고. 정말 어떡하라고.

"그런 너를, 좋아한다."

이성과 심장이 제멋대로 날뛰기 시작한다.

누구의 것인지 모를 심장 소리가 미친 듯이 요동치고 있었다.

딛고 선 바닥이 휘청, 움직이는 것만 같아 저도 모르게 손을 뻗은 지윤이 태하의 옷깃을 다급히 그러쥐었다.

떨쳐 내기 힘든 어지러운 열기가 그녀의 심장 안으로 날카롭게 파고들었다.

지윤이 질끈 눈을 감았다.

"할아버지, 쫌!"

"이놈이, 어따 대고 소릴 질러!"

진정 ICU 환자가 맞는 걸까.

1년차 철형보다도 더 혈기왕성한 강동명 할아버지의 목청이 쩌렁쩌렁 울려 퍼졌다.

첫째 날.

"할아버지, 피 좀 뽑을게요."

"맨날 오던 못생긴 놈은 어딜 가고?"

"할아버지가 못생겼다고 하도 구박하셔서 잘생긴 제가 대신 왔지요."

"미친놈이구만."

둘째 날.

"앗, nasal cannula(비강 캐뉼라:산소 공급을 위해 코에 꽂는 관)를 빼시면 어떡해요!"

"이거 끼면 코로만 숨 쉬라며!"

"그럼 산소마스크로 바꿔 드릴게 입으로 숨 쉬세요."

"내가 붕어냐?"

셋째 날.

"할아버지 땜에 제가 얼마나 깨졌는지 아세요?"

"내가 뭘!"

"아까 새벽에 여쮨을 땐 밤새 잘 주무셨다면서요. 근데 선생님 회진 오셨을 땐 왜 아니라고 하셔가지고 사람 거짓말쟁이 만드시는데요."

"잠을 잘 못 잔 게 나중에 생각났는데 어쩌라고!"

그리고 오늘, 넷째 날.

"제발 팔 좀 내놓으세요. 회진 도시기 전에 얼른 검사지 챙겨야 한다구요."

"네놈이 할 일을 왜 나한테 와서 안달이야."

"그러니까 지금 제 할 일이 할아버지 피 뽑는 거라고요."

"어제도 뽑아갔잖아!"

"매일 체크해야 한다고요!"

두 눈을 부릅뜬 채 따박따박 말대꾸를 해대는 철형을 보며 강동명 할아버지가 나직이 혀를 찼다.

"못생긴 게."

"할아버지도 그닥 잘생긴 얼굴은 아니세요."

"우리 손자들을 보면 그런 소리 못할 거다. 죄다 날 닮아서 하나같이 훤칠해. 게다가 좀 잘났나? 큰 손잔 변호사에, 둘째는 저기 대전 연구단지에 연구원으로 있다. 셋째는……."

"아유, 그렇게 잘난 손자 분들이 왜 면회 한 번 안 오실까."

삐죽이는 얼굴로 할아버지에게 대꾸를 한 철형이 아무런 고지 없이 다짜고짜 할아버지의 바지춤을 한 번에 휙 잡아 내렸다.

"그렇게 팔 내놓기 아까우시면 맘대로 하세요. 대퇴동맥에서 뽑으면 되니까."

쓱쓱 알코올 솜을 문지르며 할아버지의 사타구니 근처에 바짝 얼굴을 갖다 댄 철형이 중얼대듯 말하곤 주사기를 찔렀다. 보통 이쯤이면 뭔가 반응이 있어야 하는데 어쩐지 너무 조용한 것 같아 불쑥 고개를 들어보니 입술을 꾹 다문 채 부들부들 떨고 있는 할아버지의 모습이 보였다.

"같은 남자끼리 바지 좀 내렸다고 창피하세요?"

철형의 물음에도 할아버지는 아무 대꾸가 없었다.

지혈을 하면서 잠시 할아버지의 얼굴을 살피던 철형은 생각보다 부끄럼이 많으신가, 생각하곤 더 이상 신경을 쓰지 않았다. 동맥혈 채취 후엔 지체 없이 바로 검사에 들어가야 했기 때문이다.

비장의 무기 발견.

앞으로 또 ABGA 안 한다 떼쓰시면 바지를 벗기리라.

"진짜 어디서 타는 냄새 안 나십니까?"

적지 않은 시간을 매일같이 강동명 할아버지에게 시달린 철형이 눈 밑의 다크서클을 퀭하니 달고 애절한 눈빛으로 민준을 바라봤다.

"솔솔 풍긴다, 네 똥줄 타는 냄새가."

"장난 아니고 저 이러다 진짜 죽을 것 같습니다."

"걱정 마라. 여기 의사가 몇인데 널 죽게 내버려 두겠니."

"차라리 벌당을 설게요. 의국 청소도 할까요?"

"노노. 할아버지 퇴원하실 때까지 쭉 네 할 일만 하면 된다."

"아악! 할아버지 퇴원 전에 제가 먼저 죽겠다고요!"

그런데 다음날.

그간 기세등등하던 기운은 간데없이 사라지고, 대신 축 늘어진 채 말없이 팔을 쓱 내미는 할아버지를 맞은 철형은 고개를 기울이며 연신 두 눈을 끔뻑였다.

좋아해야 하는 건가?

아니, 어쩌면 날 놀리려고 하시는 건지도 몰라.

언제 날아올지 모를 호통에 잔뜩 신경 쓰며 혈액을 채취한 철형은 지혈이 끝났음에도 내내 아무 말씀 없으신 할아버지를 보며 찜찜한 기운을 느껴야만 했다.

 힐링 healing

뭐지?

"할아버지, 이젠 방법을 바꾸신 거예요? 안 어울리시니까 그냥 전처럼 하세요."

"가. 귀찮아."

"혹시 어디 불편하세요?"

"……."

"할아버지, 말씀을 하셔야 알죠."

"네놈이 알아서 뭐 하게."

"갑자기 이러시니까 걱정되잖아요."

노인 특유의 탁한 눈동자가 철형의 얼굴에 잠시 머물렀다.

"됐다."

귀찮다는 듯 한마디를 내뱉은 할아버지가 그대로 눈을 감아 버렸다.

허리에 손을 얹은 채 잠시 난감한 빛을 그리던 철형이 할아버지의 이불을 다독이곤 몸을 돌렸다. 순간 베개 밑에 삐죽 모습을 드러낸 무언가. 사진처럼 보이는 그것에 손을 대려는데 어느새 다가온 간호사가 가만히 고개를 저어 보인다. 궁금한 마음에 바짝 붙어선 철형이 사연을 묻자 난감한 듯 한숨을 푹 내쉰 간호사가 할아버지 쪽을 슬쩍 돌아보곤 입을 열었다.

"가족사진인 것 같은데 아무도 못 건들게 하세요."

"쳇. 남들 안 찍는 가족사진인가."

"그게, 일반 병동에 계실 때부터 유명하셨대요. 재산이 꽤 되시나 본데 아들 내외들이 번갈아 찾아와선……."

말끝을 흐리는 간호사의 말에 철형의 고개가 갸웃 기울어졌다.

자식들이 자주 찾아오면 좋은 거 아닌가?

"서로 유리한 쪽으로 유언장 고쳐 달라 떼쓰다가 결국엔 병실 안에서 싸움까지 했다더라고요. 그리곤 통 걸음을 안 하나 봐요."

"설마요."

"설마 싶죠? 근데 ICU로 들어오신 후로 면회 온 사람을 본 적이 없어요."

"그래도 아버진데. 할아버지고, 시아버진데 어떻게 그래요? 걱정도 안 되나?"

어이없다는 듯 벌어진 철형의 눈매에 씁쓸한 미소를 지은 간호사가 어깨를 으쓱였다.

"아직 1년차시죠? 좀 더 있어보면 이보다 더 한 것도 볼 텐데."

등을 돌려 사라지는 간호사의 뒷모습을 물끄러미 바라보던 철형의 눈가가 괜히 따끔거리는 것 같았다. 걱정이 된다던 저의 말에 왜 그리 공허한 눈빛을 짓고 계셨는지…….

다시 걸음을 돌린 철형이 할아버지 옆에 멈춰 섰다.

"전, 할아버지가 걱정돼요. 그러니까 저한테만큼은 그냥, 할아버지 하고 싶은 대로 하세요."

눈을 감고 있는 할아버지에게 다짜고짜 중얼댄 철형이 빠르게 몸을 돌려 걸어 나갔다.

인기척이 사라진 침대 위에선 자는 척하느라 애써 눈꺼풀에 힘을 준 할아버지의 눈가가 미세하게 떨리고 있었다.

"못생긴 게."

통명스럽게 내뱉는 할아버지의 목소리도 덩달아 흔들렸다.

잠깐 눈을 붙이려는데 머리맡에 얹어둔 휴대전화가 윙윙 요란하게 울려댔다.

눈꺼풀을 붙인 채 휴대전화를 확인하니 ICU에서 온 것이다.

이번엔 할아버지가 무슨 소란을 피우신 건가, 쩍 늘어진 하품을 하며 벗어두었던 신발에 발을 꿰어 넣고 달려가자 뭔가 심상치 않은 분위기가 싸하게 느껴졌다.

인턴 하나가 열심히 CPR을 하고 있는 게, 자세히 보니 강동명 할아버지 침대였다.

"어떻게 된 거예요?"

다급히 다가간 철형이 담당 간호사를 향해 물으니 저녁까지도 멀쩡하셨는데 갑자기 모니터링 알람이 울려 달려와 보니 혈압이 70까지 떨어지며 쇼크에 빠졌다고 한다.

"비켜봐!"

CPR을 하고 있는 인턴의 자리로 올라선 철형이 빠르게 압박을 시행하며 간호사와 인턴을 향해 소리쳤다.

"아트로핀(atropine) 1mg! 너는 빨리 당직 선생님께 연락하고!"

가운이 흥건히 젖은 채 땀이 뚝뚝 떨어질 정도로 심폐소생술을 했지만 끝내 할아버지의 맥박은 돌아오지 않았다.

　심전도의 파형이 flat을 그리며 이미 꺼져 버린 생명의 빛을 암울하게 기록하고 있었다.

　"그만해. 보호자 분들 오셨어."

　제 어깨를 두드리는 민준의 음성에 그제야 뚝뚝 땀을 떨어뜨리며 고개를 든 철형이 그렁그렁한 눈빛으로 할아버지를 바라봤다.

　늘 찌푸린 얼굴로 버럭버럭 소리를 질러대던 모습은 간데없이 평온하게 잠이 든 얼굴이었다.

　"아버님!"

　가족들로 보이는 사람들이 할아버지 곁으로 다가오며 울음소리를 냈다.

　아마도 저 중엔 할아버지가 그토록 자랑하던 잘난 손자들도 끼어 있을 것이다.

　주치의로서 사망선고를 해야 하는 본분도 잊은 채 철형이 후다닥 자리를 박차고 나갔다.

　"피 안 뽑는다, 떼쓰셔도 앞으로 바진 안 내리려고 그랬는데. 못생겼다고 욕해도 그냥 들어드리려고 그랬는데."

　비상계단에 쭈그리고 앉은 철형이 끅끅 울음을 뱉어냈다.

　"할아버지 진짜 순 뻥쟁이. 아까 보니까 나보다 잘생긴 남잔 하나도 없더구만. 흐윽."

　할아버지가 그립거나 해서 흘리는 눈물은 절대 아니다.

　그저 할아버지의 뻥을 당신의 손자 분들 앞에서 제대로 비교

분석해 드리지 못함에 대한 억울한 마음에서일 것이다.

"아우, 진짜. 내가 백 배 더 잘생겼는데. 진즉 찾아왔으면 할아버지 앞에서 따질 수 있었는데. 흐윽."

밤이 깊도록 들썩이던 철형의 어깨는 쉽게 가라앉지 못했다.

「안 못생겼다, 이놈아」

급하게 뛰쳐나오던 철형의 옷자락을 붙든 간호사가 넌지시 쥐어준 쪽지엔 삐뚤빼뚤하지만 정성껏 눌러 쓴 글씨가 적혀 있었다.

의사다운 의사가 되어가는 시간.

그것이 쉬이 지나가진 않는다는 걸, 눈 두덩이에 매달린 눈물만큼이나 짜고 아픈 기억이 그의 심장을 짓누른 채 조용히 각인되었다.

*

특별할 것 없는 병원의 하루가 반복되던 중이었다.

"그런 너를, 좋아한다."

그의 고백이 있고 난 뒤 마음의 동요가 전혀 없었다면 거짓일 것이다. 하지만 흔들리는 마음을 애써 누르고 있는 지윤이나 그것을 바라보는 태하나 별반 다를 것 없는 일상을 이어가고 있었다.

당장에 닥칠 변화를 두려워하던 지윤으로선 내심 반가운 일이긴 했지만 언제부터인가 그의 눈치를 살피고 있다는 걸 깨달았다. 평소와 같은 일상이라면 없던 일처럼 담담할 거란 생각과 달리 오히려 살얼음 위를 걷는 듯 온 신경을 곤두세우고 그를 좇고 있는 제 자신의 모습에 헛웃음이 나왔다.

아무 생각도 하지 않는 것. 그것이 가장 힘든 일이었다.

병원 앞 사거리에서 발생한 대형 교통사고로 지윤은 물론, 태하까지 응급실로 달려 내려와야만 했다.

전쟁터를 방불케 하는 상황이 정리되고 잠시 화장실로 들어선 지윤이 거센 손길로 세수를 하며 거울을 들여다봤다. 평소와 다를 바 없이 피곤한 얼굴이지만 이쯤이면 항상 치밀어야 할 토기(吐氣)가 느껴지지 않았다.

그 정도로 피곤한 건가.

혼자 중얼대며 나서니 팔짱을 낀 채 기다리고 있는 태하의 모습이 눈에 들어왔다.

"올라가지."

한마디 외에 별다른 말은 하지 않았다.

앞서 걸어가던 그의 뒤를 좇아 다시 병동으로 올라가기 위해 엘리베이터 쪽으로 걸어가던 지윤은 로비를 가로질러 걸어오던 한 남자의 얼굴을 확인하곤 갑자기 낯빛을 굳혔다.

"오빠."

지윤의 입에서 흘러나온 소리에 옆에 있던 태하의 미간이 움찔 움직였다.

시선을 돌리자 대략 30대 후반쯤 되어 보이는, 훈훈한 인상의 남자가 지윤을 바라보고 있는 게 보였다.

"지윤이구나."

남자가 잔잔한 미소를 머금었다.

마땅치는 않지만 그렇다고 그 자리를 지키고 있을 수도 없던 태하가 먼저 걸음을 옮겼다.

뒤통수에 뻗은 레이더는 내내 두 사람을 향한 채였다.

"여긴 어쩐 일이세요?"

"종양내과 심인권 교수님하고 공동으로 진행 중인 연구가 있어서. 곧 학회 발표도 있고."

"아."

지윤의 고개가 끄덕여졌다.

"얼굴이 왜 이렇게 많이 상했니."

안타까움이 잔뜩 담긴 정훈의 시선이 지윤의 얼굴을 쓸어내렸다.

사고가 난 지 벌써 9년.

가슴에 묻은 저희보다도 더 힘들어하는 지윤을 보면 항상 안쓰러운 마음부터 앞선다.

"아저씨랑 아줌마는 다 잘 계시죠?"

"그럼, 잘 계신다."

“오빠도 좋아 보이네요.”

“지윤아.”

“네?”

“올 기일부턴 오지 마.”

“오빠.”

“안 그래도 너한테 전화하려고 했어.”

“갑자기…… 왜요?”

“갑자기가 아니야. 실은 벌써 그랬어야 했던 거지.”

그러고 보니 얼마 남지 않았다.

해마다 그렇게 당연한 듯 챙겼던 기일이기에 지윤은 망연자실한 얼굴로 정훈을 바라볼 뿐이었다.

“석훈이도, 너 이렇게 힘든 거 원하지 않을 거다. 그건 어디까지나 사고였고, 누구도 어쩔 수 없는 일이었어. 그러니 이제 그만…….”

“저 힘들지 않아요. 힘든 것 없어요.”

“네 얼굴에 피었던 웃음이 얼마나 환하고 예뻤는지 기억하니?”

“…….”

“석훈이도 네 웃음을 보고 싶어 할 거다.”

지윤을 향해 따스한 미소를 지어 보인 정훈이 지윤의 어깨를 톡톡 두드리곤 걸음을 옮겼다.

정훈이 사라지고도 한동안 자리를 떠나지 못한 지윤은 멍한 시선을 얹은 채 굳은 듯 서 있어야만 했다.

수술실에서 나온 지윤이 텅 빈 의국 안으로 들어섰다.

바스스 부서질 것만 같은 몸을 소파에 풀썩 뉘며 들어 올린 팔로 눈을 가렸다.

"심장은, 아무리 들여다봐도 하트 모양이 아니더라."

지윤이 중얼댔다.

오빠가 그랬잖아. 심장이 정말 하트 모양인지 궁금하다고.

근데 이만큼 봤어도, 하트는 아닌 것 같아.

오빠, 나 얼마나 더…….

"차별하는 강지윤."

갑자기 들려온 태하의 목소리에 누워 있던 지윤이 소파에서 벌떡 몸을 일으켰다.

언제 들어왔는지 문가에 기대선 태하가 지윤을 내려다보고 있었다.

"가만히 생각을 해보니 좀 억울한 점이 있어서."

다급히 기억을 되돌렸다.

수술하던 과정에선 별문제가 없었던 것 같은데.

"아까 그 남자, 나보다 더 나이 들어 보이던데 왜 그 사람은 오빠고 난 아저씨인 거지?"

"네?"

도통 모르겠다는 얼굴이 태하를 향해 들려졌다.

"아저씨. 기억 안 나?"

“무슨……”

가만히 기억을 되짚던 지윤이 설마, 하는 눈초리로 태하를 바라봤다.

“아저씨, 눈 떠보세요!”

처음 만난 그날, 교통사고 현장에서 태하를 부르던 호칭이었다.

“설명이 필요해. 아까 그 남잔 오빤데 왜 난 아저씨였던 거지?”

“정훈 오빠, 그냥 어렸을 때부터 알던 오빠였어요. 그리고 누워 있는 환자한테 대뜸 오빠라고 부르는 게 상식적으로 말이 된다고 생각하세요?”

“아니.”

따져 묻던 지윤의 말문이 한순간에 턱, 막혀왔다.

“그러니까, 상식적으로 말이 안 되니까.”

“……?”

“그냥 누워 있는 환자한텐 오빠라고 부르면 안 되는 거지.”

대체 무슨 소릴.

지윤의 미간이 가운데로 좁혀졌다.

그와 동시에 태하의 미간도 움찔, 움직였다.

이것, 질투인가?

그러고 보니 응급실 취객에게 봉변을 당했을 때 취했던 과한 반응이 떠오른다. 그녀가 내몰린 위기의 순간, 최소한의 보호막이 되어주지 못했다는 자책과 저 대신 그 자식의 멱살을 틀어쥔 게 하필 김민준이었단 사실에 피가 끓어 넘치는 것 같은 화기(火氣)를 느꼈었다.

지윤을 수술에서 제외시킨 것도 어쩌면 지윤의 아픈 팔보다 제 감정을 우선시했기 때문이었을 것이다.

"강지윤."

"네."

"갑자기 강지윤의 심장이 예쁜 하트 모양일지 궁금해진다."

"선생님 눈엔 하트로 보이시던가요? 제 눈엔 그저 주먹만 한 감자 모양이던데요."

퉁명스럽게 내던진 지윤의 말에 고개까지 젖히며 하하 웃어댄 태하가 흐트러진 앞머리를 손으로 쓸어 올리며 지윤을 바라봤다.

"남의 심장은 녹녹한 하트로 만들어놓고 하는 말이라니……."

사라지지 않은 미소가 여전히 그의 입가에 걸려 있었다.

"네 가슴 안에 있는 감자도 예쁜 하트로 만들어주고 싶은데."

"선생님."

난감하면서도 단호한 지윤의 목소리가 튀어나왔다.

"그러니까 우리, 연애라는 걸 해보는 게 어때."

문 밖에 멈춰 있던 걸음 하나가 와락, 벽으로 붙어 섰다.

열린 문틈으로 들려온 남자의 목소리에 의국으로 향하던 또 하나의 발걸음이 그대로 멈춘 채였다.

　아무런 기척 없이 두어 번 숨을 몰아쉰 걸음이 왔던 길을 되짚어 황망히 사라졌다.

　언뜻 민준의 가운이 펄럭이는 듯했다.

9. 초코볼과 응급실

"intubation(기도 삽관)!"

20년간 고혈압 치료를 받아왔던 60대 남성이 갑작스런 복부 통증을 호소하며 응급실에 실려 왔다. 응급실 도착 당시 의식은 있었지만 지속적인 복부 통증 및 복부 팽만이 있어 응급의학과에서 시행한 초음파 결과, 복부 대동맥류 파열이 의심된다는 소견에 따라 복부 CT를 촬영하던 중 갑자기 의식이 저하되었다고 했다.

빠른 대처에도 불구하고 복부 대동맥류가 파열될 경우 수술실로 올라가기 전에 사망하는 환자도 상당수지만 수술을 받더라도 매우 높은 사망률을 보이는 위험한 질환이다.

응급의학과의 호출을 받은 지윤이 다급히 응급실로 내려왔을 때 환자의 혈압은 이미 60/40mmHg로 떨어져 있었다.

"빨리 수술실부터 준비하고 신태하 선생님께 노티해!"

응급의학과 레지던트 한 명이 intubation을 끝내고 ambu bagging을 시작했다. 하지만 중심정맥관(central line)을 삽입해야 할 또 다른 레지던트가 쇄골하정맥(subclavian vein)을 제대로 잡지 못한 채 머뭇거리고 있었다.

환자는 이미 출혈로 인한 쇼크 상태였기에 중심정맥관을 통한 빠른 수혈이 절실한 상황이었다. 몸에 밴 본능처럼 생각보다 먼저 몸이 나섰다.

"손 바꿔!"

능숙한 손길로 중심정맥관을 잡은 지윤이 자꾸만 떨어지는 혈압을 확인하며 미간을 찌푸리는 순간,

"피부터 안 걸고 뭐 해!"

급하게 뛰어온 듯 살짝 흐트러진 모습의 태하가 빠른 걸음으로 들어서며 소리쳤다.

"혈액은행에서 10분 정도 걸린답니다."

"지금 무슨 소릴……. 전화 넣어!"

태하의 닦달에 바로 혈액은행으로 전화를 연결한 간호사가 재빨리 전화기를 태하에게 건넸다.

"환자 죽이고 싶지 않으면 당장 피 갖고 오십시오. 기계가 하는 것 말고 사람이 할 수 있는 모든 건 최대한 빨리 움직여 달란 말입니다!"

"심전도 늘어집니다!"

"젠장."

모니터를 슬쩍 돌아본 태하가 나직이 욕설을 뱉어냈다.

"수술 들어가기 전에 심정지 오면 그걸로 끝이다. 무조건 살려서 수술장 올린다. 알았어?"

태하의 독촉 덕분인지 얼마 지나지 않아 도착한 혈액들이 일시에 환자 몸 안으로 퍼붓듯 쏟아져 들어갔다. 간신히 바이탈을 유지한 채 날듯이 수술실로 옮겨진 환자는 기적에 가까운 결과를 맞이할 수 있었다.

실체 없이 그저 전설로만 떠돌던 그의 수술을 눈앞에서 확인한 지윤은 제 가슴 안에 들어 있는 감자가 쿵쾅, 소리를 내며 움직이기 시작하는 걸 느낄 수 있었다.

아홉 시간에 걸친 대수술이 끝났다.

손가락 하나 까딱할 기력조차 남아 있지 않은 지윤은 휘청거리는 걸음을 움직여 비상계단의 난간을 붙잡았다.

피. 피. 피…….

신발이 질척거릴 정도로 많은 양의 피가 마치 빨간 페인트를 퍼부어놓은 듯 일렁거렸다.

버티고 서 있던 게 용할 정도로 끔찍한 광경이었지만 태하의 말대로 무조건 살려야겠다는 생각밖에 하지 못했던 것 같다.

그래도 여전히 코끝에 남아 있는 혈향은 싫다.

신선한 공기가 간절히 필요했다.

엘리베이터를 타고자 비척비척 걸음을 옮기던 지윤이 갑자기 나타난 커다란 손에 불쑥 잡힌 채 딸려가기 시작했다.

깜짝 놀란 눈으로 냉큼 고개를 들어보니 푸른 수술복 위에 어느새 가운까지 챙겨 입고 온 태하가 그녀를 이끈 채 엘리베이터로 향하고 있었다.

"선생님!"

"밥 생각은 없고 목은 마르고. 더불어 신선한 공기가 필요해. 강지윤은?"

저도요, 라고 대꾸하려던 지윤이 얼른 입술을 깨물곤 태하를 바라봤다.

"손…… 놓고 가요."

씩.

태하가 미소 지었다.

어느새 땅거미가 내려앉은 저녁이었다.

회색의 건물 옆으로 조성된 작은 공원에는 잠시의 여유를 즐기고자 나온 환자의 모습을 여기저기 볼 수 있었다.

반갑게 다가간 지윤이 빈 벤치에 후들거리는 다리를 털썩 주저앉히는데 그 모습을 슬쩍 보고 선 태하가 여태 들고 있던 생수병의 뚜껑을 열어 앞으로 불쑥 내밀었다.

"마시고 남겨줘."

수술실을 나서니 다시 별개의 인간이 된 것 같다.

정말 연애라도 하자는 걸까.

생수 하나를 스태프와 전공의가 나란히 나눠 마시다니…….

"선생님 드세요."

"마시고 줘."

더운 공기와 맞물려 차갑게 이슬이 맺힌 생수병이 너무도 유혹적으로 보이는 것만 같았다.

병 안에서 찰랑이는 물. 지윤의 시선이 고정됐다. 점점 눈동자가 커진다.

수술 직후…… 갈증을 느꼈다?

처음 있는 일이다.

"얼른 마시고 달라니까."

꼴깍.

침이 넘어간다.

시원할 것 같다.

마시고 싶다.

끊임없이 망설이기만 하는 지윤의 손에 결국 차가운 생수병이 쥐어졌다.

손에 들린 생수의 냉기가 시원하게 전해졌다. 최면에라도 걸린 듯 생수병을 천천히 입가로 가져간 지윤이 입안으로 조금씩 생수를 흘려 넣자 머릿속까지 개운해지는 상쾌함이 느껴졌다.

"선생님은…… 이상해요."

"뭐가."

"절 자꾸 이상하게 만들어요."

"그건 이상한 게 아니라 그냥 목이 마른 거야."

심드렁한 얼굴로 중얼댄 태하가 지윤의 손에 들려 있던 생수병을 집어 그대로 고개를 젖힌 채 시원스럽게 들이켰다. 그 모습 어디에도 오랜 고혈압 치료로 개복 자체가 위험하기만 한 복부 대동맥류 파열 환자의 수술을 무사히 마친 surgeon의 냉철함은 보이지 않는다.

"어떻게 3년차 때 트리플 A(AAA, Abdominal Aortic Aneurysm: 복부 대동맥류) Rupture(파열) 수술을 할 수 있었어요?"

정말로 궁금한 마음이었다.

이 남자는 그냥 처음부터 뛰어난 걸까. 그건 그냥 타고나는 건가.

"강지윤도 했잖아."

"제가요?"

"그날. thoracotomy(개흉술)."

"그거랑은……."

"같아, 네가 수술대 앞에 서 있었을 때랑."

그래, 마음만.

머리랑 손은 따라주질 않는데.

그래도 겸손의 미덕은 갖추고 있는가 보다, 시선을 드는데,

"손."

“네?”

“손 내밀어봐.”

태하의 재촉에 멀뚱히 바라보던 지윤이 조심스럽게 손을 내밀자 주머니에서 꺼낸 초코볼 통을 열어 지윤의 손바닥 위에 우르르 쏟아내었다.

“녹기 전에 먹어. AAA Rupture 환자 잘 살려낸 상이야.”

말을 마침과 동시에 태하가 몸을 일으켰다. 그리곤 뒤도 돌아보지 않은 채 사라져 버렸다.

태하가 사라지고 잠시.

깜빡깜빡.

풋.

지윤의 입가가 살짝 올라섰다.

손바닥 위에 놓인 초코볼 하나를 입에 넣어 오물거렸다.

제가 이러고 있는 양이 또 우스워 가만히 웃음을 머금어본다.

응급실 콜 때문에 1층에 내려왔던 민준이 딱딱 아파오는 두통을 이기고자 잠시 병원 입구를 나섰을 때다.

뽀얗고, 말갛고, 화사한 그녀의 미소가 보였다.

그리고 빠르게 사라지고 있는 남자가 있었다.

그녀가…… 웃는다.

눈이 부실 정도로 예쁘게.

그녀의 미소 위로 오랜 시선 하나가 머물러 있었다.

사위는 이미 검은 먹물에 잠긴 듯 완전한 어둠에 잠식되어 있었다.

흉부외과 병동에서 다시 중환자실로, 그리고 응급실에 내려왔을 때 응급실 앞을 서성이고 있는 한 남자의 뒷모습을 볼 수 있었다. 그저 보호자인가 보다, 생각 없이 쓱 지나려던 찰나 그녀의 가운을 붙잡는 손길.

"저기."

몸을 돌리니 낯익은 얼굴 하나가 지윤을 바라보고 있었다.

순간 지윤의 미간이 찌푸려졌다. 응급실의 그 폭행 취객.

"그날은…… 미안했수다."

이번엔 또 무슨 시비를 걸어오려나 잔뜩 긴장하던 지윤의 눈동자가 커다랗게 부풀어 올랐다.

"의사 선생한테 그럴 게 아니었는데."

남자가 쭈뼛대며 입을 열었다.

"나도 처음부터 이 꼬라진 아니었소. 이래저래 사는 게 팍팍하다 보니 하나둘……. 그러면 안 되는 건데 자꾸만 남 탓을 하게 되네. 어쨌든 그날은 그냥 술 마신 미친개한테 물렸다 생각하고 잊어버리쇼. 그게, 잊는다고 잊히진 않을 테지만."

말투는 더없이 투박했지만 깊은 사과의 뜻을 전하는 남자의 진심은 고스란히 느낄 수 있었다. 남자에게 향했던 날카로운 경계가 언제 그랬냐는 듯 스르르 무너져 내렸다.

시선을 돌려 남자의 상처를 살피니 어느새 실밥은 뽑힌 채 꿰맨 흔적만이 희미하게 남아 있었다.

"볼 때마다 가슴이 얹힌 것처럼 그래서……."

그러더니 주머니에서 주섬주섬 무언가를 꺼내 건넨다. 약국에서 흔히 볼 수 있는 자양강장제 드링크였다.

"내놓기 손부끄럽지만 피곤할 때 드쇼."

궁색한 차림새에서 고단하기만 한 그의 삶이 느껴지는 듯했다. 상자째가 아닌, 작은 병 하나를 쥔 손이 너무나 힘겨워 보여 지윤은 두 손으로 병을 잡아 주머니 안에 냉큼 집어넣었다.

"감사히 잘 먹을게요."

그때였다.

"당신, 또 무슨 일이야!"

술기운을 훅 풍기며 벌게진 얼굴로 달려온 민준이 다짜고짜 남자의 멱살을 잡아 쥐었다.

그 기색에 놀란 지윤이 그 앞으로 바짝 다가서며 소리쳤다.

"당장 그만둬! 사과하러 오신 거란 말이야!"

멱살을 쥔 팔을 잡으며 다급히 말리는 지윤의 말에 민준이 멍한 눈으로 남자를 바라봤다. 조금은 못마땅한 눈길로 민준을 바라보는 남자는, 그러나 지윤의 말에 동의를 한다는 듯 아무 행동도 취하지 않았다.

"여기 1층은 터가 안 좋아."

민준에게서 해방된 남자가 툴툴거리며 옷깃을 털었다. 그리곤 지윤을 향해 끄덕 인사를 하곤 몸을 돌려 휘휘 사라졌다.

“술 마셨어?”

주머니에 손을 꽂은 채 기가 막힌 듯 저를 올려다보고 있는 지윤을 물끄러미 바라보던 민준이 몸을 돌려 응급실 밖으로 이어지는 복도를 따라 걸어갔다. 얼마 지나지 않아 다시 마주한 밤공기가 습기를 머금은 듯 눅눅하게 와 닿는다.

털썩.

화단 턱에 주저앉은 민준이 푸우, 숨을 내쉬었다.

저녁도 굶은 채 혼자서 소주 한 병 반을 비운 민준이 집으로 가지 못하고 다시 찾은 병원이었다.

그렇게 해사하게 웃을 줄도 아는구나.

술잔을 기울이는 내내 저녁 무렵 보았던 지윤의 미소가 뇌리에서 떠나지 않았다. 그리고 그녀를 웃게 한…….

“하아.”

고개를 든 채 커다랗게 한숨을 내쉬는데 저벅저벅 다가오는 걸음 소리가 들렸다.

“속상한 일 있어?”

그녀가 미간을 찡그린 채 서 있다.

“찡그리지 마십시오.”

민준이 투정하듯 중얼댔다.

“뭐?”

“내 앞에서 웃어주지 않을 거면, 찡그리지도 말란 소립니다.”

“대체 무슨 말이야.”

"그냥, 주정입니다."

혼을 내야 할지, 달래서 올려 보내야 할지.

제 입으로 주정 중이란 민준의 말에 어이가 없는 듯 하, 숨을 뱉어낸 지윤이 허리에 손을 얹으며 민준을 불렀다.

"김민준 선생."

"얼굴 찡그리지 말라고!"

"강지윤 선생, 요즘 저년차 교육이 상당히 엉망인가 보군. 아님 김민준 선생 간이 배 밖으로 튀어나왔거나."

제 앞에서 다시 미간을 찡그리는 지윤을 향해 저도 모르게 버럭 소리를 지른 민준은 갑자기 들려온 태하의 목소리에 황급히 고개를 돌렸다. 언제 나왔는지 응급실 입구엔 커다란 장승처럼 버티고 선 태하가 위압스런 모습을 드러낸 채 두 사람을 바라보고 있었다.

"강지윤 선생은 그만 올라가."

"선생님."

"빨리."

갑자기 이게 무슨 사달이란 말인가.

불안한 눈빛으로 태하와 민준을 번갈아 보던 지윤이 우선 태하부터 말려보고자 다가섰지만 풀풀 풍기는 퍼런 냉기에 흠칫 숨을 멈춰야만 했다.

"올라가."

"올라가십시오."

경고와 부탁이 이어졌지만 지윤의 걸음은 움직일 줄 몰랐다.

그런 지윤을 못마땅하다는 듯 바라보던 태하가 민준을 향해 으르렁대듯 내뱉었다.

"따라와."

너는 절대 따라오지 말라는 듯 지윤을 향해 일별(一瞥)한 태하가 몸을 돌려 성큼성큼 걸음을 옮겼다. 지윤을 향해 꾸벅 머리를 숙인 민준도 그 뒤를 따라 금세 사라져 버렸다.

"강지윤 선생한테 마음이 있나?"

인적이 드문 산책로 입구에서 걸음을 멈춘 태하가 민준을 돌아보며 물었다. 보통의 경우라면 '왜 그랬냐' 로 물어오는 게 일반적일 것이다. 하지만 그는 민준의 생각을 꿰뚫고 있다는 듯 곧바로 이 같은 질문을 던졌다. 마치 제 여자에 대해 묻는 듯 당당한 모습이다.

"그러면 안 되는 겁니까?"

"당연히."

허탈한 웃음이 입술 밖으로 새어 나왔다. 그대로 털썩 바닥에 주저앉은 민준이 세운 무릎에 손을 얹은 채 허공을 바라보던 순간 태하의 휴대전화가 요란하게 진동했다. 민준에게 둔 시선을 거두지 않은 태하가 주머니에서 꺼낸 전화기를 귓가에 갖다 댔다.

〈나 지금 막 병원 도착했는데.〉

퇴근 후에 들르겠다던 태정의 전화였다. 실은 그가 응급실 앞에서 서성였던 것도 태정을 만나기 위해서였다.

"먼저 연구실에 가 있어, 곧 올라갈 테니."

빠르게 말을 뱉은 태하가 전화기 너머 들려오는 답도 제대로 듣지 않은 채 그대로 종료 버튼을 눌러 버렸다.

아침 일찍 병원에 출근하기 전 어머니와 통화를 했던 터였다.

〈밥은 제대로 챙겨 먹니?〉

"그러려고 노력 중이에요."

〈나이 드니까 사람은 밥심으로 산다는 말이 진짜 가슴에 와 닿아. 특히 몸을 많이 움직이는 사람한텐.〉

평생 농사를 짓던 농부의 눈엔 우습게 보일 텃밭일지 몰라도 생전 흙 한 번 만져 보지 않으셨던 부모님께는 어마어마한 몫의 노동일 것이다.

"괜히 무리하시는 거 아니에요?"

〈그 정돈 아니고. 근데 얼굴이 자꾸 까매지니까 그건 좀 속상한 것 같다.〉

"햇볕 뜨거우니까 낮엔 되도록 밭에 나가지 마세요."

〈햇볕에 타는 게 아니라 바람에 타는 것 같아. 참, 태정이 편에 반찬 좀 보냈어.〉

"뭐 하러요."

〈내가 한 거 아냐. 네 형수가 만든 거니까 안심하고 먹어.〉

살짝 서운한 기색을 드러낸 어머니의 말투에 멋쩍은 웃음을 지은 태하가 조만간 어머니가 차려주신 밥 먹으러 내려가겠다는 인사말을 하며 전화를 끊었다. 형수님께 잘 먹겠다는 인사도 전해달란 부탁과 함께.

아마도 태정은 제집에 들러 냉장고에 반찬을 넣어둔 채 병원으로 향한 것이리라. 나름의 특명을 짊어진 채.

"무표정하거나, 찡그리거나, 화를 내거나. 딱 이 세 가지밖에 지을 줄 모르나 했는데."

민준의 중얼거림에 태하가 번쩍 시선을 돌렸다.

"빌어먹게 예쁜 미소도 지을 줄 알더라구요."

"그게 속상한 이유였나?"

"대답하기 싫습니다."

"그럼 강지윤이 계속 무표정하거나, 찡그리거나, 화를 내야 한다는 말이군."

"선생님도…… 보기보다 유치하십니다."

"사랑에 빠진 남자니까."

주머니에 손을 꽂은 태하가 민준을 향해 한 걸음 다가섰다.

"그러니까 내 여자에게 관심 꺼줬으면 좋겠어, 라고 경고해야 하는데 그 빌어먹게 예쁜 미소가 얼마나 예뻤는지 궁금해 죽을 지경이군."

태하의 말에 잠시 어이없는 표정을 짓던 민준이 고개를 푹 숙이며 웃음을 터뜨렸다. 그러고 보니 태하가 사라지고 난 뒤 지은 지윤의 미소는 저 혼자만이 목격한 것이다.

여태 근엄한 표정으로 서 있던 스태프 선생의 얼굴에 궁금함으로 잔뜩 약이 오른 기색이 가득 차 있었다.

"그렇게 약 오른 얼굴 하실 거 없습니다. 강지윤 선생님 웃게 만든 건, 어쨌거나 선생님이셨으니까요."

주머니에서 손을 뺀 태하가 바닥에 주저앉아 있는 민준에게 손을 내밀었다.

"그럼 더 긴말 하지 않아도 되겠지?"

태하가 내민 손을 슬쩍 바라본 민준이 제 앞으로 뻗어나온 손을 외면한 채 훌쩍 몸을 일으켰다.

"저도 만만찮게 유치한 놈이라서요."

옷에 묻은 먼지를 손으로 툴툴 털어낸 민준이 불퉁한 얼굴로 태하를 바라봤다.

불만이 가득한 눈빛.

자존심은 잔뜩 상한 기색이었지만 별다른 악의는 보이지 않았다.

먼저 고개를 숙여야 하는 상황이 못마땅한 듯 입매를 씰룩인 민준이 꾸벅 고개를 숙이곤 몸을 돌려 사라졌다.

그 모습을 물끄러미 지켜보던 태하가 조용히 중얼거렸다.

"인기 많은 강지윤이로군."

"무슨 일이지?"

연구실이 있는 11층 도착음과 동시에 지윤의 얼굴이 시야에 들어왔다.

아까부터 내내 엘리베이터 앞을 지켰던 듯 꽤나 초조한 기색이었다.

물론 그녀의 방문 목적을 모를 리 없었다.

그러나 그는 평정을 유지해야만 했다, 적어도 그녀 앞에서는.

"술김에 저지른 실수예요. 선생님의 사적인 감정을 그런 식으로 표출하시면 안 되는 거였어요."

"김민준의 실수를 어째서 강지윤이 변호하고 나서는 거지?"

“2년차를 책임져야 하는 3년차니까요.”

“스물여덟이나 먹은 남자를?”

그것도 너에게 사적인 감정이 충만한.

애써 유지하고자 했던 평정이 다시금 흔들리기 시작했다.

거친 호흡을 내뱉으며 흐트러진 앞머리를 손으로 쓸어 올리느라 고개를 든 태하의 시야에 연구실 문 앞에서 이쪽을 바라본 채 서 있는 태정의 모습이 들어왔다.

“오빠.”

시선이 마주친 태정이 태하를 부르며 걸음을 옮겼다.

들썩이던 호흡을 가라앉힌 태하가 옅은 한숨을 내쉬곤 태정 쪽으로 몸을 틀었다.

“집에 들러서 냉장고에 반찬 넣어놨어.”

“그래.”

“할 얘기가 좀 있었는데 다음에 와야겠지?”

태정이 두 사람의 눈치를 살피며 태하에게 묻자 낯선 여자의 방문에 잠시 당황한 듯 서 있던 지윤이 그제야 정신을 차린 듯 주먹을 틀어쥐며 태하를 바라봤다.

“먼저 내려가 보겠습니다.”

엘리베이터의 숫자는 이미 다른 층을 향하고 있던 중이었다. 할 수 없이 비상계단 쪽으로 걸음을 옮긴 지윤이 입술을 꾹 깨물며 문을 열었다.

설명이 되지 않는 묘한 감정이 가슴 언저리에 꾹꾹 눌러 찬 느낌이었다.

"와우."

지윤이 사라진 쪽을 하염없이 응시 중인 태하를 보며 태정이 한쪽 눈썹을 까딱였다.

무슨 이유에서인지 맞선에 대해 잠시 함구령을 내려줄 것을 부탁한 태하의 상대가 실은 혜명대병원 흉부외과 레지던트란 이모의 귀띔에 서울에 있던 저까지 가평으로 불려 갔다 온 터였다. 맞선 당일 식사를 하면 안 된다는 속설까지 들먹인 걸 보면 마음이 없진 않은 모양이라며 엄마는 슬쩍 설레기까지 한 모습이었다.

반찬을 핑계로 병원을 방문, 오빠를 만나 슬쩍 맞선에 대한 운을 띄워보고 가능하다면 먼발치에서라도 강지윤이란 레지던트도 보고 와라.

이것이 바로 그녀가 맡은 특명이었다.

그런데 이렇게 바로 코앞에서 대박 장면을 목격하게 되다니.

"뭘 그렇게 봐."

모든 걸 다 꿰뚫었다는 듯한 눈빛으로 저를 바라보고 있는 태정을 무뚝뚝한 시선으로 받아친 태하가 어색한 기운을 물리치려는 듯 팔짱을 끼며 입을 열었다.

"오빠도 이렇게 흥분할 줄 아는구나."

"할 얘기란 게 뭔데."

"얘긴 필요 없을 것 같고, 그냥 나한테 감사 인사만 하면 되겠네."

 힐링 healing

"무슨 소리야."

"방금 그 여자, 질투의 불길이 확 일더라고. 여기, 두 눈에."

손가락으로 제 눈가를 톡톡 두드린 태정이 태하를 보며 미소 지었지만 도통 태정의 말뜻을 알아듣지 못한 태하는 겹쳐진 일들에 살짝 짜증이 난 듯 미간을 찡그릴 뿐이었다.

"썸씽 있는 거 맞지? 어쩌면 내가 올케 언니라고 부르게 될지도 모를."

태하의 눈썹이 씰룩 움직였다.

"에구, 서른다섯씩이나 돼서 여자한테 쩔쩔매는 모습이라니."

"신태정."

"가물거리는 기억 좀 되살려 봐. 기억도 안 날 정도로 연애한 지가 오래된 거야?"

"신태정!"

"아, 알았어."

태정이 그만 입술을 꾹 다물었다.

좀처럼 보기 힘든 광경에 놀라 잠시 태하를 놀려줄 요량으로 말을 뱉긴 했지만 나름은 정말 심각한 모양인지 보내는 눈빛이 언뜻 살벌하기까지 했다.

"간다."

머쓱한 어깻짓과 함께 몸을 돌려 몇 걸음을 움직이던 태정이 엘리베이터 하강 버튼을 누르곤 태하를 돌아봤다.

"너무 몰아붙이기만 하면 안 된다는 거 알지?"

연구실 쪽으로 향해 있던 태하의 시선이 금세 제 쪽으로 돌아서는 걸 느낀 태정이 빠르게 손을 흔들곤 도착한 엘리베이터에 몸을 실었다.

＊

다들 맞추기라도 한 듯 저기 밑에 있는 저년차부터 하늘 같은 고년차까지 죄다 모래를 깔아놓은 듯 깔깔한 분위기였다. 딱히 이기적인 집단은 아니었지만 각자가 처한 상황이 하도 심란했던 터라 서로의 사정을 묻고 위로할 처지가 되지 못했다. 때문에 아침부터 시작된 테이블 미팅 때부터 잔뜩 가라앉은 분위기는 그대로 쭉 이어져 나갈 수밖에 없었다.

테이블 위에 고개를 처박은 채 머리를 감싸 쥐고 있는 운석은 시도 때도 없이 찾아와 항의를 하는 보호자를 상대하느라 지친 상태였다.

며칠 전, 등산 도중 느낀 가슴 통증으로 입원한 한 환자의 주치의를 맡은 운석은 협심증에 세 개 혈관 관상동맥 협착증으로 진단을 받아 흉부외과 과장인 민 교수의 집도로 관상동맥 우회술을 시행받게 된 환자의 보호자에게 수술 동의서 작성과 동시에 수술에 따른 부작용이나 후유증 등에 대한 내용을 설명했었다.

심장 수술의 경우, 심폐체외순환을 하고 심장에서 나가는 상행대동맥을 겸자로 집어서 막는 등의 처치를 하게 되므로 특히

연세가 많이 드신 어르신들의 경우 아주 드물게 동맥의 동맥 경화 부스러기가 머리로 가는 혈관으로 떨어져 나가 뇌경색(중풍)이 발생할 수 있다.

그리고 흔치 않게 발생하는 또 다른 후유증으로 심폐체외순환을 할 때 혈액이 굳는 것을 방지하기 위해 헤파린(Heparin)이란 약물을 쓰게 되는데, 뇌혈관에 동맥류가 있을 경우 불행하게도 수술 중, 혹은 수술 후에 뇌출혈이 발생하는 일이 생길 수 있다.

특히나 이 환자처럼 관상동맥 협착증이 있는 환자는 다른 여러 동맥에서도 동맥 경화증이 있을 확률이 높으므로 다른 판막 수술을 하는 환자보다 뇌경색의 발생 위험이 조금 더 높다고 할 수 있었다.

운석은 그 점을 충분히 보호자에게 인지시켰다.

수술이 끝나면 마취가 덜 풀린 상태로 중환자실로 옮겨지게 된다. 기도 삽관을 한 채 인공호흡기에 의해 호흡이 지속되는데 보통 오후에 수술이 끝났을 경우 당일 의식 회복이 가능하고 인공호흡기를 달고 있어 말은 하지 못하더라도 눈을 깜빡이고 고개를 흔들어 보이는 등 의료진들의 지시에 반응할 수 있다는 것을 확인할 수 있다. 당연히 시간이 지나면 의식도 명료해지고 움직임도 좋아지게 된다.

그런데 뇌경색이 좀 크게 오는 경우, 위와 같은 반응에 문제를 보인다.

수술 다음날 아침까지 의식이 명료하게 깨어나지 않고 가끔

씩 몸을 움직이긴 하지만 한쪽 팔과 다리만 조금씩 움직일 뿐 다른 쪽은 전혀 움직임이 없고, 꼬집거나 미간을 눌러 통증을 주었을 때 역시 한쪽만 움직이는 등의 편마비 증상을 보이게 된다.

이 환자의 경우 수술 과정에선 아무런 문제가 없었으나 수술 1일째 의식 회복이 더디고 편마비 증상까지 보여 급히 신경외과에 연락, CT 촬영에 들어갔다.

뇌경색이나 뇌출혈이 의심될 경우 MRI가 가장 정확한 검사지만 검사를 하는 데만도 30분 이상이 소요될 뿐 아니라 금속 물질을 가지고 검사실로 들어갈 수 없으므로 중환자가 달고 있는 약물 주입기 등을 단 채 검사를 받을 수 없다.

사실상 MRI 검사가 불가능하므로 급성기에는 보통 CT 촬영으로 검사를 대신하게 된다.

CT 촬영 결과 뇌의 출혈은 없었고, 좌측 뇌에 뇌경색이 보이지만 중대한 경색으로 보이지 않아 경과가 그리 나쁠 것 같지 않다는 신경외과의 진단이 나왔다. 하지만 환자가 고령이었기에 지금으로선 명확하게 예측하긴 어려운 상태였다.

응급으로 수술을 하게 된 경우가 아니라 수술을 계획하고 병원에 걸어 들어온 환자의 경우 이런 상황이 생기면 보호자들은 특히나 납득하기가 어렵다.

또한 수술 설명을 직접 듣지 못한 보호자는 더욱 공격적이 되는데, 수술 설명을 들은 보호자는 설명은 들었지만 환자나 다른 보호자에 대한 죄책감이 생겨 한발 물러서서 관망하는 상태가 된다. 운석을 붙잡고 매일같이 항의를 하는 보호자는 바로 수술 전 설명을 듣지 못한 환자의 둘째 아들이었다.

"수술에 문제가 있었던 게 아니면 멀쩡히 걸어 들어오셨던 분이 왜 저렇게 누워 계시는 건데!"

도저히 혼자 감당할 수 없었던 운석이 결국은 지윤에게 도움을 요청했다.

운석 대신 보호자를 만난 지윤은 다짜고짜 터져 나오는 고성에 옅은 한숨을 내뱉고는 차분히 설명에 들어갔다.

"의사 면허를 걸고 말씀드리지만 수술엔 전혀 문제가 없었습니다. 환자 분처럼 관상동맥 협착증이 있는 환자는 다른 여러 동맥에서도 동맥 경화증이 있을 확률이 높기 때문에 사전에 이런 상황이 발생할 수 있단 위험성에 대해 충분히 설명드렸었고요."

"의사들끼리 하는 어려운 얘길 흘리듯 슬쩍 뱉어놓곤 이제 와 책임이 없다면 다야?"

"힘들게 수술한 환자의 경과가 좋지 않은 걸 반기는 의사는 없습니다. 보호자 분만큼이나 지켜보는 의료진들 마음도 많이 무겁고요. 하지만 완벽하게 수술을 끝낸다 하더라도 수술 중이나 직후에 발생하는 모든 상황을 예측하거나 체크할 수는 없습니다."

"모든 상황을 예측해야 하는 게 의사가 할 일 아니야? 당신 부모가 누워 있어도 그딴 소릴 지껄일 수 있어?"

고성이 오가는 스테이션 주위로 사람들의 시선이 일제히 모여들었다. 간호사들은 서로 눈치를 보며 보안 요원을 호출해야 하나 망설이는 중이었다. 안절부절못하는 운석이 있었지만 서슬 퍼런 보호자의 기세에 눌려 입술 한 번 달싹해 보지도 못한 채 눈동자만 굴리고 있었다.

"환자 차트 열어봐."

휘리릭 펄럭인 흰 가운과 함께 태하의 목소리가 짙게 들려왔다. 멍하니 넋을 놓고 있던 운석이 재빨리 스테이션으로 다가가 환자 차트를 화면에 띄웠다.

빠른 눈길로 차트를 살핀 태하가 숙였던 허리를 꼿꼿이 세우며 보호자를 향해 다가갔다.

"흉부외과 스태프 신태하라고 합니다. 우선 흥분 가라앉히시고 제 설명을 좀 들으시죠."

온몸으로 존재감을 내뿜으며 성큼 다가온 태하가 보호자의 등에 살짝 손을 대며 스테이션에서 움직일 것을 권유했다. 태하를 따라 걸음을 옮긴 보호자가 복도 끝 창가에 이르러 멈춰 섰다. 살짝 기세가 누그러진 모양이었다.

"심장 수술하러 들어오셨는데 갑자기 뇌경색이라니 많이 놀라셨을 겁니다. 환자 분의 경우 주치의 선생이 설명드렸듯 다른 환자 분들에 비해 뇌경색 위험도가 높았던 건 사실이었습니다. 물론 발생하지 않았으면 좋았을 문제지만……."

"그러니까 결국엔 수술은 아무 문제 없었는데 아버지 혈관에 있던 혈전이 제멋대로 뇌혈관으로 갔단 소리 아닙니까."

"조금 극단적인 표현이시긴 하지만 맞는 말씀입니다."

"수술한 날부터 내내 기다리란 말만 하는데 사람 속이 안 터지고 배깁니까?"

"의료진도 답답하기는 마찬가지입니다. 이런 경우 치료는 혈전이 생기지 않도록 하는 헤파린이라는 약물을 투입하고 혈압을 조절하면서 경과를 지켜보는 건데 그 과정이 보호자 분 입장에선 더더욱 힘드실 걸로 생각됩니다."

"그러니까 그냥 기다리라구요?"

"의식이 언제 회복되는가가 가장 중요한데, 일단 아침 CT 촬영 전보다 반응이 좋아진 상태네요."

"그럼, 좋아지시는 겁니까?"

"부르는 소리에 반응을 하셨다는 건 당연히 긍정적인 반응이니까요. 하지만 마비와 관련된 증상은 MRI나 CT로도 예측할 수 없는 부분이고 현재로선 더더욱 그렇기 때문에……. 의료진들 입장에서도 보호자 분 못지않게 빠른 회복을 바라고 있으니 신뢰를 가지고 조금만 더 지켜봐 주시기 바랍니다. 물론 심정은 충분히 이해가 가지만 지금으로선 보호자 분이 이러시는 게 문제 해결에 전혀 도움이 되지 않습니다. 앞으로의 치료에 무엇보다 의사와 보호자 간의 신뢰가 중요하니까요."

착잡한 얼굴로 고개를 끄덕인 보호자가 천천히 몸을 돌려 비상계단 쪽으로 사라졌다.

고개를 돌리니 이쪽을 주시하고 있는 사람들의 모습이 눈에 들어왔다.

크게 호흡을 들이마신 태하가 지윤을 바라보며 낮게 뱉었다.

"강지윤 선생, 지금 당장 내 방으로 와."

태하의 연구실 앞에 선 지윤이 선뜻 노크를 하지 못한 채 연신 제 입술을 물어뜯으며 지끈거리는 눈으로 연구실 문을 노려보고 있었다.

달칵.

노크를 하기도 전이었는데 절로 열린 문에 지윤이 화들짝 놀라 한 걸음 뒤로 물러서자 그 앞으로 한 걸음 다가온 태하가 지윤의 손목을 잡아 연구실 안으로 들어갔다.

"넌, 대체!"

탁, 하고 문이 닫힘과 동시에 내지른 태하의 고함에 지윤의 놀란 어깨가 움찔 들썩였다.

"이 병원 흉부외과 의사는 강지윤 하나밖에 없는 건가? 취객도 모자라 이번엔 흥분한 보호자까지. 주치의는 뭘 하고 네가 또 나서!"

"설명을 드렸을 뿐입니다."

"설명? 잔뜩 흥분한 보호자 앞에 그렇게 일방적으로 쏟아내기만 하면 보호자는 아, 그게 그렇군요, 받아들일 것 같아? 지금 아무것도 안 보이는 사람들한테!"

"그럼, 무조건 잘못했다 사과라도 하란 말씀인가요?"

"그런 뜻이 아니잖아! 명확한 정보를 전달하기 앞서 일단 그
것을 받아들일 상황을 만들어야 한단 소리야. 의학적 근거도 중
요하지만 우선 네 말을 믿고 따를 수 있는 신뢰를 형성하는 것!"

"신뢰를 주지 못할 행동을 한 적은 없습니다."

"그래서! 그렇게 네 고집대로만 밀고 나가다가 내일 또 마스
크를 쓰고 출근하려고?"

치미는 흥분을 가라앉히지 못한 태하가 크게 가슴을 들썩이
며 지윤을 바라봤다.

잔뜩 힘이 실린 눈동자를 물끄러미 바라보던 지윤이 표정 없
는 얼굴로 태하를 향해 되물었다.

"걱정이라도 해주시게요?"

"뭐?"

"저한테 화내지 마세요. 관심 있는 척, 걱정하는 척, 그런 거
하지 마시라고요."

"척?"

누구 때문에 여태 꼭지가 돌았었는데. 발가락부터 머리끝까
지 한바탕 헤집어 꼴딱 미치게 만들어놓고 정작 그렇게 만든 당
사자는 말간 눈을 한 채 그런 '척'을 하지 말라 요구를 한다.

"척이라고?"

허탈한 중얼거림이 입술 밖으로 새어 나왔다.

허리에 손을 얹은 태하가 거칠게 앞머리를 쓸어 올리며 후우,
커다랗게 숨을 내쉬었다.

커다란 망치가 뒤통수를 후려친 듯 받아칠 말이 도통 떠오르질 않았다.

한 번도, 단 한 번도 내 진심이 느껴진 적 없던 거냐고. 나는 이렇게 매일매일 피가 마르고 머리가 쭈뼛 설 만큼 너만 보면 불안해 미치겠는데 그 걱정이 너에겐 죄다 '척'으로만 느껴졌던 거냐고.

"그런 선생님께…… 흔들리기 싫어요. 선생님한테 기대게 되는 것도 싫고, 선생님 때문에 화나는 것도 싫어요. 집에까지 찾아가 냉장고를 채워줄 여자 분도 있으면서, 오빠라고 불러주는 여자 분도 있으면서 왜……."

황망함으로 잔뜩 일그러져 있던 태하의 미간이 서서히 제자리를 찾아가기 시작했다.

빛을 잃고 흔들리던 짙은 눈동자가 또렷한 기색으로 지윤을 향해 고정됐다.

"왜 나한테 화를 내는 건데요."

바로 대꾸를 할 것 같던 태하가 입을 꾹 다문 채 바라보기만 하자 억울하기도 하고 울컥 솟아오르는 속상한 마음에 지윤이 재차 입술을 열었다.

"왜 나한테……."

"눈썰미 없는 강지윤."

그의 대답이 필요했다. 내내 머릿속을 복잡하게 만들었던 잡념들을 한 번에 정리해 줄 명쾌한 해답.

그런데 내놓은 뜬금없는 소리라니.

“같은 부모한테서 태어난 여동생이 저보다 먼저 태어난 남자 형제한테 뭐라고 불러야 할 것 같아?”

“……!”

“신태정. 형수님이 보낸 반찬 갖다 주느라 잠시 들른 내 여동생이야.”

얼음이라도 된 듯 내린 시선만 당황스럽게 굴리고 있는 지윤을 바라보며 슬슬 미간을 문지른 태하가 어젯밤 태정이 늘어놓고 간 이야기를 떠올리며 헛웃음을 흘렸다.

“얘긴 필요 없을 것 같고, 그냥 나한테 감사 인사만 하면 되겠네.”

“방금 그 여자, 질투의 불길이 확 일더라고. 여기, 두 눈에.”

방금 전과 달리 여유 있는 미소를 띤 채 나른한 한숨을 내쉰 태하가 지윤을 바라봤다.

“강지윤.”

대답 대신 입술만 질겅 깨물곤 고개를 돌린다.

“화가 났었나? 나 때문에?”

이유 모를 눈물이 핑, 하고 맴돌았다.

더는 버티고 서 있을 자신이 없던 지윤이 꾸벅 인사를 하고 몸을 틀었다.

순간 그녀의 손목을 잡아 끈 태하가 제 가슴에 단단히 지윤을 가둔 채 그녀의 머리를 쓸어내렸다. 극렬하게 반응하며 깨어나는 감정에서 도망치려는 듯 지윤이 몸을 틀며 저항을 해봤지만 그럴수록 그녀를 안은 팔에 더더욱 힘이 실릴 뿐이었다.

"가게 해주세요."

"싫어."

"제발."

"어째서 강지윤에게 화를 냈는지, 조마조마한 눈으로 널 바라보던 내 마음이 얼마나 타들어갔을지. 이제 백만분의 일쯤 이해가 되려나?"

"……."

"네 안의 너와 싸우는 게 싫어."

눈물을 참느라 내내 입술을 깨물고 있던 지윤이 흡, 하고 삼킨 울음과 함께 고개를 저었다.

무엇을 부정하는지 저 자신조차 알 수 없는, 그저 모든 것을 부정하고픈 몸짓.

지윤의 도리질이 점점 더 격해지기 시작했다.

그렇게라도 하지 않으면 그대로 이 남자를 향해 무너질 것 같은 불안감.

그것이 한계에 도달했을 때 커다랗고 따스한 손이 지윤의 얼굴을 감싸는 게 느껴졌다. 그와 동시에 마치 최면에 걸린 듯 지윤의 움직임이 거짓말처럼 멈춰 버렸다.

바들바들 떨리는 지윤의 입술 위로 태하의 엄지손가락이 느릿하게 쓸 듯이 지나갔다.

프레임 하나하나에 움직임을 기록하듯 지윤의 얼굴 위로 천천히 드리워지는 그림자를 따라 태하의 고개도 천천히 다가갔다.

간질거리는 숨결이 코끝에 어른거린다.

긴장으로 잔뜩 굳어 있던 지윤이 질끈 눈을 감자 눈가에 맺혀 있던 눈물이 볼을 타고 또르르 흘러내렸다.

"흐윽."

끝내 참지 못한 울음이 애달프게 터져 나오는 순간 고개를 기울인 태하의 입술이 지윤의 울음을 삼켜 버렸다. 마치 다친 상처를 치료하듯 조심스럽게 입술을 움직이던 입맞춤이 점점 격해지는 심장의 박동을 쫓아 깊어지기 시작했다.

잠자고 있던 모든 감각이 일제히 깨어난 것 같았다. 입술 사이로 뱉어낸 지윤의 이름이 금세 허공으로 흩어졌다 심장을 향해 박히듯 날아들자 참을 수 없이 벅찬 감정이 태하를 뒤흔들기 시작했다. 부서질 듯 강하게 끌어안았던 두 팔이 어쩔 줄 모르는 손길로 그녀를 쓰다듬으며 위로했다.

"하아, 강지윤."

입술을 떼어낸 태하가 거친 숨을 내쉬며 그녀의 어깨를 조심히 안았다.

태하의 가슴에 얼굴을 묻은 지윤의 귀에 빠르게 박동 중인 그의 심장 소리가 들렸다.

"심장은 거짓말을 하지 않아."

그가 뱉은 말을 증명하기라도 하듯 태하의 심장이 힘껏 달음질을 하고 있었다.

찍힌 발자국이 누구를 향해 나 있는지 굳이 설명하지 않더라도 알 수 있게끔 선명하고 신중한 움직임이었다.

"무서워⋯⋯."

무엇을 향한 두려움인지 생각할 여유조차 주지 않겠다는 듯 태하의 커다란 손이 지윤의 작은 뒤통수를 어루만졌다.

품에 안긴 지윤의 눈이 질끈 감겼다.

작고 까만 정수리 위로 태하가 가만히 입술을 눌렀다.

✳

"따뜻해요. 그래서 무서워, 기억하게 될까 봐."

태하의 어깨에 기댄 채 연구실 소파에 앉아 있던 지윤이 허공을 응시하며 나직이 중얼댔다. 어디로 사라질 것도 아닌데 뻗은 팔로 내내 지윤을 감싸고 있던 태하가 턱을 들어 그녀의 까만 정수리를 콩, 하고 내리찍었다.

"넌 매사가 너무 공격적이고 부정적이야. 그딴 걸 기억할 필요가 뭐 있어. 그냥 매 순간 느끼면 될걸."

"선생님은 매사가 너무 쉬워 보여요. 지나치게 긍정적이고."

"나름의 노고를 몰라주는군. 세상에서 제일 어려운 강지윤을 꼬시고 있잖아."

진지한 얼굴로 건넨 태하의 농담에 슬쩍 고개를 돌렸던 지윤

의 입가에 알 듯 말 듯 제가 짓는지도 모를 정도의 희미한 미소가 그려졌다. 늘 사막처럼 퍼석하기만 하던 얼굴에 피어나는 아마란타인. 찰나의 광경을 놓치지 않은 태하의 눈빛이 반가움으로 반짝, 빛을 발했다.

"웃는 모습이 이렇게 예쁜 줄 알았다면 진즉에 간지럽이라도 태워보는 건데."

남의 심장은 이렇게 말랑하게 녹여놓곤 정작 당사자는 누가 웃었냐는 듯 동그랗게 치뜬 눈으로 태하를 바라보고 있다. 그 모습을 보며 저도 모르게 한숨을 내쉰 태하가 지윤의 눈을 뚫어져라 바라봤다.

"강지윤."

태하의 부름에 지윤이 스르르 몸을 세웠다.

"앞으로 절대, 흥분한 보호자와 맞서지 마. 취객은 더더욱 안 돼."

어린아이에게 당부하듯 그녀의 어깨를 잡은 채 두 눈을 마주한 태하의 억지에 지윤의 눈썹이 팔자로 휘어졌다.

"네가 그럴 때마다 내 심장이 덜컹덜컹 널을 뛴다. 병원 밖에서의 응급처치도, 사실 그냥 지나칠 수 없다지만……."

교통사고 현장에서의 응급처치는 의사로서 당연한 책무로 보일 수 있다. 하지만 그 당연한 듯한 선행이 때론 예상치 못한 결과를 가져오기도 하는데 일례로 심폐소생술과 보따리를 들 수 있다.

혈류 공급을 위해 멈춰 있는 심장에 외부적인 힘을 가하자면 가슴 아래로 5㎝ 정도가 쑥쑥 꺼질 정도로 압박을 해야 하는데 이 경우 성인 환자에 대한 힘의 세기는 거의 갈비뼈가 부러질 정도로 가하게 된다.

5㎝ 이상, 강한 힘으로 압박을 하다 보면 종종 갈비뼈 골절이 생기곤 하는데 심장이 멈춰 있는 사람 앞에선 시간이 지나면 자연히 붙는 갈비뼈 따위가 의료진 눈에 들어올 리가 없다. 골절이 발생한다 해도 소생 후 별문제 없이 치료 가능한 사안이므로 우선적인 소생술이 먼저 시행되게 된다. 주저하는 순간, 환자에겐 아무런 기회가 없기 때문이다.

2008년 개정 시행된 '선한 사마리아인 법(응급환자에게 응급처치를 하다 본의 아닌 과실로 인해 환자를 사망에 이르게 했거나 손해를 입힌 경우 민·형사상의 책임을 감면 또는 면제한다)'이 선한 목적의 응급의료에 대해 면책을 주고 있다고는 하지만 병원이 아닌, 병원 밖에서 행해진 의료 행위에 직접 노출된 의사는 애써 살린 은공은 사라지고 부러진 갈비뼈는 어쩔 거냐는 난감한 항의를 받기도 한다.

앞뒤 잴 것 없이 뛰어든 선행에 혹시나 감당하게 될지 모를 불이익이 태하는 걱정되었다.

"그날, 도로에 내가 누워 있었으면요?"

"무작정 달려들었겠지."

"그러면서 왜 나는?"

"너니까."

지윤을 바라보는 눈빛에 걱정과 애정이 듬뿍 담겨 있다.

한참이나 그 눈빛을 응시하던 지윤이 조용히 입을 열었다.

"난, 내가 의사가 될 줄 몰랐어요."

"hemophobia(혈액 공포증)는 언제부터 생긴 거지?"

태하의 물음에 느릿하게 눈을 깜빡이던 지윤이 낮은 음성으로 대답했다.

"사고 나던 날……."

사실 혈액 공포증에 대한 확신이 있었던 건 아니다. 눈여겨보지 않으면 전혀 눈치채지 못할 미미한 반응이었지만 그의 눈엔 분명히 보이던 공포.

때마침 그의 기억을 스치고 지나가던 철형과 운석의 대화가 이를 뒷받침하듯 떠올랐었다.

"얼마나 강심장이었던지 해부학 첫 실습 때도 눈 하나 깜짝 안 했다던데."

"그야 해부할 카데바가 무서운 게 아니라 유급이 무서웠던 거지."

"근데 웃긴 건 수술실에 스크럽 선다고 들어갔다가 바로 신콥(syncope:실신)했다더라."

"왜?"

"그야 모르지. PK 때였다던데 대동맥 박리였던가. 암튼 피 보더니 그대로 넘어갔대."

피를 볼 때면 유독 굳어지는 어깨를 보며 처음엔 그저 긴장 때문인가 생각했었다.

하지만…….

"내가 모르는 문제가 더 있는 건가?"

"그냥 속이 좀 안 좋았을 뿐이에요."

밥도 먹지 못할 정도로 힘들어하는 그녀를 다그쳐 캐묻진 못했지만 내내 지윤의 행동을 주시했었다. 보이는 반응으로 미루어 어렴풋이 짐작만 하던 걸 오늘에서야 아는 척 찔러보니 이렇듯 순순히 대꾸를 한다.

강지윤. 정말 문제가 있었던 거군. 그것도 아주 큰 문제가.

"큰 문제라고 생각하고 있는 거죠?"

어금니 위에 단단히 힘이 들어가는 태하를 말갛게 바라보던 지윤이 입을 열었다.

잔소리가 쏟아질 거라 예상하고 있는 얼굴이다.

이번엔 태하가 멀뚱히 지윤을 바라봤다, 뭐가 문제냐는 듯.

"세상에 풀지 못할 문젠 없어. 모든 문제엔 반드시 답이 있는 거고."

역시나 매사 긍정적인 자세다.

"의사가 된 게, 혹시 사고와 관련이 있는 건가?"

태하의 물음에 지윤이 물끄러미 생각에 잠겼다.

관련이 있던 건가?

의대에 들어간 건 석훈 오빠 때문이고 석훈 오빠가 의대에 들어간 건……

"심장이 정말 하트 모양일지 궁금해."

내가 의사가 된 건……

"심장이 정말 하트 모양인지 확인을 해야 했어요."

무슨 소리냔 눈빛이 돌아온다.

"그거라도 해야만 했으니까."

지윤이 중얼거렸다.

태하가 짓고 있는 표정이 꽤나 난감한 듯 복잡하게 변해갔다.

위로든 뭐든 입술은 떼어야겠는데 도통 무슨 뜻인지 알 길이 없으니 머릿속에선 한창 퍼즐 맞추기가 벌어지는 중일 것이다.

"무척이나 더운 날이었어요. 휴가를 떠났죠. 실은, 내가 떼를 썼어요."

사고 이후 처음 입 밖으로 꺼내본 기억.

그녀의 한숨 소리와 함께 가슴 깊이 묻어두었던 기억의 파편들이 조각조각 일어나기 시작했다. 날 선 파편들이 심장을 찌르며 고통의 순간을 되새긴다.

"휴가 막바지라 그랬는지 차가 너무 많이 막혔어요. 조바심이 난 나는 다시 또 오빠한테 떼를 썼죠."

"그냥 국도로 빠지자니까."
"국도가 빠르긴 하겠지만 급커브 길이 많아서 너무 위험해."

"오빠 말을 들었어야 했는데, 끝끝내 난 고집을 부렸어요."

"이러다 진짜 길에서 날 새게 생겼다니까? 응?"

"오빠는…… 맨날 나한테 져."
지윤의 얼굴에 안타까운 미소가 어렸다.
그 미소가 하도 아파 보여 저도 모르게 손을 뻗은 태하가 지윤
의 볼을 가만히 쓸어내렸다.
"갑자기 트럭이 나타났는데……."
말을 잇기가 괴로운 듯 하아, 숨을 내쉰 지윤이 힘겹게 입술
을 움직였다.
"핸들을 오빠 쪽으로 틀었어요. 그것 때문이야. 그러지만 않
았어도. 아니, 내가 국도로 가자 떼쓰지만 않았어도, 처음부터
휴가를 가자고 조르지만 않았어도 오빤 자기 꿈대로 흉부외과
의사가 되어 행복하게 살고 있겠죠."
결국 뱉어냈다.
차마 흘려보내지 못한, 고이고 고여 심장 안에서 썩어들어가

던 기억을 의외로 덤덤히 끄집어낸 지윤이 아무렇지 않은 듯 어깨를 으쓱해 보이며 태하를 바라봤다.

차라리 소리치고 우는 모습을 보는 게 덜 아파 보였을 것이다.

저렇게 바르르 입술은 떨어대면서 자신과 상관없는 남의 이야기를 전해주듯 고저(高低) 없는 음성으로 힘껏 자신을 자책하는 중이다.

애써 힘을 준 지윤의 눈이 태하를 향해 들려진다. 여전히 입술은 바르르 떨리는 채다.

그녀가 느꼈을 고통의 순간이 고스란히 전해지는 듯했다.

눈앞에 밀려든 끔찍한 고통과 공포로 가득한 순간들.

밀폐된 차 안에서 혼자 감당했어야 할 극한의 공포와 지금껏 옥죄던 끊임없는 자책 속에서 당장 그녀를 꺼내와야만 했다.

하지만,

"그날, 옆에 있던 사람이 나였대도…… 핸들을 내 쪽으로 꺾었을 거다."

기껏해야 건네는, 네 탓이 아니란 입에 발린 위로 따위가 지윤의 귀에 들어올 리 없을 것이다. 시계 안에 감춰져 있을 상흔을 떠올리며 지윤의 손목을 쥔 태하가 가만히 입술을 눌렀다.

가늘게 내쉬던 지윤의 숨소리가 잠시 멈추는가 싶더니 다시 이어졌다. 그리곤 흐트러진 가운을 정갈히 매만진 지윤이 시간을 확인하며 몸을 일으켰다.

“내려가 봐야 해요. 전공의 회진 시간이에요.”

아무 일도 없었다는 듯 평정을 찾은 얼굴이 제발, 이란 간절함을 품어 안은 채 저를 올려다보고 있었다.

낮은 한숨과 함께 고개를 끄덕인 태하가 지윤에게로 뻗어가려는 손을 꾹 쥐어 가둔 채 가만히 미소를 지어 보였다.

Rrrrr.

문을 닫고 사라진 지윤의 뒷모습을 떠올리며 잠시 생각에 잠겨 있던 태하의 전화기가 불빛을 깜빡이며 울리고 있었다. 재빨리 전화기를 꺼내 발신자를 확인한 태하가 곧바로 전화기를 귀에 갖다 댔다.

“네, 과장님.”

〈얘기 들었어, 보호자 컴플레인 있었다며. 내가 어제 따로 만나 설명했는데도 또 그랬나 보네.〉

“신경 쓰실 정도의 소란은 아니었습니다. 일단 보호자도 진정이 된 상태고.”

〈엄한 자네들이 고생이었군.〉

“고생은요. 좀 더 지켜봐야 하겠지만 다행히 약물에 반응을 보이고 있으니까 과장님도 너무 걱정 마세요. 네, 네.”

통화를 마친 태하가 전화기를 주머니에 집어넣으려다 다시 꺼내 들었다.

톡톡톡. 그의 손가락이 움직였다.

〈너 굶으면 나도 굶는다. 저녁 꼭 챙겨 먹을 것.〉

걱정이 담긴 얼굴로 잠시 바라보던 태하가 이내 입가에 미소를 건 채 전송 버튼을 눌렀다.

아마도 저녁을 챙겨 먹을 것이란 괜한 확신이 들었기 때문이다.

쥐고 있던 휴대전화의 시간을 확인한 태하가 논문 정리를 위해 대기 모드로 설정해 두었던 컴퓨터 앞으로 다가가며 머리를 쓸어 올렸다.

*

그저 지나간 과거일 뿐이라는 듯 아무렇지 않은 얼굴로 문을 닫고 나왔지만 실은 딛고 선 바닥이 휘청, 움직이는 통에 다급히 비상계단으로 뛰어간 지윤은 난간을 붙잡은 채 그대로 계단 위로 쓰러지듯 주저앉을 수밖에 없었다.

상담 치료를 받을 때도 차마 꺼내지 못했던 진실.

그러지 않을 거란 걸 알면서도 너 때문이란 질타를 받을까 두려워 꽁꽁 감춰뒀던 기억이었다. 그런데 그렇게 무장해제된 군인처럼 술술 그 사람 앞에서 꺼내게 되다니.

"선생님은…… 정말 이상해요."

먹먹한 시선을 허공에 꽂은 지윤이 최면에 걸린 사람처럼 중얼거리며 세운 무릎 위로 고개를 묻었다.

전공의 회진 가야 하는데.

하지만 의지를 배반한 몸은 도무지 움직일 생각을 하지 않고 투정을 부리는 채다.

"하아."

힘겹게 고개를 든 지윤이 두어 번 눈을 깜빡이며 고개를 털었다. 어지럽게 흔들리던 시야가 간신히 제자리를 찾아갈 무렵 주머니 안의 휴대전화가 작은 소음을 만들며 문자메시지가 왔음을 알리고 있었다.

〈너 굶으면 나도 굶는다. 저녁 꼭 챙겨 먹을 것.〉

액정에 뜬 글자일 뿐인데 짐짓 엄하게 바라보고 있는 그의 얼굴이 떠오르는 듯했다.

물끄러미 바라보던 지윤의 손가락이 무심히 움직였다.

〈제가 굶는지 어떻게 아시고요?〉

띠릭.

전송 버튼을 누르고 얼마 지나지 않아 바로 답이 날아왔다.

〈네가 밥 먹었단 문자를 봐야 나도 밥을 먹을 거니까.〉

갑자기 가슴 한구석이 뭉클하게 조여오는 것 같았다.

뜨겁기도 하고, 그래서 불이 나는 것도 같고, 그래서 아프기도 한 것 같긴 한데 딱히 고통스럽다고 느껴지진 않는 것 같다.

천천히 손을 들어 올린 지윤이 제 가슴에 가만히 손을 얹었다.

콩닥콩닥.

손바닥 너머, 심장의 움직임이 고스란히 전해졌다.

정말 이상한 장기(臟器)다.

가슴우리 안에 꽁꽁 숨어 있는 주제에 어떤 것보다 강하게 제 존재를 드러내지 않는가.

"심장은 거짓말을 하지 않아."

태하의 말을 떠올린 지윤이 나직이 중얼대며 몸을 일으켰다.

"부끄럼이 없기도 하죠."

11. 피 묻은 크록스

1년차부터 3년차까지의 전공의 회진을 마치고 의국으로 들어서니 논문에 쓸 자료들을 모니터에 쭉 띄워둔 채 미간을 좁히고 있는 성국의 모습이 보였다. 성국은 요즘 논문 준비에 전문의 시험 준비까지 몸이 열 개라도 모자랄 것 같다는 푸념 속에 살고 있는 듯했다. 그나마도 3년차인 지윤이 성국이 해야 할 대부분의 몫까지 커버를 해준 덕에 남들보다 훨씬 수월한 치프 생활을 하고 있다지만.

문이 닫히는 소리에 고개를 돌린 성국이 지윤을 바라보며 활짝 미소 지었다.

"회진 마치고 오는 길이야?"

“네.”

“운석이 뒤치다꺼리 또 네가 했다며?”

소란스러운 일은 빨리 잊고 싶은데 남들은 절대 그렇지 않은가 보다.

별다른 대꾸를 하고 싶지 않아 그저 가만히 시선을 내리는데 모니터의 화면을 정리하던 성국이 지윤을 바라보며 입을 열었다.

“꼴통들 때문에 네가 고생이다.”

“고생은요.”

“사실 말만 치프지, 내가 하는 일이 뭐가 있냐. 4년의 수련 기간 중 그래도 가장 여유로운 시간을 보낸다는 3년찬데 하필 나 같은 치프를 만나서…….”

말끝을 살짝 흐린 성국이 미안한 눈빛으로 지윤을 바라봤다.

“빈말 아니고, 너 아니었음 이만큼 버티지도 못했을 거야. 내가 워낙 모자라서 내 한 몸 추스르기도 버거웠잖냐.”

머쓱한 웃음과 함께 머리를 긁적인 성국이 슬쩍 고개를 기울였다.

“의국 일이야 지금도 거의 너한테 맡겨둔 상태긴 하지만 어쨌거나 찬바람 불기 전에 치프 자리도 넘겨줘야 할 텐데.”

자신의 입으로 뱉은 말대로 지윤 덕에 남들보다 편한 치프 생활을 한 것은 사실이었지만 그래도 치프란 자리가 내내 마음의 짐으로 느껴졌던 성국은 하루빨리 치프 자리를 넘겨주고 전문의 시험에만 집중하고 싶었다.

지윤에게 미안한 마음이 들 때마다 '강지윤은 나보다 똑똑하니까. 나보다 더 야무지니까' 등등의 변명을 대며 자기 위안을 하곤 했지만 부서질 듯 가녀린 몸으로 응급실이며 수술실로 뛰어다니는 모습을 볼 때면 그저 미안하단 말로 표현이 되지 않는 감정이 먼저 앞서곤 한다.

"저기, 이번 토요일에 오프 내려구요."

머뭇대던 지윤이 적막을 가르며 입을 열었다.

"토요일에?"

"네."

8월 당직표를 살피던 성국의 눈매가 의아함으로 올라섰다.

"원래 오프 아니잖아. 갑자기 무슨 일인데?"

딱히 지윤의 사생활을 캐려 했다기보다 의외라서 물어본 말이었다.

남의 당직을 대신 서는 한은 있어도 제 오프 변경은 한 번도 하지 않았던 강지윤이 응급실이 가장 붐비는 주말에 오프를 내겠다고 한다. 그것도 일부러 날짜까지 변경을 해가며.

너무나 뜻밖이라 다짜고짜 묻기부터 하긴 했는데 난감한 듯 입매를 굳히는 지윤을 보자 그걸 제가 알아 무얼 하나, 생각이 들었다.

"어, 어, 그래. 내가 그거 하나 못 들어주겠냐. 토요일에 쉬어."

"감사합니다."

"뭘 그런 걸 가지고."

너저분하게 널려 있던 책상을 대강 정리한 성국이 의자를 밀어 넣으며 지윤에게 말했다.

"아으, 배고프다. 잠깐 짬 날 때 얼른 밥이나 먹고 오자."

물끄러미 바라보던 지윤이 고개를 끄덕였다.

*

〈치프님이랑 같이 저녁 먹으러 갑니다.〉

우두커니 앉아 지윤으로부터 날아온 문자메시지를 바라보고 있던 태하가 한쪽 볼을 슬쩍 부풀리다가 나직한 음성으로 입을 열었다.

"말 잘 듣는 강지윤."

그러더니 요지부동 문자메시지에 시선을 꽂은 채 휴대전화와 눈싸움을 하는 중이다.

그런 그의 시선에 들어오는 현재 시간.

7:48

"눈치 없는 강지윤."

태하의 목소리에 얼핏 불만이 묻어난다.

이유는 굳이 설명하고 싶지 않다.

그래도 어쨌든 지금은 저녁 시간이고 그 역시 배가 고프다. 그냥 그렇다는 뜻이다.

근데 그게…… 언짢다.

'태하 씨, 우리 저녁 먹어요'까진 바라지 않더라도 혹시나 '선생님, 저녁 같이 드실래요?' 하는 문자가 오지 않을까 전공의 회진이 끝나는 시간까지 내심 조바심을 내며 기대하던 중이었다.

근데 유성국이라니.

올라오는 불만을 목 안으로 꾹꾹 눌러 삼키며 서랍 안에 넣어두었던 마른 빵을 책상 위에 꺼낸 태하가 함께 마실 커피를 내리기 위해 몸을 일으켰다.

대충 빵이라도 먹어둬야 낙상(落傷)으로 응급실에 실려 온 환자의 Innominate Artery Rupture after Blunt Chest Trauma(흉부 둔상 후에 발생한 무명동맥 파열) 수술에 들어갈 수 있을 것이기 때문이다.

수술 준비가 끝났다는 연락이 오기 전에 서둘러 요기를 해야만 했다. 힐긋 시계를 바라본 태하의 손길이 분주해졌다.

✻

일반 병동에서 응급실, 다시 중환자실 순례까지 마치고 집으로 돌아오니 밤 12시가 넘은 시간이었다. 하루 내내 끈적하게 달라붙었던 피로를 씻어내고 욕실에서 나온 순간 반짝, 하고 불을 밝히는 휴대전화가 눈에 들어왔다. 한 번 반짝이고 바로 꺼지는 걸 보니 전화는 아니고 문자메시지인 듯했다.

젖은 머리를 수건으로 털어내며 휘적휘적 다가가 휴대전화를
확인한 지윤의 눈가가 느슨하게 풀어졌다.

〈전화해도 돼?〉

이 남잔 정말, 문자를 보낼 때마다 묘한 주술이라도 거는가
보다.
그냥 문자인데. 그저 정형화된 글자일 뿐인데 산처럼 커다란
남자가 눈빛을 반짝이며 물어오는 것만 같아 뭉클 올라오는 감
정이 거실 천장을 둥둥 떠다니는 중이다.
문자를 확인하자마자 누른 통화 버튼 끝에 곧바로 태하의 목
소리가 들려왔다.
〈저녁은 맛있게 잘 먹었나?〉
부모님과의 안부 전화 도중 으레 오가던 질문 외에 누군가 제
끼니를 걱정하고 챙기는 일은 처음인 듯했다.

"밥은 잘 챙겨 먹고 다니니?"
"응."
"넣어놓은 반찬이 그대로던데."
"병원에서 먹을 때가 많으니까."

남들이 보기에 전혀 특별할 것 없는 대화이지만 그 안에 얼마

나 많은 걱정이 담겨 있는지 지윤은 매 때마다 느낄 수 있었다.

엄마는 그 이상을 묻지 않았고 지윤 역시 그 이상을 답하지 않았다.

벌써 몇 년째 이어진 무언의 약속.

그런 지윤에게 엄마가 아닌 다른 누군가가 챙겨 묻는 걱정이, 어쩌면 그것이 무척이나 낯설 법도 하지만 익숙한 일인 양 지윤은 살짝 설렘이 묻어나는 어투로 대답을 했다.

"오징어덮밥 먹었어요, 맛도 괜찮았고."

〈다행이군.〉

"선생님은, 저녁 드셨어요?"

〈이렇게 일찍 물어봐 주다니.〉

반어적으로 물어오는 태하의 질문에 어쩐지 가슴 한켠이 서늘하게 내려앉는 것만 같았다.

설마, 이 시간까지 저녁을 안 먹은 건 아니겠지.

차마 숨겨지지 않은 걱정을 고스란히 담은 채 지윤이 와락 입을 열었다.

"저녁 못 드셨어요?"

〈못 먹었다면, 강지윤이 같이 좀 먹어줄래?〉

"저 밥 먹으면 선생님도 드신다면서요."

은근한 타박이 이어지자 전화기 너머로 피식 웃음을 터뜨리는 소리가 희미하게 들려왔다.

〈강지윤이 굶으면 나도 굶는다곤 했었지.〉

“저 안 굶었잖아요.”

〈나도 안 굶었어.〉

“뭐 드셨는데요?”

〈음, 호밀빵 한 조각에 커피 두 잔.〉

지윤의 입술이 꾹 다물려졌다.

지윤이 퇴근할 때까지도 수술실에 있던 그였다.

그럼 이 늦은 시간까지 겨우 빵 쪼가리 하나로 그 힘든 수술
을…….

“저보곤 저녁 챙겨 먹으라고 하시곤.”

선생님은 왜 굶으셨는데요.

묵직한 덩어리 하나가 울컥 솟아오르는 기분이었다.

〈강지윤이 챙겨줄 줄 알았지.〉

느긋하게 대꾸하는 태하의 목소리에 그만 지윤이 입술을 꾹
깨물었다.

아주 당연한 것인데, 이 남자도 밥을 먹어야 한다는 당연한
사실을 아깐 왜 까마득히 잊고 있었던 걸까. 바보같이…….

“바보같이…….”

〈이런. 하늘 같은 스태프한테 감히.〉

가슴 언저리가 자꾸만 뻐근해지는 느낌에 다급히 손을 올린
지윤이 명치 부근을 꾹꾹 눌러댔다.

가슴이 묵직하게…….

“아파요.”

지윤의 중얼거림에 바짝 긴장한 태하의 목소리가 들려왔다.

〈아파? 갑자기 어디가?〉

제 주먹만 한 감자가요.

지윤이 명치 부근을 계속 꾹꾹 눌러댔다.

지윤에게서 아무런 답이 들리지 않자 다급해진 태하의 목소리가 전화기를 통해 울려 퍼졌다.

〈강지윤! 지윤아!〉

"하아……."

〈지금 갱의실이니까 옷 갈아입는 대로 바로 갈게. 강지윤, 참을 수 있겠어?〉

아직 옷도 못 갈아입었으면서. 배도 고프고 힘도 들 거면서. 수술실에서 나오자마자 한 일이 고작 나와 통화를 하는 것이라니.

"못 참겠어요……."

흐느끼듯 흘러나온 지윤의 목소리에 그만 이성을 잃은 듯 그대로 몸을 돌린 태하가 푸른 수술복 차림으로 갱의실 문을 박차고 달려나갔다.

드라마나 영화를 챙겨 보는 편은 아니지만 간혹 초조하게 엘리베이터를 기다리던 남자가 다급히 비상계단으로 향하는 장면을 보면서 층마다 서는 병원이라면 모를까 널널하기 짝이 없는 저런 곳에서라면 차라리 잠시 기다렸다 엘리베이터를 타는 게 훨씬 빠르지 않나, 웃었던 적이 있다.

그런데 밤 깊은 시간에, 그것도 두 층만 기다리면 올라탈 수 있는 엘리베이터를 두고도 정신없이 비상계단으로 향하는 저를 보며 아마도 그 드라마를 쓴 작가는 이 터질 듯한 초조함을 온몸으로 경험했던 것이 틀림없을 것이란 확신이 밀려들었다.

후드득 계단을 내려가고 또다시 후드득.

까마득히 먼 계단을 단숨에 내려선 태하가 병원 로비를 가로질러 현관을 나섰다.

피를 뿜어대는 응급환자 앞에서도 절대 뛰어본 적 없던 그가 땀을 뚝뚝 흘려가며 전력질주하는 모습을 누군가 목격했다면 내일 아침 의국과 스테이션에 풍성한 화젯거릴 제공했을 것이다.

정작 태하 자신은 아무 생각이 나질 않았다. 흐느끼는 목소리로 뱉어낸 '못 참겠다' 는 한마디를 듣자마자 달리기 시작했으니까. 입고 있는 차림이 어떤지, 모양새 따윌 신경 쓸 겨를이 없었다. 머릿속이 하얗게 된다는 건 바로 이럴 때 쓰는 표현일 것이다.

제가 할 수 있는 최고의 속도를 내기 위해 앞뒤로 힘껏 움직이고 있는 손안에선 네모난 휴대전화가 보였다, 안 보였다 약을 올리며 태하의 조급함을 재촉하고 있었다.

손에 쥔 전화기로 지윤의 상태를 물어보고 싶었지만 그러다가 걸음이 늦어질까 두려워 그마저도 꾹꾹 눌러 참는 중이었다.

정문을 지나 막 지윤의 아파트로 올라가는 갈림길에 접어든 순간, 내리막길을 달려오고 있는 작은 인영 하나가 눈에 들어왔다.

눈물이 솟구칠 정도로 익숙한 느낌.

머뭇거릴 새 없이 달려왔던 그가 한순간에 우뚝 멈춰 섰다.

타다닥, 발을 굴러 달려온 인영이 산처럼 버티고 선 그의 가슴에 그대로 안기며 매달리자 거친 호흡을 가르던 태하의 몸이 휘청, 움직였다.

“어디가, 하아, 아픈 거야, 하아.”

숨이 턱까지 차오른 탓에 제대로 말을 잇지 못한 태하가 품에 안긴 지윤의 어깨를 걱정이 담긴 손길로 어루만지며 물었다. 하지만 답답함으로 숨이 넘어갈 지경인 태하와 달리 지윤은 아무런 말을 하지 않은 채 그의 목을 단단히 끌어안고 있을 뿐이었다.

“강지윤.”

“모르겠어요. 그냥, 선생님 때문에…… 화가 났어요.”

“나 때문에?”

“네.”

태하의 가슴에서 반쯤 얼굴을 떼어낸 지윤이 제 가슴에 손을 얹으며 태하를 올려다봤다.

“그래서, 여기가 아팠어요.”

말갛게 올려다보는 지윤의 눈동자를 바라보는 순간, 목 끝까지 차올랐던 걱정은 금세 안도의 한숨으로 뒤바뀐 채 입 밖으로 터져 나오고 있었다. 하얗게 굳어 있던 머릿속도 흐늘흐늘 늘어져 제자리를 찾아가고, 빠르게 들썩이던 태하의 가슴도 조금씩 안정된 움직임을 보이기 시작했다.

"훗, 강지윤한테 이런 면이 있을 줄이야."

슬쩍 입꼬리를 들어 올린 태하가 지윤의 정수리를 내려다보며 말했다. 그제야 목에 두른 손을 머쓱하게 떼어낸 지윤이 한 걸음 물러서며 태하를 바라봤다.

"그래도 수술 빨리 끝내셨네요."

"다행히도."

"배고프실 텐데."

"엄청."

"병원 근처에 24시간 해장국집 있어요. 거기라도 가실래요?"

"방전된 체력 때문에 뭐라도 먹긴 해야겠지만, 보다시피."

태하가 제 몸 아래를 가리키듯 고개를 까딱해 보였다.

푸른 수술복 차림에 여기저기 핏물이 얼룩진 크록스 신발. 그러고 보니 조금 전 통화에서 갱의실 안이란 소릴 들었던 것 같았다.

이런.

지윤의 입매가 난감한 모양새로 비틀려 올라갔다.

늘 자로 잰 듯 명확하고 깔끔한 모습만 보여주던 남자가 생각 없이 뱉은 저의 말 한마디에 옷도 갈아입지 못한 채 이렇게 혼비백산 달려온 것이다. 바라보는 눈가가 따끔거린다.

금세 울상으로 일그러지는 지윤의 얼굴을 재미있다는 듯 바라보던 태하가 지윤의 볼을 손가락으로 툭 건들며 입을 열었다.

"미안한가?"

"……."

"그럼, 맛있는 거 먹으러 가지."

"지금요?"

"아니, 주말에."

아, 하필…….

연신 밀려드는 미안한 마음을 지그시 누른 지윤이 태하를 바라보며 입을 열었다.

"토요일에 오프예요."

"잘됐네. 나도 그날은 일렉티브 수술(elective operation:예정된 수술) 없거든."

일이 있어 오프를 냈다는 뜻이었는데 그걸 알아차리지 못한 태하는 외려 반가운 기색으로 저의 주말 일정을 쏟아냈다. 미안한 마음이 폭풍처럼 덮쳐 왔다.

더는 어찌할 수 없는 상황에 옅게 한숨을 내쉰 지윤이 질끈 눈을 감자 그제야 가라앉은 분위기를 눈치챈 태하가 미간을 모으며 나직이 물었다.

"선약이 있는 모양이군."

선뜻 대답을 하지 못하고 그저 내렸던 눈꺼풀만 천천히 들어 올리는 지윤을 보며 태하가 가만히 그녀의 손을 잡아 깍지를 꼈다.

"선약이 있는 게 죽을죄는 아니잖아. 그만 얼굴 좀 풀지?"

피식 웃음을 머금은 태하가 지윤의 아파트를 향해 몸을 틀었다.

"가. 집에 데려다줄 테니까."

"식사하셔야 하잖아요."

태하를 따라 엉겁결에 걸음을 내딛던 지윤이 멈칫 버티며 묻자 그대로 그녀의 손을 잡아끈 태하가 느린 걸음을 이어가며 말했다.

"집에 가서 먹으면 돼. 강지윤으로 하여금 열을 받게 한 비싼 반찬들이 냉장고 안에 줄지어 기다리고 있거든."

시간을 확인하진 않았지만 아마도 새벽 1시를 향해 달려가는 즈음일 것이다. 어쩌다 불 켜진 창문이 하나둘 보이긴 했지만 어둠이 뿌려놓은 적막에 고요히 잠긴 풍경은 보드라운 이불 위에 새겨진 그림인 양 포근해 보였다.

"쿨한 척하고 싶지만…… 궁금한 건 어쩔 수 없군. 누굴 만나는지, 무슨 약속인지."

그러면서 어깨를 으쓱해 보이는 태하의 관자놀이가 슬쩍 붉어지는 것도 같았다.

태하 옆에서 나란히 걸음을 맞추던 지윤이 크게 숨을 들이쉬곤 입을 열었다.

"내일이, 기일이에요. 사고 났던 날."

중얼거리듯 뱉은 지윤의 말에 걸음을 옮기던 태하가 가만히 고개를 끄덕였다.

　잠시나마 기대했던 주말 데이트가 무산되어 서운한 건지, 아님 생채기만 잔뜩 남기고 떠난 전 남자를 만나러 간다는 게 불편한 건지. 분명 아무렇지 않은 건 아니었지만 그렇다고 제 성질껏 가지 말라 심통을 부릴 수도 없는 노릇이었다.

　혹시나 돌아보면 제 얼굴에 이런 속내가 고스란히 드러날까 아무렇지 않은 척하느라 일부러 시선도 마주하지 않은 채였지만 지윤의 손을 잡지 않은 다른 쪽 손은 힘줄이 불거질 정도로 힘이 들어가고 있었다.

　"그래서 오빠한테 다녀오려고요."

　"그렇군."

　어색한 침묵이 두 사람의 발자국 소리에 묻혀 자박자박 흩어졌다.

　"혼자 가는 건가?"

　"네."

　"어떻게 가려고? 차도 잘 못 타면서."

　"그냥. 지하철도 탔다가, 버스도 탔다가."

　자박자박.

　발을 맞춰 걷는 두 사람의 느릿한 걸음이 오르막을 향해 천천히 사라지고 있었다.

　어느덧 지윤의 아파트에 이른 두 사람이 마침 1층에 멈춰 있던 엘리베이터에 올랐다. 혼자 타고 가겠다는 지윤의 말을 가볍게 무시한 태하가 먼저 엘리베이터 안으로 성큼 발을 내딛었기 때문이다.

태하의 옆에 올라선 지윤이 제가 살고 있는 층수의 숫자 버튼을 누르며 표 나지 않게 옅은 한숨을 내쉬었다.

마음이 편하지 않다. 그건 이 남자도 마찬가지겠지. 이런 제가…… 도무지 마음에 들지 않는다.

슬쩍 눈을 돌려 태하의 얼굴을 바라봤지만 당최 표정을 읽을 수가 없었다.

땡.

엘리베이터 문이 열리고 두 사람이 내려서자 먹빛으로 잠겨 있던 복도가 센서 등에 의해 금세 환하게 밝아졌다.

"들어가."

그제야 빈틈없이 맞잡아 깍지를 끼고 있던 손을 놓으며 태하가 낮은 음성을 울렸다.

"……네."

"피곤할 텐데 얼른."

잠시 머뭇대던 지윤이 도어락 버튼을 눌러 잠금 장치를 해제했다. 경쾌한 소리와 함께 불빛이 반짝이자 손잡이를 돌려 현관을 연 지윤이 태하를 향해 몸을 틀었다.

"선생님도 얼른 가세요."

"응."

"그럼……."

"강지윤."

다시 몸을 돌려 현관 안으로 걸음을 내딛으려던 지윤의 동작이 우뚝 멈췄다.

"가는 길은 지하철 타고, 버스도 타서 혼자 가더라도. 돌아오는 길은…… 내가 마중을 나갈 수 있었으면 좋겠다."

미치겠다, 이 남자 때문에.

가슴 안에서 무언가 지잉, 울려대더니 결국 또 눈물을 만들어 낸다.

뚝, 하고 눈물 방울을 떨어뜨리니 한 걸음 다가온 태하가 그녀를 품에 안아 제 가슴으로 눈물을 닦아냈다.

"자꾸 울면 이대로 같이 현관 안으로 들어가는 수가 있어."

제 품에서 지윤을 떼어낸 태하가 그녀의 눈을 마주하며 말했다.

"얼마나 엄청난 인내심이 내 안에서 싸우고 있는지 강지윤은 아마 상상도 못할 거다."

빠른 손길로 지윤의 흐트러진 머리를 정돈해 준 태하가 몸을 돌려 아직 7층에 머물러 있던 엘리베이터의 하강 버튼을 눌렀다.

위잉, 소리와 함께 열린 문 안으로 들어선 태하가 문이 닫힐 때까지 지윤을 바라보고 서 있었다.

금세 문이 닫히고, 엘리베이터가 움직이고 있음을 알리는 미세한 소음이 완전히 멈출 때까지도 굳은 듯 그 자리에 서 있던 지윤이 갑자기 몸을 돌려 후다닥 현관 안으로 들어섰다.

털어내듯 신발을 벗은 지윤이 달려간 곳은 다름 아닌 거실 베란다였다.

어둠을 삼킨 듯 새까맣기만 한 아스팔트 위로 걸음을 옮기고 있는 태하의 뒷모습이 보였다. 그냥 뒷모습일 뿐인데도 반갑고, 또 아련하기만 하다.

"선생님 때문에……."

뒷말을 흐린 지윤이 베란다 난간 위에 손을 올린 채 고개를 쑥 내밀었다. 하지만 한 번쯤 돌아봐 줬으면 하는 바람과 달리 태하는 잠시의 멈춤 없는 빠른 걸음으로 사라지고 있었다.

불 켜진 창을 돌아보는 순간, 혹시라도 저를 배웅하고 있는 지윤의 모습을 발견하기라도 한다면 그다음부턴 제가 어떤 절제 못할 행동을 하게 될지 두려워 이를 악문 채 앞만 보고 뛰듯이 가고 있는 태하의 속을 지윤이 알 리 없었다. 아무것도 모르는 지윤은 그저 당장 서운한 마음을 애써 누르며 그가 사라지고 없는 텅 빈 어둠을 하염없이 바라보고 있을 뿐이었다.

비몽사몽 반쯤 감겼던 눈이 번쩍 뜨였다. 새벽 2시가 넘도록 잠이 오지 않아 한참을 뒤척이다 까무룩 잠이 든 것 같은데 어느새 푸르스름한 여명이 아이보리빛 레이스 커튼이 드리워진 창문을 물들이고 있었다.

침대 위에서 잠시 꼬물대던 지윤이 몸을 덮고 있던 이불을 걷어내며 몸을 일으켰다.

새벽 5시 50분.

이미 오프를 낸 지윤에겐 절대 다급할 것 없는 시간이었지만 몸에 밴 습관은 무섭도록 규칙적인 움직임을 강요하는 중이다.

샤워를 하고, 젖은 머리를 말리고, 간단히 아침을 먹고, 양치를 하고, 옷을 갈아입고.

단정한 모습으로 거울 앞에 서니 평소보다 훨씬 여유 있게 움직였음에도 고작해야 7시가 조금 넘어 있을 뿐이었다.

갑자기 이런 저의 부지런함이 원망으로 다가왔다.

등교나 출근 시간과 상관없는 주말 아침이었지만 그녀의 머릿속에 자리한 '만원(滿員)'의 이미지는 여전히 공황 장애에서 완전히 벗어나지 못한 그녀를 산더미 같은 부담감으로 짓누르게 될 것이다.

꽉 막힌 공간 안에 발 디딜 곳 없이 빽빽하게 들어찬 사람들. 정돈되지 않은 혼잡함이 가져다줄 두려움에 벌써부터 숨이 턱 막혀오는 것 같았다.

옷을 입은 그대로 소파에 주저앉았다. 적어도 한 시간은 넘게 그렇게 앉아 있어야만 번잡한 시간을 피했다는 안도감을 느낄 수 있을 것이다.

가방 안에 넣어두었던 휴대전화를 꺼내 다시 한 번 시간을 확인했다.

지금쯤 회진 준비를 하고 있겠지? 아니, 벌써 시작했으려나.

옷을 입은 채 준비를 하고 있는 몸은 석훈 오빠를 만나려 하면서도 머릿속으론 그 사람을 궁금해하고 있는 저의 이율배반적인 행동에 그만 헛웃음을 흘리고 말았다.

어깨를 축 늘어뜨리며 들고 있던 휴대전화를 다시 가방에 넣으려는 순간 띠릭, 하고 문자메시지 알람이 울렸다.

<부지런한 강지윤. 아침은 먹었을 테지?>

물끄러미 문자를 바라보던 지윤이 빠르게 손가락을 움직였다.

<네. 선생님은요?>
<먹기 싫어도 먹어야지, 누구 속상하게 하지 않으려면.>
<회진 시작 안 했어요?>
<지금 내려가는 중.>
<아…….>
<기다리고 있을게.>

그러니까 전화해 줘.
보이지 않음을 알면서도 절로 고개가 끄덕여졌다.

<네.>

더는 문자가 오지 않았지만 손에 쥔 전화기를 쉽게 내려놓을 수 없었다.
마치 그의 손을 잡고 있는 듯한 온기.
시계의 작은 바늘이 10을 향해 갈 때까지 전화기를 쥔 채 앉아 있던 지윤이 그제야 느릿하게 몸을 일으켰다.

지하철을 타고, 다시 버스를 탔다.

네모난 창을 타고 들어온 햇살이 네모난 그림자를 액자 삼아 지하철과 버스 안 풍경을 넉넉하게 담아내고 있었다. 여유로워 보이는 분위기에 덩달아 그런 척 눈을 감아보고픈 충동이 일었지만 생각을 쫓기 위해 괜히 흐트러지지도 않은 머리를 매만지며 연신 몸을 움직거렸다.

시야에 들어오는 녹음이 점점 짙어질수록 도심의 그림자는 점점 멀어져만 갔다.

정오 무렵 도착한 그곳은 생명력 넘치는 초록의 나무와 회색빛 건물이 묘한 조화를 이루며 지윤의 시선을 잡아끌었다. 촘촘히 깔린 돌 틈으로 삐죽이 솟아난 잔디가 걸음을 내딛을 때마다 스윽스윽 소리를 만들었다.

돌계단을 오르고 화사한 꽃으로 장식된 입구를 지나니 후끈 달아오른 밖과 달리 금세 서늘한 기운이 느껴졌다.

"오빠."

석훈의 사진 앞에서 걸음을 멈춘 지윤이 떨리는 음성으로 석훈을 불렀다. 사진 속 석훈은 그런 지윤을 반가이 맞이하기라도 하듯 유리 너머로 환한 미소를 지어주고 있었다.

"오늘도 되게 덥다. 걸어오는 동안 등이 다 젖었어."

땀으로 젖어 있는 등을 내보이며 지윤이 투정 부리듯 입술을 삐죽였다. 스물네 살의 석훈 앞에선 지윤도 스물하나의 철부지가 되어버린다. 9년 세월이 흘러가는 동안, 세상 유일하게 제 맘을 터놓을 수 있었던 그녀만의 공간.

온기 없는 공간일지라도 오롯이 제 안으로 들어갈 수 있는 안식처였다.

"아저씨, 아줌마가…… 이제 나 오지 말라 그랬대."

고자질하는 아이처럼 잔뜩 볼을 불린 지윤이 사진 앞에 얼굴을 들이밀며 다가섰다.

"오빠도 그래? 나 이제 오지 마?"

불만 가득한 지윤의 얼굴과 달리 사진 속 석훈은 여전히 미소만 지을 뿐이다.

"바보처럼 맨날 웃기만 하고."

불쑥 손을 내민 지윤이 사진을 가로막고 있는 유리에 손을 갖다 댔다. 중앙 냉방을 하고 있는 에어컨의 냉기 때문인지 서늘한 기운이 손끝에 전해졌다. 냉큼 손을 뗀 지윤이 사진을 바라봤다.

"실은 오빠도 싫은 거지? 이렇게 차가우면서."

조용히 중얼거린 지윤이 엉덩이를 바닥에 붙인 채 털썩 주저앉았다.

내려뜨린 시선.

세운 무릎 위에 가만히 턱을 얹었다.

"이상한 사람이 있어."

나직이 운을 뗀 지윤이 다시 입술을 꾹 다물었다.

"따뜻해. 가끔은 그냥 커다랗고……. 근데 내가 좋대. 진짜 이상한 사람이지?”

고개를 들어 올린 지윤의 눈엔 어느새 그렁그렁 눈물이 맺혀 있었다.

석훈을 향한 짙은 그리움. 그리고 가슴 가득 밀려오는 미안함.

차마 제대로 시선을 마주하지 못한 눈동자엔 말 못할 복잡한 심경이 담겨 있었다.

“이러면 안 되는 거 알면서…… 나도 모르게 자꾸 그 사람한테…….”

투둑.

맺혀 있던 눈물이 기어이 바닥으로 떨어져 내린다.

“오빠, 미안해. 흐윽.”

미안해서 죽을 것 같아.

눈물을 뚝뚝 흘리며 사진을 바라보니 아까와 다름없는 얼굴로 말갛게 눈가를 휘고 있는 석훈의 눈동자가 보였다.

“진짜 미안해. 미안해. 정말 미안해. 미안……. 흐윽. 근데 나 그 사람이 좋아. 어엉.”

나 진짜 못됐지.

오빠한테도 미안한데, 그 사람한테도 미안해.

그러니까 나 미워해. 그렇게 웃지만 말고, 그냥 날…… 미워해 줘.

간절한 바람이 담긴 눈동자가 석훈을 향했지만 돌아오는 건 그저 다정한 미소뿐이었다.

“그렇게 웃지 마. 내가 오빠 잊는다고. 다른 사람이 좋아서, 오빠 잊는 거라고.”

그래도 웃는다.

또 그게 너무나 마음이 아파 결국엔 엉엉, 큰 소리를 내고 말았다. 지윤의 작은 어깨가 쉼 없이 들썩였다. 닦고 또 닦아도 하염없이 흘러내리는 눈물은 마르질 않는다.

“기다리고 있을게.”

어쩌면 알고 있는지 모른다. 눈물이 멈추는 순간, 석훈에게서 돌아 나가야 한다는 걸.

무섭고 미안하면서도 태하가 보고 싶었다.

손등으로 눈물을 훔쳐 낸 지윤이 천천히 몸을 일으켰다. 힘겹게 입술 끝을 들어 올리자 입가에 바르르 경련이 일었다.

“그러니까 이제…… 오빠가…….”

흐읍, 숨을 삼킨 지윤이 뒷말을 이었다.

“날 잊어.”

눈물과 함께 뱉어낸 음성이 긴 여운을 남기며 허공으로 흩어졌다. 그리고 잠시 이어진 정적. 여전히 지윤의 입술은 바르르 떨리는 채다.

꿀꺽 울음을 삼킨 지윤이 남은 눈물을 닦아내며 방긋 웃음 지었다.

인사는 하지 않았다. 그저 석훈처럼 예쁜 미소를 지어 보일 뿐이었다.

천천히 몸을 돌린 지윤이 제가 서 있던 자리에서 한 걸음씩 멀어지기 시작했다.

점점이 사라지는 뒷모습을 석훈의 환한 미소가 배웅하고 있었다.

✳

〈내 전화, 기다렸어요?〉

전화기를 통해 들리는 지윤의 음성에 의자에서 몸을 일으키던 태하가 미간을 좁히며 전화기를 고쳐 쥐었다.

눈을 뜬 순간부터 지금까지, 지윤의 전화를 기다리느라 한 몸처럼 전화기를 챙겨 다녔던 사람에게 제 전활 기다렸느냐 묻다니.

전화기는 고쳐 쥐었는데 막상 할 말은 떠오르질 않는다.

"그냥 기다렸다고 하자니 뭔가 억울한 마음이 드는군."

그가 눈썹을 슬쩍 휘며 입을 열었다.

〈점심 드셨어요?〉

"배가 고픈 걸 보니 아마도 안 먹은 모양이야. 지금 몇 시나 됐지?"

〈혹시 주무신 거예요?〉

제가 밥을 먹었는지, 지금이 몇 시인지도 몰라 전화를 건 저에게 물어오는 태하가 뜬금없긴 했나 보다. 그런 지윤의 물음에 픽, 입술 끝을 들어 올린 태하가 옷을 갈아입기 위해 옷걸이 쪽으로 걸음을 옮기며 기울인 어깨와 고개 사이에 전화기를 괴었다.

"누구 전화 기다리느라 시계를 볼 여유가 없었거든."

지윤의 답을 기다리기도 전에 입고 있던 가운을 벗은 태하가 걸려 있던 슈트 상의에 팔을 꿰어 넣었다. 마치 지금 당장에라도 지윤을 만나러 갈 기세다. 아니, 처음부터 그녀와 약속이 되어 있던 듯 자연스런 움직임이었다.

〈배고파요. 밥 사주세요.〉

전화기 너머 들려온 지윤의 목소리에 고개를 기울인 채 단추를 채우던 태하가 바삐 움직이던 손길을 멈추며 전화기를 바로 쥐었다.

〈절대, 과속은 안 돼요. 기다리고 있을 거니까.〉

천천히 와요.

기다리는 사람이 있다는 게 이렇게 심장을 뛰게 만드는 일이었던가.

입가에 벙긋 미소를 지은 태하가 날듯이 뛰어가며 전화기에 외쳤다.

"꼼짝 말고 기다려!"

내비게이션의 음성 안내를 따라 도착한 곳은 경기도 남양주

 힐링 healing

에 위치한 한 납골당이었다.

입구에 위치한 주차장으로 스르르 차를 몰고 들어서니 나무 그늘이 드리워진 벤치에 눈을 감고 앉아 있는 지윤의 모습이 눈에 들어왔다. 반갑게 창을 내리던 태하가 손길을 멈추고 조용히 차를 세웠다. 살풋 잠이 든 건지 팔짱을 끼고 앉은 지윤의 고개가 조금씩 기울어지며 점점 아래로 휘어지고 있었다.

핸들에 팔을 올린 태하가 물끄러미 지윤의 얼굴을 응시했다.

병원 안에서 마주한 지윤은 항상 날이 서 있거나 딱딱하게 긴장된 채였는데 무방비하게 흐트러진 지윤의 얼굴을 보니 갑자기 가슴께가 뻐근하게 아파왔다.

날을 세우면 그만큼 찔렸을 테고 찔린 상처를 감추다 보면, 또 그만큼 힘들었을 것이다.

하아. 저 안에서는 또 얼마나 울었는지 눈 두덩이가 빨갛게 부어 있는 채다.

차에서 내린 태하가 저벅저벅 지윤을 향해 다가갔다.

"잠자는 숲 속의 강지윤."

기울어졌던 고개가 휙 올라오며 감겨 있던 눈꺼풀이 번쩍 열렸다.

"아쉽군. 불러서 안 일어나면 키스하려고 했는데."

잠기운을 쫓으려는 듯 두어 번 눈을 깜빡인 지윤이 머리와 얼굴을 빠르게 쓸어내리며 몸을 일으켰다.

"그런데 어떻게 이런 데서 잠을 자?"

"선생님은 어떠실지 몰라도 외과계 레지던트들은 수술 중에
도 서서 조는 신공을 발휘하는걸요."

"설마."

"종종 있어요. 그러다 들키면 들고 있던 Metzenbaum(수술용
가위의 한 종류)으로 손등을 내려치는 교수님도 계시고."

"많이 맞아본 듯한 말투네."

지윤이 그랬을 리 없다는 건 잘 알고 있었다. 차라리 수술실
에서 졸 수 있을 정도의 여유가 있는 거라면.

가볍게 한숨을 내쉰 태하가 지윤을 바라보며 말했다.

"배고프다며."

지윤이 고개를 끄덕이자 그녀의 등에 가볍게 손을 댄 태하가
차가 세워진 방향으로 이끌기 시작했다. 손을 잡아 데려가고 싶
었지만 이곳에서의 예의는 아니란 생각에서였다.

차 앞에 멈춰 선 지윤이 긴장으로 굳어가는 게 확연히 느껴졌
다. 지윤보다 한 걸음 더 움직인 태하가 조수석이 아닌 뒷좌석
문을 열며 지윤을 바라봤다.

당연히 조수석으로 안내할 거라 예상했던 지윤의 눈에 잔뜩
당혹감이 서렸다.

"선생님."

"처음부터 무리할 필요 없어. 그리고 정 안 되겠다 싶으면 언
제든 말해. 내려서 너랑 같이 지하철도 타고, 버스도 타고 가면
되니까."

대답도, 움직임도 없이 서 있는 지윤을 보며 어쩔 수 없다는 듯 뒷좌석 안으로 지윤을 밀어 넣었다.

"사모님, 신 기사 배고픕니다."

답지 않은 농담까지 곁들이며 억지로 지윤을 태운 태하가 빠른 걸음으로 돌아와 운전대를 잡고 앉았다.

"전에 말했던 한정식 집으로 간다."

그녀를 자전거에 태운 채 백숙을 먹으러 가던 날, 슬쩍 돌아보던 그가 했던 말.

"저번에 데려가려고 했던 한정식 집은 나중에 차로 가자고. 자전거 타고 가려면 한 시간도 더 가야 해."

그냥 하는 말이겠거니, 했었다. 어차피 차도 타지 못하는데 이런 말을 하든 저런 말을 하든 아무 상관이 없을 테니까.

그런데 정말 지킬 요량으로 뱉었던 말인가 보다. 가슴이 뜨거워진다.

벨트를 매던 태하가 갑자기 콘솔 박스를 열더니 그 안에서 초코볼이 담긴 동그란 통을 꺼내 지윤에게 내밀었다.

"너무 많이 먹진 마. 입맛 없으면 밥 못 먹어."

제 앞으로 불쑥 내밀어진 통을 엉겁결에 잡은 지윤이 달그락 소리를 내며 제 존재를 뽐내고 있는 초코볼에 의아한 시선을 던졌다.

연구실 안에서의 그 초코볼 자판기도 그렇고…….

"선생님 방에 있는 초코볼 자판기. 진짜예요?"

"궁금하면 100원 넣고 돌려봐."

"……."

"왜?"

"선생님은 진짜 이상해요."

"뭐가 그렇게 맨날 이상한 건데?"

"설명이 안 돼요. 그래서 더 이상해."

초코볼이 담긴 통을 손에 쥔 채 미간을 모으는 지윤을 룸미러로 힐긋 바라본 태하가 천천히 차를 몰고 주차장을 빠져나갔다.

도로 위로 올라선 차는 지윤이 오면서 봤던 풍경들을 되짚으며 조용히 달리고 있었다. 물끄러미 손에 쥔 통을 바라보던 지윤이 뚜껑을 열고 통을 기울이자 손바닥 위로 또르르 초코볼이 굴러 나왔다.

"아."

갑자기 들려온 소리에 고개를 들어보니 핸들을 잡고 있던 태하가 '아' 하고 입을 벌리고 있는 모습이 보였다.

잠시 머뭇대던 지윤이 손바닥에 있던 초코볼 하나를 입에 넣어주자 냉큼 받아먹은 태하가 미소를 띤 채 오독오독 초코볼을 씹어 먹었다. 그게 하도 맛있어 보여 지윤도 따라 초코볼 하나를 입안으로 흘려 넣었다.

오독오독. 지윤의 볼이 움직였다. 달콤하고 고소한 맛이 입안

가득 퍼져 나간다.

"초코볼을 좋아하던 아이가 있었지."

운전을 하던 태하가 갑자기 입을 열었다.

"인턴 때 주치의가 모자라 어쩔 수 없이 맡았던 환자가 하나 있었는데, 한마디로 날라리였어. 꼴통에 정말 말도 징글징글하게 안 들었지."

열일곱의 앳된 고등학생이었다. 하지만 생김새와 달리 그 아이에게선 늘 찌든 담배 향과 반항기 어린 눈빛만이 풍겨 나올 뿐이었다.

"담밴 안 된다고 했지."

"내가 피운 거 아닙니다. 그냥 옆에 있다 밴 거예요."

제 몸의 상태를 알고 있다면 담배를 피우는 것은 물론, 담배 피우는 사람 옆엔 가서도 안 된다는 걸 잘 알 것이다. 그럼에도 그 아인 남은 삶을 포기한 듯 주치의인 저의 주의를 남의 이야기인 양 흘려버렸다.

태하의 잔소리가 심해질수록 그 아이의 반항은 심해져만 갔다. 병실로 친구들을 불러들여 치킨이며 피자 파티를 벌이거나 생수병에 담아온 소주를 홀짝이기도 했다.

"죽고 싶어서 그래?"

그 아이가 홀짝이던 생수병을 빼앗으며 물었다. 생수병을 빼앗긴 아이는 피식, 쓴웃음을 지으며 태하에게 되물었다.

"안 먹으면. 내가 살기라도 하나?"

열일곱의 나이로는 도저히 지을 수 없는 허탈함이 아이의 눈빛에 묻어 있었다.

질문을 던진 그 아이도, 마주하고 있는 태하도 답을 알고 있었지만 그렇게 쉽게 삶을 포기하는 아이에게 태하는 문득 화가 치밀었다.

친구들 앞에선 전혀 내색하지 않은 채 절대 소화시킬 수 없는 피자며 통닭을 보란 듯 먹어대곤 그들이 돌아가자마자 힘겹게 게워낼 정도로 약한 모습을 감추려던 아이였는데.

"그러니까 그냥 내버려 둬. 부모님도, 선생님도 나 같은 거 빨리 잊어버리게!"

"아마 정말로 죽고 싶었던 건 아닐 거예요."

"알고 있었어. 그 아이, 어떻게든 살고 싶었을 거야."

정말로 우연히 보게 된 광경이었다. 수술실 스크럽을 서기 위해 재빨리 비상계단으로 뛰어들었던 그날, 제가 낸 발자국 소리보다도 더 나직이 들려오던 목소리.

"담배 냄새 나."

"딱 한 대밖에 안 피웠어."

"한 대도 안 돼. 대신 담배 피우고 싶을 때마다 이거 먹어."

"뭐야, 초코볼이잖아."

"갑자기 담배 끊으면 입이 심심해진대서."
"내가 애냐?"
"애라서 준 거 아냐. 걱정돼서 주는 거지."
"……."
"담배 끊을 거지?"
"……."
"응?"
"어."
"진짜?"
"알았다니까."

난간 뒤에서 지켜보던 그 아이의 눈빛은, 여태 태하가 한 번도 보지 못한 생기를 담고 있었다. 징글징글하게도 말을 듣지 않던 평소와 다른. 아마 그것은 사랑일 것이다. 스물이 훨씬 넘은 저조차도 부러워할.

"흰 가운, 열라 간지 나네."
채혈 때문에 들른 태하를 보며 그 아이가 툭, 하고 던지듯 말을 했었다. 평소와 다름없는 불량한 태도에 주사 바늘을 빼고 대신 알코올 솜을 누른 태하가 막 몸을 돌려 나가려던 순간, 고개를 숙인 채 알코올 솜을 누르고 있던 아이가 급하게 태하를 불러 세웠다.

"내가! 의대엘 갈 수 있을까?"

"그렇게 물었어. 지금부터 공부 열심히 하면 의대 갈 수 있겠느냐고. 그런데 그게…… 성적을 말하는 게 아니라는 걸 알았지. 대학에 들어갈 때까지 살 수 있겠느냐, 그걸 물은 걸 거야."

뒷자리에 앉아 묵묵히 태하의 이야기를 듣고 있던 지윤이 시선을 내려 제 손에 들린 초코볼 통을 바라보았다.

"그 아이가 죽던 날, 내 가운 주머니엔 초코볼 통이 들어 있었어. 쪽팔려서, 절대 다른 사람한텐 들키기 싫다고 나보고 가지라더군. 그걸 차마 제 여자친구한테 줄 순 없었을 거야. 사망선고를 하고 몸에 있던 라인을 제거하는데 주머니 안에선 계속 달그락 소리가 났어. 그때 알았지. 사람이 죽는다는 건, 주머니 안에 있던 지갑이 없어지는 것과는…… 다른 거구나."

"그때부터 선생님도 초코볼을 좋아하신 거예요?"

"먹어보니 맛있더라고."

태하가 후후 웃음소릴 흘렸다.

의사는 날마다 아픈 사람을 만난다. 의식 없이 실려왔던 환자가 멀쩡히 걸어 퇴원하는 모습을 지켜보는 뿌듯한 경험을 하기도 하지만, 매일 아침 마주하던 환자가 갑자기 사망하는 안타까운 상황도 힘들지만 겪을 수밖에 없다.

흉부외과 의사로서 환자의 시간을 훔치는 도둑이 되어선 안 된다던 어느 교수님의 말씀처럼 의사는 환자의 남은 삶을 연장

시킬 수도 있지만, 반대로 기대했던 남은 삶을 통째로 뺏을 수도 있는 사람이다. 때문에 심장을 맡긴 환자와의 만남이 환자와 그 가족의 실수가 되지 않도록 끊임없이 노력하고 고민해야 할 것이다.

환자의 남은 시간을 벌어주기만 하는 사람.

어쩐지 태하는 그럴 것만 같았다.

혹시나 모를 만약의 사태에 처음엔 조금 긴장을 하긴 했지만 시간이 지나면서 의외로 편안하게 식당에 도착한 것 같았다. 태하가 운전하는 내내 룸미러로 뒷자리를 살피며 신경을 쓰고 있다는 걸 알았지만 지윤은 일부러 모른 척했다. 몇 개의 초코볼을 입에 넣으며 간혹 창밖 풍경도 바라보고, 애써 아무렇지 않은 척 태하가 틀어준 음악도 들으며 한 시간 가까이 차를 타고 이동했다.

자잘한 자갈이 깔린 주차장에 차를 세우니 이미 점심시간을 훌쩍 넘긴 주차장엔 호젓한 분위기가 감돌고 있었다. 빠른 걸음으로 차에서 내려 어느새 뒷좌석 문을 연 태하가 몸을 펴며 차 밖으로 나오는 지윤의 손을 잡아 깍지를 꼈다.

"흐음. 이제야 안정이 되는군. 아까부터 얼마나 이러고 싶었는지."

태하의 손을 꼭 잡은 채 주차장부터 이어진 자갈길을 따라 걸으니 식당 안으로 들어서는 커다란 나무 대문이 눈에 들어왔다. 산뜻한 미소로 두 사람을 맞이하는 직원을 따라 고가구와 한지

공예품으로 꾸며진 방으로 들어서자 옛 것에서 풍기는 고즈넉한 분위기에선 향긋한 차향이 물씬 묻어나는 것 같았다.

"아까 내가 틀었던 노래 중에 혹 Eric Saade의 'Hotter Than Fire'란 곡 알아?"

노래를 찾아 들을 여유도 없지만 아까 들었던 노래들은 모두 처음 들어보는 곡들이었다. 지윤이 가만히 고개를 젓자 그럴 줄 알았다는 듯 슬쩍 웃음을 머금은 태하가 시선을 마주하며 말했다.

"Hotter Than Fire. 꼭 강지윤 같잖아. Cooler Than Ice인 줄 알았는데."

노래를 모르니 가사를 알 리 없지만 태하가 말하고자 하는 의도는 충분히 알 수 있을 것 같았다.

얼음 같다.

그녀가 늘 듣던 말이었다.

그런데 불보다 뜨겁다니.

"뜨겁다는 얘긴 한 번도 들어본 적 없는 것 같아요."

"다른 사람한테 들을 필욘 없어. 나한테만 뜨거우면 되니까."

"어으."

지윤이 얼굴을 찌푸리자 한쪽 눈썹을 휜 태하가 이유를 묻는 듯 바라봤다.

'느끼하잖아요' 대꾸하려던 찰나 방문이 열리고 음식이 들어오기 시작했다. 그 바람에 하려던 말을 대충 얼버무릴 수 있었던 지윤은 눈앞에 차려지는 음식들을 기쁜 마음으로 바라볼 수 있었다.

식욕을 돋우는 녹두죽과 동치미, 그리고 청포묵 접시를 비우고 나자 뜨겁게 김이 오르는 주 요리들이 들어오기 시작했다.

"여긴 이게 맛있어."

하얀 쌀밥이 담긴 놋그릇 앞으로 접시 하나가 얌전히 놓여졌다.

"도미 머리 구이인데, 어떻게 양념을 하고 구운 건지 집에 가서도 가끔 생각이 날 정도야."

태하가 놓아준 접시 위에선 아직도 지글지글 열기가 남은 채 먹음직스럽게 구워져 있는 큼직한 생선 조각이 놓여 있었다. 머리 구이라고는 하지만 쫀득한 살이 푸짐하게 붙어 있는데다 정말 집에 가서도 생각이 날 정도로 입안에 착착 감기는 감칠맛이 있었다.

"우리 집 삼 남매가 모두 고기 킬러인데 이 집만 오면 상황이 달라져. 어때, 맛있지?"

"네."

맛이 없더라도 맛있다고 해야 할 정도로 너무 진지한 표정을 한 태하의 얼굴에 살풋 미소를 지은 지윤이 고개를 끄덕이며 대답을 했다.

"아……."

진지하던 얼굴이 갑자기 얼어붙듯 굳는다.

"선생님?"

지윤의 의아한 시선이 태하를 향해 들려지자 중얼대는 듯한 작은 목소리가 들려왔다.

"예뻐서."

"네?"

"네 미소. 예쁘다고."

무슨 일이라도 생긴 건가, 잠시 긴장으로 움츠러들었던 지윤의 얼굴이 어이없다는 듯 풀어져 버렸다.

"뭐예요. 요즘 애들 말로 멘붕 오려고 해."

"멘붕? 그게 뭐지?"

"멘탈이 붕괴됐다, 의 줄임말이요. 아주 당황스럽다는 뜻이죠."

"뭐가 당황스러운데."

"그냥요. 아까부터 자꾸 느끼한 말씀만 하시니까……."

"예쁘다는 말, 안 들어봤어?"

지윤의 눈썹이 삐뚜름하게 올라섰다. 그런 얘기가 아닌데.

"식기 전에 얼른 드세요."

할 수 없이 먼저 시선을 피한 지윤이 젓가락을 움직이며 음식을 먹기 시작했다. 딱히 가리는 것 없이 골고루 잘 먹어대는 지윤의 모습에 표 나지 않게 슬쩍 입꼬리를 올린 태하가 천천히 젓가락을 집어 들었다.

앞으로 풀어야 할 문제가 태산처럼 쌓여 있군. 체력 보충을 위해서라도.

그도 열심히 젓가락을 움직였다.

후식으로 나온 매실차와 타래과까지 싹싹 비우고 두 사람이
향한 곳은 식당 뒤, 야산으로 이어진 작은 오솔길이었다. 그늘을
만들어준 큰 나무들과 간간이 불어오는 바람 덕에 크게 더운 줄
모르고 걸음을 옮기던 지윤이 태하를 올려다보며 입을 열었다.

"뭐라도 물어보실 줄 알았어요."

"뭘."

"오늘, 어땠냐. 뭐 그런 거요."

"오늘, 어땠는데?"

"그냥. 울었어요."

"그리고?"

"웃어줬어요."

"그래서, 지금 마음은?"

"아픈데…… 따뜻해요."

자박자박 걸음을 옮기던 지윤이 가만히 미소 지었다.

"복잡하겠군."

"놀라고 있어요."

"불안해?"

"아마도요."

"강지윤."

“네.”

“키가 몇이지?”

“……163이요.”

“난 186이야. 그럼 몸무게는?”

지금 분위기와는 전혀 어울리지 않는 뜬금없는 질문. 걸음을 멈춘 지윤이 고개를 들어 태하를 올려다봤다.

“비밀인가 보군. 난 78kg.”

지윤 쪽으로 몸을 튼 태하가 지윤의 어깨를 잡으며 눈을 마주했다. 오후의 태양을 받아 말갛게 빛나는 까만 눈동자가 의아함을 담은 채 흔들리고 있었다.

“키도, 몸무게도 다 다른 우리가 처음부터 끝까지 같아질 수 있는 게 하나 있지.”

지윤에게로 한 걸음 다가선 태하가 가만히 지윤을 끌어안았다.

엇비슷하게 마주한 심장이 쿵쿵 서로의 가슴을 두드리며 바쁘게 내달리기 시작했다.

“36.5℃.”

하나로 맞닿은 두 개의 심장이 멈추지 않는 힘찬 박동으로 36.5℃의 피를 뿜어내고 있었다. 마치 서로의 존재를 확인시키려는 듯.

그가 나직이 속삭였다.

“변함없이, 항상, 네 안에서 함께.”

눈물이 날 정도로 다정한 숨결이 몽롱하게 어른거렸다.

지금껏 지독한 공포로만 다가왔던 피가, 그 뜨거움이, 그와 나의 심장을 두드리며 다시금 제 존재를 일깨우는 중이다.

"그러니까, 절대 불안해하지 마."

대답을 하지 않는 지윤의 볼을 감싸 쥔 태하가 그녀의 얼굴을 들어 올리며 시선을 마주했다.

"응?"

물끄러미 응시하던 지윤이 천천히 고개를 끄덕이자 살짝 고개를 기울여 다가온 태하의 입술이 어느새 그녀의 입술을 가볍게 빨아들이고 있었다.

얼떨결에 분위기에 취했던 지윤이 제가 서 있는 곳을 황급히 둘러보다 잔뜩 당황한 눈빛으로 태하를 바라봤다.

누가 보면 어쩌려고요.

나쁜 짓을 하곤 이내 들킬 것을 걱정하는 아이 같은 모습에 피식, 웃음을 지은 태하가 지윤의 볼을 쓸어내리곤 손을 내밀었다.

"그만 돌아갈까?"

"강지윤의 오프를 좀 더 알차게 쪼개 쓰고 싶지만 병원에 들어가 봐야 해."

조수석으로 향하는 지윤을 붙잡아 다시 뒷좌석에 태운 태하가 벨트를 매며 말했다.

"학회 때문에 마무리해야 할 논문이 있어."

이유를 묻는 듯한 지윤의 눈빛에 서둘러 답을 한 태하가 시동을 걸고 차를 몰아 나가기 시작했다.

해야 할 일이 있으면서.

그럼에도 남양주까지 저를 데리러 와준 태하가 고맙기도 하면서 또 미안한 마음에 불쑥 화가 난 지윤이 입술을 꾹 다문 채 태하를 바라봤다.

"그렇게 바쁘시면서……."

"강지윤은 바쁘면 심장을 내려놓기도 하나?"

"무슨 그런 비유가 있어요."

"자기 입으로 느끼하다고 했던 말, 다시 듣고 싶은가 보네. 예쁜 강지윤이 보고 싶어서 하던 일 다 팽개치고 달려온 거야."

"선생님."

"하하."

질색한 얼굴로 자신을 바라보는 지윤을 향해 호탕한 웃음을 지어 보인 태하가 느긋한 손길로 핸들을 움직였다.

"원래 연애라는 게 그런 거야. 손발이 좀 오글거리기도 하고."

"그럴 나이는 지났어요."

"그럴 나이는 몇 살인 건데."

"……."

"강지윤. 몇 살이야."

"서른이요."

"네가 말한 요즘 애들은 몇 살인 건데."

“네?”

“멘붕인가, 그거 요즘 애들이 쓰는 말이라며. 네 기준에서 요즘 애들은 몇 살이냐고.”

“그건…….”

“내 기준에서 보면 강지윤 너도 요즘 애들이다. 내가 유치원 다닐 때 넌 아마 기저귀도 못 떼고 있었을걸?”

“그렇게 따지면 일흔 된 할머니도 갓난아기 시절이 있었다고요.”

“이거 봐. 이렇게 따박따박 따지는 거 보면 애라니까.”

“선생님!”

“후후. 강지윤, 진짜 재밌네.”

느슨하게 호선을 그리며 올라선 그의 입매에서 연신 가벼운 웃음소리가 흘러나왔다.

함께 만나 밥을 먹고. 나란히 오솔길을 산책하고. 손발이 오그라들 정도의 낯간지러운 말을 던지며 투닥거리기도 하는.

“그러니까 우리, 연애라는 걸 해보는 게 어때.”

그의 말대로 우린, 연애라는 걸 하고 있는 걸까.

이렇게 시작해도 되는 걸까.

내가…… 행복해져도 되는 걸까.

“언제 오프 날짜 맞춰서 가평 놀러 가자.”

갑자기 들려온 태하의 목소리에 물끄러미 생각에 잠겨 있던 지윤이 고개를 들었다.

"좋아하는 곳이라 데려가고 싶어서."

늘 진중한 모습만 보이던 그에게서 살짝 들뜬 분위기까지 느껴졌다.

그가 좋아하는 곳.

가평이란 지명을 나직이 읊조리며 지윤이 가만히 고개를 끄덕였다.

"피곤해 보인다. 우선 잠부터 푹 자고, 일어나면 전화해."

현관 앞에 선 태하가 지윤과 마주한 채 입을 열었다. 여태 몰랐는데 태하의 한마디에 갑자기 최면이라도 걸린 듯 졸음이 쏟아졌다. 한 걸음 다가온 태하가 가만히 지윤을 당겨 안으며 그녀의 까만 머리카락을 부드럽게 쓰다듬었다.

"병원으로 가시는 거예요?"

"응. 아무래도 집보단 작업하기 나으니까."

얼굴을 묻은 가슴 너머로 그의 목소리가 울리듯 들려왔다.

"저녁은 어떡하시려고요?"

늦은 점심을 먹고 집으로 돌아오니 어느새 4시가 다 된 시간이었다. 바로 저녁을 먹기도 무리였지만 그렇다고 저녁을 굶을 수도 없는 노릇이다.

"너도 이따 뭘 좀 먹어야 할 거 아냐. 일어나면 전화해. 늦더

라도 같이 먹지 뭐.”

“8시쯤 전화드릴까요?”

“시간 신경 쓰지 말고 푹 자. 저절로 눈 떠지거든 전화하라고. 절대 알람 같은 거 맞추지 말고.”

단호한 눈빛으로 ‘절대’란 말에 강한 힘을 실어 당부한 태하가 싱긋 웃음을 지어 보이곤 엘리베이터를 향해 몸을 돌렸다. 갑자기 몰려든 허전함에 저도 모르게 불쑥 손을 뻗으려던 지윤이 얼른 마음을 다잡으며 태하를 바라봤다.

“이따 전화할게요.”

“신경 쓰지 말고 자라니까. 10시까지 기다렸다 연락 안 오면 그때 내가 전화할게.”

“네.”

“간다.”

문이 닫히고 이내 그의 모습이 사라졌지만, 기분 좋은 온기가 주변을 감싸는 듯 느껴졌다.

36.5℃.

그의 심장이 머물던 자리가 아쉬운 여운을 달래고 있었다.

신경 쓰지 말고 푹 자라고는 했지만 지윤은 그럴 수 없었다. 바쁜 시간을 쪼개가며 그녀를 찾아 한걸음에 달려와 줬듯 그녀도 태하를 위해 무언가 해주고픈 마음이 일었다.

"너도 이따 뭘 좀 먹어야 할 거 아냐. 일어나면 전화해. 늦더라
도 같이 먹지 뭐."

함께 밥을 먹는다.

남들에겐 전혀 특별할 것 없는 일상일지 몰라도 지윤 자신에
게만큼은, 아니, 태하에게만큼은 조금 특별한 기억을 안겨주고
싶었다.

아까처럼 우스꽝스런 모습으로 운전석과 뒷좌석에 앞뒤로 나
란히 앉아 무얼 먹으러 가는 것도 내키지 않았고 병원 앞 번잡한
식당에서 대충 허기를 채우고 싶지도 않았다.

미간을 모은 채 한동안 고민에 빠져 있던 지윤이 몸을 일으켜
부팅이 되어 있는 노트북 앞에 앉았다.

—도시락 반찬 만드는 법

엔터 키를 누르고 화면을 살피던 지윤의 얼굴이 난감함으로
금세 어두워졌다.

너무…… 어렵다.

한참 동안 마우스로 이것저것을 클릭하던 지윤이 비장한 얼
굴을 한 채 주방으로 들어섰다. 소매를 걷어붙이고는 제일 먼저
쌀을 씻어 안치고 냉장고 야채 칸에 있는 파를 꺼내 서툰 솜씨로
열심히 다지기 시작했다.

"어? 오늘 오프신데 병원엔……."

도시락이 든 쇼핑백을 손에 든 채 바쁜 걸음을 하던 지윤 앞으로 불쑥 얼굴을 내민 민준이 반가운 얼굴로 지윤을 바라봤다.

아, 하필 엘리베이터 앞에서 딱 마주칠 줄이야.

들고 있던 쇼핑백을 슬쩍 뒤로 감추려는데 바람같이 낚아챈 민준이 '제가 들어드릴게요' 빠르게 내뱉으며 궁금한 표정을 지었다.

"일이 있어서 잠깐."

대충 얼버무리는 순간 땡, 하는 도착음과 함께 엘리베이터 문이 열렸다.

"의국 가시는 거예요?"

서먹한 얼굴로 들어서는 지윤을 향해 민준이 물었다. 난감한 듯 눈썹을 휜 지윤이 고개를 저으며 바라보자 8층을 누르려던 민준의 손이 멈칫 멈췄다.

"11층."

"……."

숫자판 위에 멈춰 있던 민준의 손이 잠시 머뭇거리다 11을 눌렀다.

신태하 선생님의 연구실이 있는 층. 그리고 굳이 설명하지 않아도 알 수 있는 쇼핑백 안의 네모난 통과 보온병.

설렘이 스며 있던 방금 전과 달리 잔뜩 굳어버린 민준의 얼굴

위로 위잉, 소리와 함께 엘리베이터 문이 닫혔다.

"오늘, 별다른 일은 없었지?"

"네."

두 사람만 탄 게 아님에도 어색한 정적이 묘하게 감도는 중이다.

마침내 8층. 엘리베이터가 멈추기 전에 재빨리 지윤에게 쇼핑백을 내민 민준이 꾸벅 인사를 하고 빠른 걸음으로 사라졌다.

갸웃 고개를 기울인 지윤이 환하게 불이 들어와 있는 11이란 숫자에 시선을 두었다.

똑똑.

뻣뻣해진 뒷목을 주무르며 잠시 눈을 감고 있던 태하의 귀에 방문을 두드리는 노크 소리가 들려왔다. 의아한 눈으로 시계를 힐끗 바라본 태하가 '네' 하고 답하자 문이 열리며 쇼핑백 하나가 불쑥 모습을 드러냈다. 그리고 그 옆으로 빼꼼히 얼굴을 내미는.

"도시락 배달이요."

태하의 얼굴에 금세 환한 웃음이 피어났다. 벌떡 몸을 일으킨 태하가 성큼 다가와 지윤이 들고 있던 쇼핑백을 대신 뺏어 들며 중얼거렸다.

"생각지도 못한 선물이란 게 바로 이런 걸 두고 하는 말인가 보군."

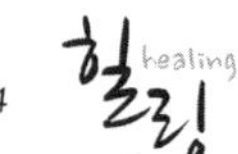

"너무 기대하시면 안 되는데."

"상관없어. 강지윤이 들고 온 도시락이라면 모래알로 지은 밥이라도 맛있게 먹을 테니까."

"선생님 때문에 정말……."

"정말 뭐."

"닭이 되어 날아갈 것 같단 말이에요."

"그것도 능력이야."

싱긋 미소를 지어 보인 태하가 지윤의 손을 잡아끌자 쇼핑백 안에서 도시락을 꺼낸 그녀가 조심스런 손길로 테이블 위에 올려놓기 시작했다.

"밥이랑 된장국이랑 계란말이는 제가 했지만 나머진 집에서 가져온 밑반찬들이에요."

갓 지어 아직 김이 오르는 잡곡밥과 그녀가 끓였다는 된장국. 그리고 크기와 모양이 제각각으로 썰린 계란말이와 매실장아찌, 새우볶음, 김치가 금세 먹음직스럽게 차려졌다.

지윤이 건넨 수저를 받아 든 태하가 제일 먼저 계란말이 하나를 입에 넣었다. 어떤 반응을 보일지 잔뜩 긴장하는 지윤의 눈을 바라보던 태하가 픽 웃음을 지으며 말했다.

"절대 잊지 못할 맛이군."

풍기는 뉘앙스가 어쩐지 좀 불안한 듯한 기분에 냉큼 계란말이를 집어 먹은 지윤이 난감한 얼굴로 태하를 바라봤다. 풀어놓은 계란에 열심히 다져 놓은 파를 넣은 건 생각이 나는데 소금을 넣은 기억이 나질 않는다.

"소금을 잊었나 봐요."

"괜찮아. 다른 반찬이랑 같이 먹으면 되니까."

"그래도."

"운동할 땐 일부러도 간을 안 하고 먹는데. 음, 된장국이 정말 맛있어."

숟가락 가득 국을 퍼 올리며 차려진 음식들을 정말 맛있게 먹는 태하를 보자 가슴 안에서 무언가 몽글몽글 솟구치는 기분이 들었다.

"넌 왜 안 먹어?"

"가슴이, 도무지 진정을 하지 않네요."

명치 부근을 손으로 꾹 누른 지윤이 태하를 바라보며 물었다.

"선생님은 심장이 하트 모양이라고 생각하세요?"

지윤의 질문에 태하의 눈썹이 휘익 올라섰다. 아마도 얼마 전, 강지윤의 심장이 하트 모양일지 궁금하다 했던 제 말에 대한 질문인 듯싶었다.

"글쎄."

짧게 운을 뗀 태하가 심장 수술 과정을 머릿속에 떠올리기 시작했다.

심장 수술을 하려면 먼저 메스로 피부 절개를 하고 그 밑에 있는 지방 조직과 근막을 보비로 가른 뒤 bone saw라는 전기톱을 이용해 흉골을 절개한다. spreader라는 기구를 이용해 흉골을 벌리면 심장을 둘러싸고 있는 막, 즉 심낭이 나오는데, 이 심낭을 흉골 방향인 세로로 절개하면 힘차게 뛰고 있는 심장을 볼 수 있다.

경이롭다고 해야 하나. 누가 시키지도 않는데 저 혼자 부지런히 움직이는 모습을 보고 있자면 가슴 뿌듯한 두근거림이 저 밑에서 밀려오곤 한다.

"솔직히 말하면, 하트 모양은 아니지. 그렇다고 주먹만 한 감자라고 하는 건 너무하지 않아?"

그 말에 지윤이 살며시 미소 지었다.

"그런데 심장이 뛰고 있는 걸 보고 있으면, 그 모양이 아니라 바라보고 있는 느낌이…… 절로 하트를 만들어내긴 하지. 설명할 수 없는 벅참, 그런 거."

도시락 통까지 먹어치울 기세로 먹성 좋게 덤벼든 태하 덕에 지윤이 싸온 도시락은 금세 빈 공간을 드러낸 채 식사의 끝을 알렸다. 그리 맛있지 않았을 도시락을 깨끗하게 먹어치운 태하를 보며 그가 전에 말했던, 아빠가 된 기분이 어떤 것인지 조금은 알 것 같았다.

누군가를 챙기고 먹이는 것.

잘 먹어준 그가 고맙고 또 뿌듯했다.

도시락 통을 챙겨 다시 쇼핑백에 집어넣던 지윤이 제 앞으로 내밀어진 백 원짜리 동전에 시선을 돌렸다. 양치질을 하고 들어선 태하가 다짜고짜 동전을 내민 것이다.

"전에 궁금하댔잖아. 백 원 넣고 돌려봐."

태하의 말에 냉큼 몸을 일으킨 지윤이 그의 손에 들려 있던 동전을 집어 기계 안에 밀어 넣고 손잡이를 돌렸다.

어린 시절, 문방구 앞에서나 보던 그 작은 기계에서 또르르 초코볼이 흘러나왔다. 마치 아이가 된 듯 하, 하고 웃음을 지은 지은이 손바닥 가득 담긴 초코볼을 바라봤다.

"진짜였네요."

"거짓을 말할 필요가 있나?"

"글쎄요."

고개를 기울인 지윤이 손에 있던 초코볼 하나를 집어 입에 넣었다. 한쪽 볼을 불리는 순간,

"적어도 난 안 그래. 지금도 초코볼이 무척이나 먹고 싶은걸."

태하의 말에 지윤이 초코볼이 담긴 손바닥을 들어 보였다.

"눈치 없는 강지윤."

살풋 입술 끝을 들어 올린 태하가 제 허벅지 위로 지윤을 불끈 들어 앉혔다.

졸지에 태하와 마주 앉게 된 지윤이 도망치듯 몸을 일으키려 하자 그녀의 뒤통수와 허리를 단단히 감싼 태하가 고개를 숙이며 그녀의 입술을 베어 물었다.

다급히 따라온 숨결을 타고 시원한 민트 향이 초코볼을 문 지윤의 입안으로 스며들었다. 머리끝까지 느껴지는 아찔한 기분에

질끈 눈을 감은 지윤의 손바닥에서 주르르 초코볼이 흘러내렸다.

뜨거운 열기를 품은 혀가 기어이 그녀의 입안에서 반쯤 녹아 있던 초코볼을 훔치듯 낚아챘다. 틈 없이 밀착된 입술 너머로 달큰한 타액이 넘나들었다. 고개를 꺾으며 깊숙이 들어온 혀가 미칠 듯 부드러운 속살을 샅샅이 훑으며 혼을 빼놓았다. 숨을 쉴 수가 없었다. 데고 취할 것 같은 아득함에 덜컥 겁이 난 지윤이 태하의 어깨에 올린 손에 잔뜩 힘을 주었다.

"하아, 하아."

다급히 숨을 몰아쉬는 지윤을 지그시 바라보던 태하가 그녀의 입술에 자잘한 키스를 퍼부으며 작은 등을 힘껏 끌어안았다.

"예뻐서, 미치겠다."

13. 나무 같은 사람

길었던 하루가 지나고 다음날 아침. 어김없이 일과는 시작되었다.

"관상동맥 우회술 후 3일 된 환자로, 어제 일반병실로 이동한 환자입니다. 오늘 아침에 혈압은 130/70mmHg로 안정적이었으나 맥박은 불규칙한 상태로 아침에 시행한 심전도 결과 심방세동을 확인하였습니다. 특별한 증상은 없었습니다."

민준의 보고와 함께 한창 아침 회진이 진행 중이었다.

심방세동은 수술 후에 나타나는 부정맥(심장의 심방이라는 부분이 규칙적으로 뛰지 못하고 부르르 떠는 증상) 중에 가장 흔한 형태로 관상동맥 우회술 후에도 적지 않게 나타난다. 보통의 경우 약물치료 등으로 다시 정상 리듬으로 돌아온다.

"그래서?"

"회진 전에 헤파린(항응고제) 주입은 시작했습니다."

"경구로 투여 중인 약은?"

"아스피린 플라빅스, 그리고 위장 관계 약하고 이뇨제. 그리고……."

태하의 질문에 바로 답을 하지 못한 민준이 들고 있던 차트를 뒤적이며 머뭇거렸다.

"혈관확장제나 베타차단제는 안 들어가나? 수술 전에는?"

"음, 그게……."

민준의 관자놀이가 벌겋게 달아오르는 게 눈에 보였다. 보다 못한 지윤이 민준 대신 입을 열었다.

"수술 전에 베타차단제 복용했고, 어제부터 처방 냈습니다."

"김민준 선생, 관상동맥 우회술 후 심방세동이 얼마나 생기지? 그리고 위험 요소는?"

여전히 아무 답을 하지 못하는 민준을 보며 미간을 좁힌 태하가 함께 서 있던 레지던트들을 향해 몸을 돌렸다.

"아는 사람, 아무도 없어?"

태하의 시선이 지윤에게로 가 멈췄다. 슬쩍 눈을 마주한 지윤이 나직한 목소리로 대답하기 시작했다.

"관상동맥 우회술 후 심방세동은 환자의 약 15~30%에서 수술 후 5일 내에 잘 발생한다고 알려져 있고, 수술 후 2~3일에 가장 흔합니다. 나이가 많은 경우, 수술 전 부정맥이 있었던 경우, 수술 전 심근경색으로 심장 기능이 저하되어 있던 경우, 승모판막 질환이 동반된 경우, 그리고 급만성 폐질환이 있는 경우가 그 위험인자로 알려져 있습니다.”

“빈도를 낮추려면?”

“수술 전에 복용하던 베타차단제를 수술하면서 중단하는 것도 잘 알려진 원인이나 수술 후 조기에 베타차단제를 다시 투여하면 빈도를 낮출 수 있습니다. 수술 전 심전도의 P파의 확장되어 있는 경우도 수술 후에 심방세동 발생 위험성이 높은 것을 시사하는 단서가 될 수 있습니다.”

지윤에게로 슬쩍 시선을 옮긴 태하의 입매가 느긋이 풀어졌다.

“이 환자의 경우 위험인자가 뭐가 있었는지, 수술 전 심전도, 폐 기능, 수술 전 복용했던 약, 수술 후 X—ray에서 심장의 크기, 다 확인해 봐.”

빠르게 지시한 태하가 민준을 바라봤다.

“심전도 모니터링하고.”

“……네.”

다음 환자에게로 우르르 이동하던 중, 철형과 운석이 빠르게 눈짓을 주고받았다.

‘뭐지? 여자 1호님의 마지막 선택이 이미 끝난 것 같은 분위기는.’

‘그러게.’

철형과 운석의 시선이 동시에 민준에게로 향해 돌아섰다.

아, 힘 빠진 어깨에 한껏 고개를 돌리고 있는 모습이란.

'남자 1호님은 결국 썩은 무도 못 잘라보는 건가.'

'불쌍하긴 해도 우리가 뭘 어쩔 순 없지. 괜히 찔러보라고 칼자루 쥐어줬다가 우리 목이 댕강 잘릴 수도 있는데. 남자 2호님은 그 자체가 칼 있수마잖아.'

철형이 고개를 끄덕였다.

외모. 딸린다.

실력. 더 딸린다.

배경. 알고 보니 김민준 선생님이 병원 이사장 아들이더란 정도의 히든카드가 있다면 모를까. 하지만 안타깝게도 이사장님 성은 백 씨다.

백민준. 그다지 입에 착 감기진 않는 것 같다.

빠른 걸음으로 복도를 지나던 태하의 걸음이 갑자기 멈추자 그 뒤를 따르던 레지던트들의 걸음도 덩달아 멈췄다. 무언가 생각났다는 듯 몸을 튼 태하가 1년차 둘을 물끄러미 바라봤다. 아무 짓도 하지 않았는데 등에선 벌써 식은땀이 흘러내린다.

대놓고 남자 1호님을 밀었던 적은 없는 것 같은데.

"강지윤 선생."

"네."

"요즘 1년차는 3년차를 부려먹기도 하나?"

"네?"

"3년차가 1년차 당직을 대신 선다는 말도 안 되는 소리가 들려서. 설마, 그럴 리는 없는 거지?"

철형의 당직을 대신 서느라 핏발 선 눈으로 캔커피를 뽑으러 왔던 지윤을 떠올리며 태하가 지그시 철형을 바라봤다. 철형의 얼굴이 금세 하얗게 얼어붙었다.

"그런 일은, 절대 없을 겁니다!"

복도가 쩌렁쩌렁 울리도록 철형이 소리치자 옆에 있던 운석도 이에 질세라 입을 열었다.

"저는, 남자 2호님과 여자 1호님의 최종 선택을 열렬히 환영합니다! 도시락은 같이 드셨습니까? 아직 안 드셨으면 제가 지금이라도……."

철형에게 고정되었던 시선이 스르르 운석에게로 움직였다.

"도시락?"

"아, 미국에 계셔서 잘 모르실 텐데 원래 짝끼린 도시락을 먹습니다."

운석과 철형을 번갈아 바라보며 팔짱을 낀 태하의 눈매가 가늘게 좁혀졌다.

"보아하니 TV 프로그램 같은데, 요즘 1년차들은 TV 볼 시간도 있나 보지?"

우르릉, 쾅. 마른하늘에 날벼락 치는 소리가 들린다.

아뿔싸, 잘못 뱉었구나. 뜨끔한 얼굴로 주위를 둘러봤지만 이미 상황은 기울어진 듯 보였다.

“그렇게 시간이 많다면야.”

앞으로 각오하라는 듯 어깨를 으쓱해 보인 태하가 몸을 돌려 성큼성큼 움직이기 시작했다.

뭔가 커다란 사고를 저지른 듯한 느낌에 울상을 한 운석이 민준을 바라봤다.

“선생님…….”

“입 다물어.”

콩고물은커녕 양쪽에서 새우등만 잔뜩 터지게 생긴 꼴이다. 아흑.

＊

“애들한테 갑자기 왜 그러세요?”

병원 건물 밖 산책로로 들어서자마자 걸음을 멈춘 지윤이 태하를 올려다보며 물었다.

“잠깐 봬요.”

나직이 건네온 목소리에 은근한 기대까지 품고 다가선 태하는 추궁하듯 물어오는 지윤의 얼굴에 삐뚜름 고개를 기울이며 눈썹을 치켜 올렸다.

“애들?”

“아까요. 안 그래도 힘든 애들한테.”

“TV 보고 노닥거릴 정도로 시간이 남아도는 저년차들이지. 게다가 엘리베이터까지 타고 다닐 정도로 여유도 만만하고.”

태하를 바라보던 지윤의 미간이 좁아들었다.

“왜 그런 눈으로 보는 거지?”

“선생님도 그런 말씀 하시는구나, 싶어서요.”

“……?”

“우리 땐 안 그랬다. 요즘 1년차는 엘리베이터도 타네. 억울하면 네가 선배 해. 하라면 해.”

“하.”

“전형적인 못된 선배.”

“그리고 또?”

“네 머린 머리 감을 때만 쓰려고 달고 다니냐?”

허리에 손을 얹고 턱은 잔뜩 치켜든 채 물어오는 지윤의 모습에 피식 웃음을 터뜨린 태하가 눈썹을 문지르며 중얼거렸다.

“쌓인 게 많았나 보군.”

“그럼요. 특히나 구하기도 힘든 보리 음료 사오라고 시킨 선배.”

고생시켰던 선배의 얼굴이 떠오르는 듯 잔뜩 볼을 불린 지윤이 후우, 숨을 내쉬곤 말을 이었다.

“그냥 있는 콜라 먹으면 될 걸 꼭…….”

물끄러미 제게 집중된 시선을 느낀 지윤이 연신 움직이던 입술을 닫은 채 태하를 바라봤다. 태하가 웃고 있었다.

“그렇게 쏟아내고 싶었는데, 그동안 답답해서 어떻게 참고 있었지?”

“그건.”

딱히 할 말을 찾지 못한 듯 눈동자를 굴리던 지윤이 입술을 삐죽이며 태하를 바라봤다.

“암튼 그때 결심한 게, 난 절대 병원 업무 외적인 문제로 저년차 괴롭히지 말자, 였어요.”

“그럼 난 병원 업무 외적인 문제로 저년차를 괴롭히는 전형적인 못된 선배란 뜻이군.”

“그런 뜻은 아니구요.”

“강지윤.”

“네.”

“선배한테 대들어본 적 있나?”

“아뇨.”

“내가 같은 병원 스태프이기도 하지만 그보다 먼저, 혜명대 선배란 사실을 잊고 있는 건 아니겠지?”

“……”

“네가 예과 1학년 의학입문 쪽지 시험 치고 있을 때, 난 여기서 PK 돌고 있었다.”

지윤의 입술이 굳게 다물어졌다.

“그때 동문들한테 관심을 좀 가졌다면…… 지금은 슬쩍 후회가 되는군.”

중얼거리듯 말한 태하가 지윤을 바라봤다.

"1년차들 걱정은 접어두고 그만 올라가지? 그냥 뒀다간 남자 100호까지 만들 기세라 조금 눌러둔 것뿐이니까."

후우, 숨을 내쉬는 지윤의 이마에 콩, 하고 손가락을 튕긴 태하가 먼저 몸을 돌려 건물 쪽으로 걸어갔다. 억울한 얼굴로 이마를 문지르던 지윤도 곧 그 뒤를 따르자 걸음을 늦춘 태하가 지윤의 보폭에 맞춰 나란히 움직이기 시작했다.

병원 건물까지 가는 짧은 길. 걸음을 맞춘 두 사람의 뒷모습이 점점 조그맣게 멀어져 갔다.

✳

중환자실에서 올라온 민준이 막 스테이션 쪽으로 다가갈 때였다. 타과(他科)에 consult 낸 환자가 있었는지 낯이 익지 않은 레지던트 하나가 오더를 기입하고 있는 게 보였다. 그리고 그 옆에서 내내 쭈뼛거리며 서 있는 한 여자. 무언가 큰 결심을 한 듯아자, 주먹을 쥐더니 레지던트에게로 다가갔다.

"저기…… 안녕하세요. 저는 드라마를 쓰는 작가인데요. 이번에 준비하는 드라마가 흉부외과를 배경으로 한 메디컬 드라마라 혹 취재가 가능할지 해서요. 크게 방해되지 않는 선에서, 그러니까 응급실에서 벌어지는 긴박한 상황이나 환자와의 에피소드, 그리고 스테이션 같은 데서 나눌 수 있는 대화. 병원에서의 일상도 궁금하지만 병원 업무 외 에피소드도 조금 필요하고."

메디컬 드라마를 준비 중이라는 작가가 어색한 웃음을 지어 보이며 간절한 눈빛으로 레지던트를 바라봤다. 그에 반해 레지던트의 눈빛은 어째 심드렁한 기색이다.

저 여자도 참.

흉부외과를 배경으로 한다면서 어떻게 골라도 하필 다른 과 선생을 붙잡고.

바라보던 민준이 쯧쯧 고개를 저었다.

"드라마 작가요?"

"네."

"드라마 뭐 쓰셨는데요?"

"그게, 아직 데뷔는 못했고요. 그래서 이번 공모전은 제대로 준비하려고 이렇게……."

"아, 작가 지망생?"

"……네."

흐음, 숨소리를 낸 레지던트가 다시 몸을 돌리며 들으라는 듯 중얼거렸다.

"메디컬 드라마는 죄다 흉부외과랑 신경외과밖에 없는 줄 알지."

그러더니 갑자기 고개를 휙 돌리며 작가를 바라본다.

"생각보다 흉부외관 응급실 에피소드 별로 없어요. 그리고 병원 내 일상이라는 게 매일 아침 회진 돌고, 환자 보고, 수술하고.

근데 업무 외 에피소드라 하면 뭘 말씀하시는 건지. 야식 시켜 먹는 거? 아님 회식?"

되돌아온 답이 전혀 예상치 못한 방향으로 흘러가자 얼굴을 발갛게 붉힌 작가가 안절부절못한 모습으로 입술을 깨물어대기 시작했다.

"소재 제공은 힘들고, 수술 신이든 뭐든 써 갖고 오면 맞았는지 틀렸는지 정돈 봐줄 수 있을 것 같네요."

레지던트를 바라보던 작가의 눈동자에 절망의 그림자가 짙게 드리워졌다.

수술 신을 혼자 쓸 정도면 뭐 하러 여기까지 취재를 나왔겠는가.

움츠러든 모습에 어쩐지 묘한 동질감이 느껴졌다. 보다 못한 민준이 작가에게로 다가섰다.

"저기요."

힘없이 늘어져 있던 고개가 천천히 민준을 향해 들려졌다.

"에피소드에 대한 도움은 드릴 수 있는데 대신 시간은 많이 못 내요. 그래도 괜찮아요?"

어둠 속에서 한줄기 빛을 발견한, 아니, 뜨겁게 내리쬐는 사막 한가운데서 오아시스를 발견한 여행자처럼 반짝, 얼굴을 밝힌 작가가 그렁그렁해진 눈으로 꾸벅 허리를 숙였다.

"감사합니다! 정말 감사합니다!"

작가의 과한 반응에 오히려 민준이 무안해짐을 느꼈다.

"아니, 시간 많이 못 낸다니까요."

"그래도요, 도와주시는 거잖아요."

"……어쩌면 하루에 5분 정도밖에 시간 못 낼 수도 있어요."

"어쨌든 시작할 수 있게 되는 거잖아요. 시작이 반이라는데."

또 꾸벅.

옆에서 픽, 하고 바람 빠진 소릴 낸 레지던트가 휘적휘적 가운을 휘날리며 비상계단 쪽으로 사라졌다. 어쩐지 머쓱한 기분에 입맛을 쩝, 다신 민준이 작가를 돌아보며 물었다.

"뭐부터 하면 되는데요?"

해맑은 얼굴로 방긋 미소 지은 작가가 말했다.

"아무거나요."

하아. 여긴 주문할 때마다 뭘 먹을까 고민하는 분들을 위해 그때그때 달라지는 오늘의 메뉴를 제공하는 술집이 아니라고요.

수술 스크럽을 섰다가 의국에 들른 철형과 운석은 책상 위에 어지럽게 널려진 책들과 책 안을 파고들 듯 집중하고 있는 민준의 이 현실감 없는 광경에 허벅지를 꼬집으며 눈을 비벼야만 했다.

"아앗, 사비스톤과 커클린?"

폐 수술과 심장 수술에 대한 모든 내용이 담겨 있는 Sabiston & Spencer의 'Surgery of the Chest', 그리고 심장외과 전문의 Kirklin이 집필한 'Barratt—Boyes Cardiac Surgery'.

지금 민준이 들여다보고 있는 게 정녕 사비스톤과 커클린이 맞단 말인가?

"아까 회진 질문 때문에 그러세요? 아이, 선생님도 참. 뭘 그런 걸 가지고……."

"시끄러."

민준에게 바짝 다가선 채 그의 어깨와 등을 주무르던 철형의 손길이 우뚝 멈췄다. 운석이 연신 고개를 저으며 빨리 나가자고 손짓을 해댄다. 위험을 감지한 본능의 경고에 살금살금 뒷걸음질을 친 두 사람이 조용히 문을 닫고 사라졌다.

획.

민준의 고개가 허공을 향해 번쩍 들렸다.

큰 줄기의 스토리는 만들어놨지만 그래도 뭘 알아야 세부 시놉에 들어갈 수 있다며 깨알같이 작은 글씨가 적힌 수첩을 펼친 작가는 하루 일과부터 시작해 평소 궁금했다던 이것저것을 질문해 왔다. 일단 아침부터 시작되는 루틴 잡을 쭉 읊어주고 나니 드라마는 그렇게 빡세지 않던데, 고개를 갸웃 기울였다.

"그건 드라마잖아요."

"원래 드라마가 더 극적이어야 하는데."

"김명민이나 조재현 같은 배우가 나와서 그런 게 아니구요?"

"연기 잘하는 근사한 배우가 캐릭터를 잘 소화해 주면 더 바랄 게 없겠지만…… 어쨌든 선생님처럼 대단한 의사 선생님들이 계시니까 그런 연기도 나오지 않았을까요?"

작가가 말한 그 '대단한 의사 선생님'에서 갑자기 명치끝에 무언가가 턱, 하고 걸린 느낌이 들었다.

대단한 의사 선생님. 내가?

고개를 돌려 작가를 바라보는데 믿음 가득한 눈이 초롱초롱 빛나고 있었다. 갑자기 밀려든 부끄러움에 얼른 시선을 내려야만 했다.

아니에요, 난.

밤새 호출에 시달리다가 날이 밝아올 때까지 CPR을 해야 했던 적이 있었다. 피곤에 찌든 철없던 인턴은 죽어가는 환자에 대한 안타까움보다 가능성 없는 환자 때문에 손바닥에 감각이 없어질 정도로 흉부압박을 하고 있는 상황이 짜증 나기만 했다. 밤새 한숨도 못 잤는데 창밖은 어스름 날이 밝아오고 있었다.

아, 씨. 회진 준비해야 하는데.

채혈부터 시작해 검사지 챙기고, 정리해야 할 미비 차트를 떠올리니 앞이 까마득했다.

어느 순간부턴가 설렁설렁 흉내만 내며 그 와중에 깜빡 졸기까지 하는 제가 있었다. 정신을 차리고 보니 환자의 심전도가 flat을 그리고 있었다.

가슴에 올린 손을 떼지도 못한 채 멍하니 모니터와 환자를 번갈아 봤던 기억이 있다.

놀랐지만, 어쨌든 그런 부끄러운 생각을 했던 저였다.

그런데 이런 내가, 대단한 의사?

"첫 신은 뭔가 임펙트가 강한 장면이 들어갔으면 좋겠어요. 그러려면 긴박한 상황이 벌어지는 응급실이나 수술실 신쯤? 모두들 가망 없다, 고개 저을 때 이 환잔 자신이 맡겠다며 능숙하고 빠른 손길로 처치를 시작하는 천재 의사."

멍하니 생각에 잠겨 있는데 아직 세부 시놉 작업도 들어가지 않았다던 작가는 벌써부터 첫 신을 떠올리며 흥분하고 있었다.

아, 정말 드라마를 쓰는구나.

민준의 눈길에 민망한 듯 히히 웃음을 지은 작가가 계속해서 말을 이었다.

"선생님이야 자주 이런 환자들을 접하시지만 당장 제가 병원에서 마주하는 사람은 감기 아니면 속 안 좋은 사람들이잖아요. 이런 극적인 상황은 메디컬 드라마 속에서나 접하다 보니 나완 전혀 다른 세계에 사는 듯한. 뭐랄까, 극중 의사 캐릭터와 동일시하는, 그런 거요."

자신이라고 해서 매번 극적인 환자만 맡는 건 아니다. 얼마 전엔 머리가 아프고 속이 울렁거린다며 제발 자기 좀 어떻게 해 달라, 달려드는 취객도 있었다.

"어지러워요."

"술 드셔서 그래요."

"머리가 깨질 것 같아요."

"술 드셔서 그런다니까요."
"속도 울렁거려요."
"술 많이 드셔서 그래요."

자취를 감추고 사라진 응급의학과 레지던트를 대신해 검사 결과를 확인한 민준이 답답한 마음을 억누르며 대꾸했었다.

자신에겐 그저 일상일 뿐이다.

때론 피곤해서 죽을 것 같고, 그래서 짜증도 나지만 고맙다며 퇴원 인사를 하러 온 환자를 보면 뿌듯한 기분이 들기도 하는.

문제는 아직 한참 모자란 실력에 모두들 가망 없다 고개 젓는 환자를 제가 맡겠다, 감히 나서질 못한다는 것. 게다가 당장에 이 작가에게 읊어줘야 할, 그녀가 꿈꾸는 천재 의사의 화려한 손놀림과 의학적 지식은 까마득히 멀기만 한 서글픈 현실.

그나마 다행인 건 제가 모르는 걸 작가가 물어오진 않을 거라는 안도감인가.

그렇다고 인턴들도 할 줄 아는 쉬운 술기들로 신을 채워줄 수는 없다. 메디컬 드라마는 매의 눈으로 방송을 지켜보는 의사들이 옥에 티를 잡아내기 위해 눈에 불을 켜고 대기 중이란 사실을 잘 알고 있기 때문이다.

이런 사정을 알 리 없는 작가는 잔뜩 부푼 기대감으로 쥐고 있는 펜을 끼적이고 있었다.

아, 어쩌자고 내가 이걸 맡겠다고 했지?

“저기, 제가 지금 수술실 내려가야 해서요. 나머진 내일.”

그리곤 후다닥 의국으로 들어와 이 모양을 하고 있는 것이다.
허공으로 번쩍 들렸던 민준의 고개가 다시 풀썩 아래로 꺾인다.
문 밖에서 빼꼼히 민준을 지켜보던 철형과 운석의 고개가 갸
웃 기울어졌다.
“사람이 안 하던 짓을 하면 안 되는 건데.”
“근데 지금 우리가 누굴 걱정할 상황은 아니라고 봐.”
“당장 우리 코가 석 자긴 하지.”
“망신당한 충격이 그렇게 컸나?”
“그럴 수도 있지. 우리 앞에서 입도 벙긋 못한데다가 하필 강
지윤 선생님이 대신 답했으니까.”
“아, 씨. 나중에 1년차 들어와서 이상한 질문 막 던지고 그럼
어떡하지? 선배랍시고 서 있다가 대답 못하면 쪽팔리잖아.”
“애초에 질문 따윈 원천봉쇄를 시켜야지. 쓸데없는 거 물으면
죽는다. 내지는 그걸 질문이라고 하냐? 이러면서 기를 팍! 그럼
다신 질문 안 하겠지.”
“나보다 똑똑한 1년차 들어오면 안 되는데.”
“슬픈 건…… 1년차가 안 들어올 수도 있다는 거야.”
“앗, 그러네. 원빈, 현빈 몰아놓고 메디컬 드라마 한 편 안 찍나?
우리처럼 드라마에 코 꿰서 들어오는 애들도 분명 있을 텐데.”
“원빈, 현빈은 부스스하게 떡진 머리가 분장일 테지만 우린

그 떡진 머리도 못 감아 아침마다 물을 발라야 한다는 게 더 리얼한 현실인 거지."

"드라마에선 초턴이 superior mesenteric artery(상장간막동맥)도 알더라. 원랜 그게 뭐예요, 하는 게 정상 아니냐?"

"우린 그랬지."

말하고 보니 슬프다.

원래 이렇게 바본 아니었는데, 이러고 있으니 영락없는 덤 앤 더머다.

"우리도 열심히 하면 신태하 선생님처럼……."

철형이 고개를 가로저었다.

"강지윤 쌤 정도는……."

절레절레.

"김민준 쌤은……."

끄덕끄덕.

비슷한 누군가가 등 뒤를 받치고 있다는 든든한 느낌.

이제야 안정이 되는 듯 마음이 놓인다.

고마워요, 김민준 쌤. 잘해 드릴게요.

*

아침 일찍 들어갔던 수술이 낮 1시를 조금 넘겨 끝이 났다. 조금 피곤하긴 했지만 울려오는 콜도 없었고 환자들 상태도 대체로 stable한 편이라 지윤의 얼굴에도 모처럼 여유가 깃들어 있었다.

더할 나위 없이 파란 하늘에 점점이 박힌 하얀 구름.

유리창 너머로 늦여름 더위를 삼킨 오후 풍경이 커다란 액자 속 사진처럼 정적인 아름다움을 그려내고 있었다.

띠릭.

시린 햇살에 막 창가에서 눈을 돌리던 지윤의 휴대전화가 주머니 안에서 소리를 냈다.

〈30분 후에 다시 수술 들어가야 하는데 같이 밥 먹을 사람이 없다. 5분 뒤 구내식당.〉

손안의 휴대전화를 물끄러미 바라보던 지윤의 눈매가 가늘어졌다.

누가 봐도 거짓말인 핑계.

눈만 마주쳐도 함께 밥을 먹자 달려들 사람이 줄을 설 테지만 그럼에도 그 거짓말이 밉지 않은 건, 그와 마찬가지로 30분 뒤 수술에 들어가야 하는 그녀에게 어떻게든 밥을 먹이려는 배려 때문일 것이다.

〈오이냉국이 시원해 보인다. 빨리 와라.〉

5분 뒤라더니 본인은 벌써 내려가 있었나 보다.

삐뚜름 올라섰던 입술이 점점 풀어지며 나긋한 호선을 그려 냈다. 초조하게 식당 입구를 바라보고 있을 태하를 떠올리자 지윤도 덩달아 초조해지기 시작했다. 먹진 않더라도 다만 숟가락을 드는 시늉이라도 해야 할 것 같았다.

주머니에 쓱, 휴대전화를 집어넣은 지윤이 빠르게 몸을 돌려 비상계단을 향해 달려갔다.

"병원에 4년이나 있었으면서 산책로 끝까지 와본 건 처음이에요."

수술 직후, 그리고 수술을 앞둔 채 식당에 들어선 것도 처음이었지만 정말로 제가 숟가락을 들게 될 줄은 몰랐었다.

식당 안으로 들어가자마자 밀려든 특유의 혼합된 음식 냄새와 훈기. 상황을 인식하자마자 제일 먼저 든 생각은 토기(吐氣)를 느끼면 어쩌나, 하는 두려움이었다. 그리고 움찔 어깨가 움츠러드는 순간 어서 오라고 고갯짓을 하는 태하의 얼굴이 눈에 들어왔다.

거짓말처럼 온몸을 파고드는 평온함에 긴장했던 몸이 스르르 녹아내리는 것만 같았다.

오롯이 저를 향해 지어주는 다정한 미소에 저도 모르게 이끌리듯 걸음을 옮겼던 것 같다.

모르겠다. 어떤 말로, 어떻게 설명을 해야 될지.

그저 함께 줄을 서서 음식을 기다리는 것이 좋았고, 나란히 앉아 밥을 먹으며 서로에게 반찬을 챙겨주던 느낌이 좋았을 뿐이다.

아주 오래된 기억. 희미하게 희석된 기억 저 너머의, 분명 낯설지 않은 느낌.

문득문득 지윤의 웃음 사이로 죄어온 무언가가 그녀의 가슴을 건들며 사라진다.

아프지만 애써 부정하는. 그래도…….

그가 내민 커피를 받아 들며 미소 지었다.

이 남자, 밀어내고 싶지 않다.

다섯 시간에 걸친 수술을 끝내고 나오니 어느새 하늘엔 노을빛이 슬쩍 번져 가고 있었다. 하늘 구경을 가자며 그가 내민 손을 잡고 산책로를 걷다 보니 어느새 그 길의 끝에 닿아 있었다. 늘 보는, 별반 다를 것 없는 하늘이지만 오늘따라 유독 하늘이 짙어 보였다.

"어? 이거 무궁화 아니에요?"

잘 다듬어진 나무들 사이로 보랏빛 꽃을 내밀고 있는 자그마한 나무 한 그루가 지윤의 눈에 들어왔다. 나라꽃이라고는 하지만 의외로 주변에서 쉽게 보기 힘든 꽃이라 지윤은 반가운 듯 한 발짝 다가가 허리를 숙인 채 꽃을 살폈다.

"어렸을 때는 학교 담장 근처에서 많이 봤던 것 같은데, 요즘엔 학교에서도 보기 힘든 것 같아요. 벌레 때문인가?"

"일제 강점기 때 일부러 화장실 근처에 심어서 지저분한 나무란 인식을 심어줬단 소리가 있어.”

“정말요?”

“좋은 품종은 멸종시키고 그 자리에 대신 자국의 국화인 벚꽃나무를 심었다고 하더군.”

“무궁화에 대해 잘 아시나 봐요. 전 처음 듣는 소린데.”

“어렸을 때 할아버지를 따라 울산에 간 적이 있었어. 석계 서원 뜰에 가면 5미터가 넘는 커다란 무궁화나무가 있는데 수령이 100년 가까이 되었다고 하더군. 아, 지금쯤 100년이 넘었으려나?”

“할아버님이 무궁화에 관심이 많으셨나 봐요.”

“나무에 관심이 많으셨지. 항상 나무 같은 사람이 되라고 하셨는데, 글쎄, 내가 나무 같은가?”

태하의 물음에 지윤이 고개를 끄덕였다.

“아마도요.”

“키가 커서?”

“음. 때론 매달리고 싶고, 기대고도 싶고. 비가 올 땐 그 밑에 숨어들어 가 비도 피하고, 더울 땐 커다란 그늘 아래서 낮잠도 자고.”

“그런 사람이 되어달란 뜻이겠군.”

이미 그런걸요.

희미한 미소가 지윤의 입가에 걸렸다.

“나는 모르겠고, 형은 조경업을 하고 있으니 할아버지 영향을 제일 많이 받았다고 볼 수 있겠네.”

어디선가 불어온 바람에 늘어선 나무들의 이파리가 가볍게 흔들리더니 다시 제자리를 찾아 멈췄다.

"저녁 회진 준비해야 하지 않아?"

"아!"

멍하니 넋을 빼놓고 있던 지윤이 얼른 시간을 확인하고 고개를 끄덕였다. 함께 걸음을 돌린 두 사람이 올 때와 달리 조금 빠른 보폭으로 병원 건물을 향해 움직이기 시작했다. 제법 긴 산책로의 끝까지 와버린 탓에 의국에 들어가 준비를 하려면 빠듯한 시간이 남아 있기 때문이었다.

"참. 김민준 선생, 요즘 굉장히 열심이에요. 틈만 나면 공부하는 것 같던데."

걸음을 옮기던 지윤의 입에서 갑자기 민준의 이름이 나왔다. 태하의 이마에 금세 빗금이 그려지기 시작했다.

"2년차가 열심인 게 놀랄 일인가?"

"놀랍다기보다, 보기 좋아서요."

"당연한 거야. 언제까지 2년차일 건 아니잖아. 금방 3년차 되고 4년찬데, 그때 되면 더 이상 도움 청할 윗년차도 없다고."

빠르게 걸음을 옮기던 지윤의 걸음이 우뚝 멈췄다. 덩달아 태하의 걸음도 멈춰 섰다.

"혹시 그날 일 때문에 아직 화나신 거예요?"

그날 일?

기억을 되짚듯 모아지는 미간에 지윤이 곧바로 설명을 덧붙였다.

"그날, 김민준 선생 술 마시고 온 날이요. 저한테 반말했다고 막 뭐라 그러셨던."

"아아. 근데 그게 뭐."

"이상하게 김민준 선생한테만 딱딱하신 것 같아서요."

도통 이유를 모르겠단 얼굴로 저를 바라보고 있는 지윤의 얼굴을 물끄러미 쳐다보던 태하가 허리에 손을 얹은 채 크게 숨을 내쉬었다.

"강지윤."

"네."

"모르는 게 약이란 말, 알아?"

"……?"

"살다 보면, 가끔은 그런 게 있어. 별로 중요한 거 아니니까 얼른 회진 준비나 하러 가지?"

어깨를 으쓱해 보인 태하가 먼저 걸음을 떼며 빠르게 앞서 가기 시작했다. 태하의 말을 이해하고자 잠시 걸음을 멈추었던 지윤도 이내 고개를 털며 태하를 쫓아 걸음을 움직였다.

＊

"cardiac tamponade라고, 우리말로 하면 심낭압전이라고 하는데 심근과 심낭 사이에 혈액이나 액체가 고여서 심장이 눌리는 거거든요. 원인은 여러 가지가 있는데 폐암 같은 악성 종양 때문에도 생기지만 흉부 외상에 의해서도 생길 수도 있으니까 이것도 드라마틱한 상황에 쓸 수 있을 거예요.”

“아.”

병원 1층에 위치한 작은 커피숍에선 한창 민준의 설명이 이어지고 있었다. 연신 고개를 끄덕이며 테이블 위에 펼쳐 놓은 노트에 민준의 말을 빠짐없이 받아 적던 작가는 ‘아’ 와 ‘네?’ 를 반복하며 민준을 바라봤다.

“그 왜, 메디컬 드라마 같은 데서 많이 나오잖아요. pericar—diocentesis.”

“네?”

“아, 심낭천자라고 가슴에 바늘을 꽂아서 고인 혈액 빼내는 거요.”

“아.”

“빨리 pericardiocentesis를 하지 않으면 환자 대부분이 사망해요.”

‘사망’ 이란 말에 놀란 듯 헉, 하는 숨소릴 내뱉은 작가가 빠르게 받아 적던 손을 멈추고 민준을 바라봤다.

“죽는다는 게 정말 한순간인가 봐요. 무서워.”

“대신 그 상황에서 빨리, 정확하게만 하면 살릴 수 있어요.”

“네.”

“메디컬 드라마 쓰는 게 사실 쉽지 않으실 건데.”

민준의 말에 작가가 고개를 끄덕였다.

"힘든데, 그래도 도전해 보고 싶었어요."

"아무래도 드라마라면 극적인 상황을 연출해야겠지만 그렇지 않은 경우를 너무 오버해서 그리는 경우가 있어요."

"저희는 봐도 잘."

말끝을 흐린 작가가 어깨를 으쓱이며 고개를 기울였다.

"심장이 멈추면 CPR을 하는데, 심장이 정지했다고 무조건 제세동기부터 들이대는 건 쓰지 마세요. 제세동기는 심실세동이나 심실빈맥일 때 쓰는데 무수축일 때도 다짜고짜 제세동을 하는 경우도 봤거든요."

"하아. 어렵네요."

난감한 듯 미소를 지은 작가가 민준을 바라보며 말을 이었다.

"의사는 그냥 공부만 잘하면 되는 줄 알았는데 그보다 더 한 게 있어야 할 것 같아요. 참, 저녁 회진 있다고 하지 않으셨어요?"

작가의 말에 얼른 시간을 확인한 민준이 몸을 일으켰다.

"올라가 봐야겠네요. 아, 내일하고 모레는 도저히 시간이 안 될 것 같아요. 급하게 궁금한 거 있으시면 전에 알려 드린 메일 주소로 질문 보내주세요."

"바쁘신 분께 맨날 죄송해서……. 너무 염치가 없으니까 죄송하단 말도 안 나오네요."

의자를 밀어 넣던 민준이 생각에 잠겼다.

이럴 때 신태하 선생님은 뭐라 말했을까.

잠시 망설이던 민준이 허리를 꼿꼿이 세운 채 미소를 걸었다.

"부담이 가지 않는 선에서 도와드린 거니까 작가님도 부담 가지실 필요 없습니다."

기분 좋게 인사를 하고 몸을 돌리자 커피숍 통창 너머로 나란히 걸어오고 있는 태하와 지윤의 모습이 눈에 들어왔다. 가려던 걸음을 멈춘 채 물끄러미 그 모습을 지켜보고 선 민준의 모습에 덩달아 시선을 돌린 작가가 병원 건물 안으로 들어서는 두 사람을 보며 중얼거렸다.

"아, 저 두 분, 진짜 잘 어울린다."

"……그런가요?"

"네. 뭐랄까, 편한 느낌? 병원에서 느낄 감정은 아닌데 그게 참 아이러니하네요."

"보기…… 좋죠?"

"네, 그래 보여요. 아시는 분들이세요?"

네, 아주 잘.

대답 대신 살짝 고개를 숙여 보인 민준이 몸을 틀었다. 그리고 두 사람이 기다리고 있는 엘리베이터와 반대 방향으로 빠르게 걸음을 옮기기 시작했다.

14. 잃어버린 지갑에 대한

〈이틀간이나 강지윤을 볼 수 없다니.〉

부산에서 열리는 학회에 참석하기 위해 서울역에 도착한 태하가 지금 막 플랫폼으로 내려왔다며 전화를 걸어왔다. 고작 이틀일 뿐인데 20년은 떨어져 있는 듯 풀 죽은 목소리가 전화기를 통해 들려온다. 운전자 TA로 들어온 20대 남자 환자가 핸들 및 안전벨트에 의한 심각한 손상으로 매우 위중한 상태란 응급실 콜을 받고 내려가던 지윤이 뛰다시피 걸음을 옮기며 전화기에 소곤거렸다.

"당장 심장 멈출 거 아니죠?"

〈그럴지도 모르겠는데?〉

"농담할 시간 없어요. 저 지금 ER 내려가는 중이거든요."

〈많이 심각한가?〉

"그런 것 같아요. 외상성 대동맥류 파열에 pancreas(이자) 파열까지 있는 것 같던데."

〈쇼크가 빨리 진행되겠군. 얼른 내려가 봐.〉

"광고처럼 워프, 해서 순간이동 하는 중이에요."

〈그럼 넘어질 염려는 없겠군. 그래도 조심.〉

"네."

〈이따 전화할게.〉

중증 외상 환자가 있단 연락을 받을 때면 정말 순간이동이라도 하고 싶은 심정이 든다. 전화를 끊은 지윤이 후다닥 빠른 걸음으로 ER을 향해 내달렸다.

응급의학과 레지던트로부터 대강 보고를 받고 내려가긴 했지만 도착해서 살핀 환자의 상태는 예상보다 심각했다. 좌측 위부터 오른쪽 아래로 안전벨트 자리를 따라서 외상성 대동맥류 파열 외상성 혈기흉, 좌측 늑골골절, 이자(pancreas) 파열, 복부 장 파열, 우측 고관절(허벅지 관절) 골절까지. 외상성 대동맥류 파열 및 혈흉으로 혈압은 정신없이 떨어지고 있었고 역시나 태하의 예상대로 장기 파열로 인한 쇼크 상태 악화가 빠르게 진행되는 중이었다.

"외상성 대동맥류는 인터벤션으로 먼저 하고……."

복부 장기 파열의 수술도 급하기 때문에 동시에 준비를 해야만 했다. 일단 환자를 살려 수술실로 가야만 C—arm이라는 X—
선 장비의 도움을 받아 대동맥에 스텐트를 넣고 바로 이자 파열
및 장 파열을 수술할 수 있었다.

쇄골하정맥으로 중심정맥관을 삽입하고 계속해서 피를 짜 넣
었지만 혈압은 점점 더 떨어지기 시작했다. 말없이 누워 있는 환
자 주위로 의료진들의 바쁜 손길이 이어졌지만 안타깝게도 소생
가능성은 없어 보였다.

생사의 갈림길. 죽음의 문턱으로 들어서려는 환자의 목숨줄
을 애타게 붙잡고 있는 지윤의 바람과 달리 활력 징후는 점점 생
명을 잃어가고 있었다.

어느새 완전히 멈춰 버린 호흡과 맥박. CPR을 하면서 살핀
동공은 이미 풀린 채 전혀 반응을 하지 않았다. 일직선을 그리고
있는 심전도의 파형을 바라보며 안타까운 탄식을 뱉던 순간,

"세상에, 석훈아!"

보호자로 보이는 중년의 여자가 사색이 된 채 들어오는 모습
이 보였다. 그리고 따라 들어오는 앳된 여자.

"석훈 오빠! 흐엉."

지윤이 돌린 시선에 울음을 터뜨리며 달려오는 걸음이 들어
왔다. 마치 물에 잠긴 듯 먹먹하고 느릿한. 그런데 입술 가득 외
치는 이름만은 그녀의 귓가로 또렷이 날아오는 중이다.

"석훈 오빠!"

마치 봉인되었던 기억을 일깨우듯.

지윤의 눈동자가 천천히 움직였다. 환자에게서 떼어냈던 손이 다시 가슴 위로 얹혀졌다.

"석훈…… 오빠?"

잠든 듯 눈을 감고 있는 남자의 얼굴 위로 석훈의 그림자가 겹쳐졌다. 그날, 그렇게 아무것도 해주지 못한 막막한 기억이 참담하게 떠오른다. 손 아래 심장은 이미 박동을 멈춘 채 천천히 식어가는 중이다.

"안 돼."

나직이 중얼거린 지윤이 갑자기 남자 위로 올라탄 채 흉부압박을 하기 시작했다. 사망선고만을 기다리고 있던 레지던트들이 의아한 얼굴로 웅성대기 시작했지만 이미 혼을 빼놓은 지윤의 눈에 그것이 들어올 리 없었다.

"선생님."

보다 못한 외과 레지던트가 팔을 잡아봤지만 이내 뿌리친 지윤은 다시금 환자에 매달리기 시작했다.

"다들 뭐 하고 있어요! 환자가 죽어가잖아! 뭐라도 해야 하잖아!"

평소 그녀가 보여주던 모습과 달리 이성을 잃고 외치는 그녀의 목소리엔 절박함이 가득 담겨 있었다. 하지만 이미 생체 징후가 멈춰 버린 환자의 몸에 다시 생명을 불어 넣어줄 방법은 어디에도 없었다.

"이러면 안 되잖아. 제발, 오빠!"

하얗게 질린 얼굴로 20대 중반의 환자를 향해 오빠라 외치는 지윤의 돌발적인 행동에 상황을 주시하며 서 있던 의료진들이 눈치를 살피며 다가섰다.

"선생님, 이제 그만……."

"다들 왜 이래! 아직 따뜻하다고! 조금 더, 조금 더 해보면 살릴 수 있을지도 몰라."

"선생님!"

잔뜩 흥분해 있는 지윤의 상태가 아무래도 심상치 않음을 느낀 의료진들이 그녀를 진정시키기 위해 달려들었다.

"놔! 제발……. 손이라도, 손이라도 잡아줘야 한단 말이야."

뜻대로 되지 않음이 답답한 듯 급기야 지윤이 흐느끼기 시작했다. 달래듯 그녀의 등을 토닥인 간호사들이 응급실 밖으로 데리고 나가려 하자 부축한 간호사의 팔을 뿌리친 지윤이 고개를 저으며 완강히 반항하기 시작했다. 그리고 그때,

"현석훈 환자. 9월 5일 오후 2시 10분. 사망하셨습니다."

커튼 안에서 들려온 목소리에 여태 완강히 버티고 섰던 지윤이 스르르 바닥으로 무너져 내렸다.

삐.

기분 나쁜 경고음이 머릿속을 강타하며 남아 있던 이성을 헤집고 지나갔다.

"선생님, 괜찮으세요?"

웅성대는 소리가 뒤섞여 먹먹한 소음을 만들어냈다. 주저앉

은 채 가만히 눈을 깜빡여 봤다. 누군가의 울음소리가 들려온다. 그리고 애절하게 부르는 이름. 그 간절함에 심장이 꿰뚫린 듯 피가 솟구치는 기분이다.

천천히 몸을 일으킨 지윤이 걸음을 떼기 시작했다.

비틀.

힘이 풀린 다리가 위태롭게 휘청거리며 응급실 밖으로 그녀를 이끌었다.

"하아, 하아. 강지윤 선생님은요?"

숨이 턱까지 차오른 민준이 응급의학과 레지던트의 연락을 받고 내려왔을 땐 이미 지윤의 모습이 사라지고 난 뒤였다.

"조금 전까지 계셨는데."

주위를 둘러보며 무심히 뱉는 소리에 무작정 몸을 돌린 민준이 전력을 다해 내달리기 시작했다. 중환자실을 돌던 중 응급실로부터 걸려온 전화. 강지윤 선생님이 이상하단 말에 정신없이 달려온 그였다. 다급히 사방을 둘러보지만 어디에도 지윤의 모습은 보이지 않았다.

가쁜 숨을 들썩이며 주위를 살피던 민준의 눈에 택시 승강장에서 막 차에 오르고 있는 지윤의 모습이 들어왔다.

"선생님!"

출발하는 차를 쫓아 죽을 듯이 달렸지만 빠르게 멀어지는 차를 따라잡을 재간은 없었다.

타는 듯이 아파오는 가슴에 간신히 숨을 불어 넣으며 주머니 안을 차지하고 있던 전화기를 꺼내 들었다.

〈연결이 되지 않아 삐 소리 후 소리샘으로…….〉

몇 번을 다시 걸어도 같은 소리만 반복해서 들려올 뿐이었다.

"선생님."

민준의 시선이 어느새 사라지고 없는 차의 궤적을 좇아 허망하게 움직이고 있었다. 다시 전화기를 들어 다급히 태하의 번호를 검색하는 것 외에 그가 할 수 있는 일은 아무것도 없었다. 입술을 꾹 다문 채 번호를 찾아 통화 버튼을 누르는 민준의 손끝이 떨리고 있었다.

"어디로 모실까요?"

룸미러를 힐끗 살핀 기사가 조심스런 어투로 지윤을 향해 물어왔다.

잔뜩 피가 묻은 흰 가운을 입은 채로 달려와 무턱대로 차에 오르곤 웅크리고 있는 여자. 제가 태운 곳이 병원이 아니었다면 웬 미친 여잔가 싶어 절대 피했을 손님이었다. 실은 차를 몰고 있는 지금도 찜찜한 건 사실이었다.

"손님?"

그제야 고개를 든 여자의 눈동자엔 도무지 읽을 수 없는 복잡한 감정이 배어 있었다.

"어디로 모실까요?"

　　재차 물어온 기사의 질문에 멍하게 생각에 잠겨 있던 지윤이 창밖으로 시선을 돌렸다.

　　어디로 가지? 어디로 가야 하지?

　　"언제 오프 날짜 맞춰서 가평 놀러 가자."

　　"좋아하는 곳이라, 데려가고 싶어서."

　　들릴 듯 말 듯한 목소리로 지윤이 중얼거렸다.

　　"가평, 가평이요."

　　"가평이요?"

　　"네."

　　가평이란 소리에 기사가 썩 내키지 않은 얼굴로 옅은 한숨을 내쉬었다. 안 그래도 잘못 태운 게 아닌가, 핸들을 잡은 내내 갈등 중인데 단거리도 아니고 가평까지 가잔다.

　　머뭇거리는 기사의 심정을 읽었는지 여기저기 옷을 뒤적인 지윤이 주머니 안에 들어 있던 머니 클립을 꺼내 기사에게 건넸다.

　　언뜻 보이는 현금과 카드.

　　병원에서 태운 손님을 놓고 미친 여자인가 의사인가 갈등하던 고민은 거기서 끝이 났다.

　　택시는 어느새 가평을 향해 시원하게 달리고 있었다.

✼

"그게 무슨 소리야!"

한창 학회에 참석 중이던 태하는 다짜고짜 강지윤 선생님을 찾아달라는 민준의 전화에 회의장을 박차고 나와야만 했다. 멀쩡히 병원에 있어야 할 지윤을 부산까지 내려와 있는 제게 찾아달라니. 도무지 이해되지 않는 상황에 전화기를 고쳐 쥔 태하가 머리를 쓸어 올리며 민준을 향해 되물었다.

"강지윤 선생을 찾아달라니. 지금 병원에 있는 거 아닌가?"

〈응급실에서 expire(사망)한 환자가 있었는데, 암튼 선생님이 갑자기 사라지셨습니다. 연락도 안 되고요.〉

"혹시 보호자랑 문제 있었어?"

〈아뇨.〉

"그럼 대체……."

〈이유는 저도 잘 모르겠습니다. 근데 얼굴이 너무 불안해 보여서, 잡으려고 쫓아갔는데…….〉

도무지 정리되지 않는 혼란스런 상황에 잠시 고개를 떨구었던 태하가 크게 숨을 들이쉬고 민준에게 지시했다.

"환자 진료 기록 읊어봐."

로비 구석에 선 채 민준이 읽어 내려가는 진료 기록에 귀를 기울였지만 그녀가 한 처치 중 어디에서도 잘못된 부분을 발견할 수 없었다.

이유를 모르겠다. 병원을 뛰쳐나갈 정도로 그녀를 몰아세운 원인은 무엇이었을까.

〈환자를 오빠라고 불렀답니다.〉

민준의 목소리에 문득 정신이 든 태하가 크게 눈썹을 휘었다.

"오빠? 혹시 환자가 강지윤 선생 인척인가?"

〈아뇨. 저도 알아봤는데 강지윤 선생님과는 아무런 관련 없답니다. 게다가 현석훈 환자는 나이도 스물넷밖에 되지 않아서.〉

"잠깐, 환자 이름이 뭐라고?"

〈현석훈이요.〉

설마.

전화기를 쥔 손에 불끈 힘이 들어갔다.

"……알았어. 일단 서울로 올라갈 테니 김민준 선생도 계속 연락해 봐."

〈네.〉

귀에서 떼어낸 전화기가 천천히 밑으로 내려왔다.

그러고 보니 언뜻 들은 기억이 난다, 두 해 후배였던 현석훈이 여자친구와 여행을 가던 중에 교통사고로 사망했다는. 같이 타고 있던 여자친구도 예과 후배였단 소리가 있었던 것도 같다. 하지만 정신없이 바쁜 인턴이었던 그는 잠시 안타까운 마음을 가졌을 뿐 더 이상의 관심은 기울이지 못했다. 그런데…….

빠르게 손을 들어 올린 태하가 단축번호 1번을 꾹 눌렀다.

제발, 제발.

하지만 그의 간절한 바람과 달리 달갑지 않은 여자의 기계적
인 음성만 들려올 뿐이다.

"지윤아……."

난생처음, 그의 하늘이 무너져 내렸다.

*

"가평에 들어왔는데, 가평 어디로 갈까요?"

가평이라는 행선지만 알리고 가평까지 오는 내내 멍하니 창
밖만 바라보고 있는 손님을 향해 기사가 점점 속도를 줄이며 물
어왔다. 생각에 잠긴 건지, 넋을 빼놓은 건지 산만하게 울려대는
전화기는 나 몰라라 팽개쳐 둔 탓에 오죽하면 제가 대신 주머니
를 뒤져 전화를 받아주고 싶은 심정이었다. 짐작컨대 십중팔구
병원에서 무슨 사고를 크게 치고 도망 나온 의사일 것이다. 쯧
쯧. 사고를 저질렀으면 제대로 해결을 하든 해야지 무작정 도망
부터.

"손님? 가평 어디로 갈까요?"

"좋은…… 곳이요."

느릿하게 대꾸하는 지윤의 답에 기사는 다시 또 한숨을 내쉬
어야 했다.

다짜고짜 좋은 곳이라니.

어스름 어둠이라도 내렸다면 어디 유흥가에라도 내려줄 텐

데. 이 훤한 대낮에 좋은 곳이라면.

순간 기사의 시야에 눈이 번쩍 뜨이는 이정표 하나가 반갑게 들어왔다.

—가평 하늘수목원

안도의 한숨을 내쉰 기사가 수목원 방향으로 핸들을 돌렸다.

✳

〈연결이 되지 않아 삐 소리 후…….〉

벌써 몇 번째 같은 소릴 듣고 있는지 모르겠다. 백 번? 이백 번? 그만큼 태하의 심장도 점점 졸아드는 중이다.

학회를 뒤로한 채 회의장을 빠져나온 태하는 곧장 서울로 올라와 지윤의 집으로 달려갔다.

벨을 누르고, 문을 두드리고, 목청이 터져라 지윤을 불러봤지만 철옹성처럼 굳게 닫힌 문은 지윤의 존재를 꿀꺽 삼킨 채 버티고 있는 중이다.

"지윤아! 지윤아!"

힘껏 쥔 주먹이 벌겋게 부어오를 때까지 쿵쿵 문을 두드리며 지윤을 불러대자 소란을 견디지 못한 이웃들이 미간을 그은 채 하나둘 모습을 드러냈다. 하지만 지윤이란 이름을 부르는 모습

이 너무도 절박해 이웃 중 누구도 소란에 대한 항의의 뜻을 내비
치지 못했다.

"지윤아……."

택시를 타고 사라졌다던 지윤이 집 안에 있을 리 없다는 걸 잘
알고 있었다. 하지만 이렇게 찾아와 문을 두드리고 그녀의 이름
을 부르면 당장에 문을 열고 그 말간 얼굴을 내밀 것만 같았다.
문에 등을 대고 서 있던 태하의 몸이 주르르 바닥으로 흘러내렸
다.

왼손에 쥐고 있던 전화기의 버튼을 다시 한 번 눌러본다. 역
시나 들려오는 소리에 가슴이 무너진다.

"제발, 전화라도 받아. 아무 말 안 해도 좋으니까, 그냥……
전화만 받아줘."

열일곱 번째 음성메시지가 그의 간절한 바람과 함께 저장되
고 있었다.

"심장이, 거짓말을 한다. 죽을 것 같은데 심장이 뛰어. 세상이
멈췄는데…… 심장이 뛰어."

붉어진 눈이, 떨리는 입술이, 그의 손이 가슴에 닿는다.

＊

〈너도 이런 기분이었겠지. 그냥 주머니 속 지갑을 잃어버린
느낌이 아닌…… 심장을 잃어버린 기분. 그런데도 심장이 거짓

말을 해.〉

수목원 안에 위치한 나무 방갈로 안에서 잔뜩 몸을 웅크린 채 전화기를 귀에 대고 있는 지윤의 귓가로 태하의 목소리가 흘러들었다.

〈기억할까 봐 무섭다는 게 뭔지, 세상에 해결 못할 문제도 있다는 걸 이제야 조금은 알 것 같다. 무섭다, 지윤아. 나 지금 굉장히 무서워.〉

그가 울고 있다.

비가 오고, 바람이 불어도 끄떡없이 단단하기만 할 것 같은 그가 울음을 토해낸다.

전화기를 떼어낸 지윤이 입술을 깨물며 천천히 고개를 들었다.

제가 저지른 짓이 무엇인지 모르겠다.

벗어났다고 생각했는데, 아니, 벗어날 수 있다고 생각했는데 그것은 결국 온전치 못한 자아가 만들어낸 오만이었나 보다.

그 순간엔, 현석훈이란 이름 석 자를 듣는 순간엔 어떻게든 이 남자를 살려야 한다는 절실함만이 그녀의 이성을 지배하고 있었다. 아마도 이름을 부르며 들어서던 여자에게서 그날의 저를 보았을 것이다.

그래서, 그래서…….

결국 제가 도망쳐 온 곳은…….

 힐링 healing

"좋아하는 곳이라, 데려가고 싶어서."

그의 품 안이다.

세상이 멈췄는데 심장이 뛰던 때가 있었다. 심장을 잃어버린 기분을 알고, 기억하기에 두려운 그것이 어떤 느낌인지 온몸의 피를 쥐어짜 내며 겪어왔던 그녀였다. 그런데 내가 뭐라고, 그 하늘 무너지는 고통을 태하의 입을 통해 듣고 있는 중이다.

지윤이 강하게 고개를 저었다. 가슴 찢기는 그 끔찍한 고통을 태하에게 겪게 하고 싶지 않았다. 글썽거리던 눈물이 뺨을 타고 하염없이 흘러내렸다.

"상관없어. 강지윤이 들고 온 도시락이라면 모래알로 지은 밥이라도 맛있게 먹을 테니까."

다정한 목소리.

"예뻐서."

그의 미소가 눈가에 어른거린다.

"지금 갱의실이니까 옷 갈아입는 대로 바로 갈게. 강지윤, 참을 수 있겠어?"

가슴 터질 듯한.

"이따 전화할게."

그리움.
그가 보고 싶다.
당장 그의 목소리를 들어야만 했다. 무서워하지 말라고, 아파
하지 말라고, 나 때문에 울지 말라고 말해줘야만 했다.
바르르 떨리는 손가락이 전화기의 통화 버튼을 눌렀다.
〈…….〉
전화기 너머 그는 아무 말이 없었다. 그리고 잠시 후,
〈고마워.〉
그의 떨리는 목소리가 들려왔다.
"미안해요, 정말……."
〈아무 일 없는 거지?〉
"네."
〈지금, 어딘데?〉
"선생님이 같이 가자고 했던 곳."
그가 옅은 숨을 뱉어냈다.
〈기다리고 있을 거지?〉
내가 갈 때까지.

"기다리고 있을게요."

당신이 올 때까지.

전화를 끊은 지윤이 그대로 몸을 일으켜 방갈로 문을 나섰다. 이렇게 뛰어나간다고 금세 태하를 만날 수 있는 게 아니란 걸 알면서도 멍청히 앉아 있을 수 없었다.

수목원 오솔길을 피 묻은 흰 가운을 펄럭이며 내려가는 지윤에게로 노골적인 시선들이 쏟아졌다. 그리 많은 사람들이 붐비지 않는 평일 오후일지라도 전혀 어울리지 않는 그녀의 차림새는 사람들의 이목을 사기 충분했다. 하지만 그런 것 따위가 눈에 들어올 리 없었다. 그 밤, 아프다는 한마디에 갈아 신지도 못한, 피 묻은 크록스를 신은 채 온 힘으로 달려와 준 태하의 심정을 이제야 알 것 같았기 때문이다.

숨이 가쁘게 수목원 입구로 내려온 지윤이 가슴을 들썩이며 주위를 둘러봤다. 수목원 입구에서 전화를 받았던 게 아닌 한 그가 이곳에 있을 리 없다는 걸 알면서도 저기 서 있는 커다란 나무 사이에서 불쑥 모습을 드러낼 것 같았다.

"보고 싶어요."

그것이 목숨 줄이라도 되는 양, 전화기를 든 손에 잔뜩 힘을 주고 선 지윤이 주문을 걸 듯 중얼거렸다.

*

무슨 정신으로 차를 몰았는지 모르겠다. 지윤이 말한 수목원을 최종 목적지로 설정하면서부터 무작정 제가 낼 수 있는 최고 속도로 달려왔던 것 같다.

수목원 입구에 접어들자 커다란 나무 아래, 반가운 얼굴이 눈에 들어왔다. 그럼에도 덜컹, 심장이 내려앉는다.

얼마나 정신없이 병원을 뛰쳐나왔을지 고스란히 짐작케 하는 차림새에, 그리고 쪼그리고 앉아 있는 모양이 꼭 길을 잃어버린 작은 아이 같아 태하의 입매가 절로 단단해졌다.

운전하느라 벗어두었던 슈트 상의를 집어 든 태하가 문을 열고 나섰다.

얼마나 오래 그 자세로 앉아 있었던 건지 태하를 발견하고 몸을 일으키던 지윤이 미간을 찡그리며 그대로 주저앉아 버렸다. 빠른 걸음으로 다가간 태하가 지윤을 부축해 일으켜 세우곤 들고 있던 옷을 지윤의 어깨 위로 덮어주었다.

고작 반나절이 지났을 뿐인데 한껏 움츠러든 어깨가 너무도 위태로워 보였다.

"힘들어 보인다."

애잔한 눈으로 지윤의 얼굴을 바라보던 태하가 잔뜩 잠긴 목소리로 말했다. 그리고 부서질 듯 가녀린 어깨를 힘껏 당겨 품에 안았다.

쿵쾅거리는 거친 심음(心音)이 들려오기 시작한다. 이제야 심장이 제자리를 찾은 듯했다.

지윤을 품에 안은 채 태하는 한동안 아무 말도 하지 않았다. 품에 안긴 지윤도 마찬가지였다.

"가자."

지윤의 어깨를 감싼 태하가 조심스런 손길로 지윤을 부축한 채 세워둔 차 쪽으로 천천히 걸음을 떼기 시작했다.

뒷좌석에 지윤을 태운 태하가 벨트까지 직접 채워주고 문을 닫았다. 몸을 돌린 태하가 차에서 두어 발자국 떨어진 곳에서 전화기를 꺼내 들었다.

"접니다, 형수님. 아, 형한테 볼일 있는 게 아니라 형수님께요. 네. 지금 누구랑 함께 갈 건데 갈아입을 옷이랑 먹을 것 좀 준비해 주세요. 많이 놀란 후라, 속에 부담되지 않는 걸로요. ……여자 옷으로 준비해 주시면 됩니다. 네. 한 20분 후면 도착할 거예요. 갑자기 번거롭게 해드려 죄송합니다. 네. 지금 바로 가겠습니다."

지금 상태로는 도저히 서울까지 차를 몰고 갈 수 없겠다는 판단에서였다. 이곳까지 오는 동안에는 오로지 지윤 하나만 머릿속에 담은 채 정신없이 달려왔다지만 돌아가는 길은 달라야 했다.

미세하게 떨리는 손. 아직도 진정되지 않은 가슴을 애써 누르며 크게 숨을 들이쉰 태하가 운전석을 향해 걸음을 움직였다.

"얼른 들어오세요."

30대 후반쯤으로 보이는 선한 인상의 여자가 직접 나와 대문을 열어주며 환히 웃었다. 차에서 내리기 전, 태하가 말했던 형수님인가 보다.

태하의 부축을 받으며 차에서 내린 지윤이 형수인 현정을 향해 가볍게 고개를 숙이자 그녀 역시 가벼운 목례로 답하며 더욱 환한 웃음을 지어 보였다.

"애들 아빠 한두 시간은 더 있어야 들어올 것 같네요. 참, 진웅이랑 선웅인 게임기 챙겨 들고 친구 집 놀러 갔으니까 한참 동안은 안 돌아올 거예요."

현관까지 이어지는 잔디를 가로지르며 현정이 주섬주섬 말을 뱉었다. 찾아올 손님을 배려해 한창 소란스러울 나이의 쌍둥이 형제를 친구 집으로 보내놓은 듯했다. 매번 느끼는 그녀의 세심함에 자주 들르지는 못해도 늘 감사한 마음을 가질 수밖에 없었다.

"집에서 있는 아줌마다 보니 옷이 다 이런 것뿐이네요."

거실 테이블 위에 놓여 있던 잘 개어진 옷을 건네며 현정이 수줍게 웃음을 지었다.

"2층이 편하실 테니 올라가 계세요. 잣죽 쑤고 있는데 맛이 어떨지 모르겠어요. 뭐 해요, 도련님. 얼른."

태하를 향해 눈짓을 해 보인 현정이 서둘러 주방 안으로 사라졌다. 덩그러니 거실에 남겨진 지윤은 태하가 이끄는 대로 2층을 향해 천천히 걸음을 옮길 수밖에 없었다.

　2층의 어느 방문 앞에 멈춰 선 태하가 문을 열어 보였다. 손님 방인 듯 싱글 침대 하나와 작은 장 하나가 놓여 있었다.

　"들어가서 옷 갈아입어."

　태하의 나직한 목소리에 여태 걸치고 있던 태하의 슈트를 벗어 태하에게 건넸다.

　"그것도 이리 줘."

　그의 시선이 피 묻은 가운을 향하고 있었다.

　어차피 벗어야 할 옷이었기에 망설임 없는 동작으로 가운을 벗어 건넸다.

　그리고 조용히 방문이 닫혔다.

　곱게 개어져 있던 홈웨어를 몸에 꿰어 입고 거울을 바라봤다. 초췌한 몰골을 보니 절로 한숨이 새어 나왔다. 세수라도 할 생각에 방문을 닫고 나온 지윤이 주위를 두리번거리며 욕실로 추정되는 곳 앞에 멈춰 섰다.

　작게 열린 문틈 사이로 불빛이 새어 나오고 있었다. 안에 사람이 있는 걸까, 조심스런 손길로 문을 밀어보니 세면대 앞에서 그녀의 피 묻은 가운을 빨고 있는 태하의 모습이 보였다. 갑자기 느껴진 인기척에 빨래를 하던 손을 멈춘 태하가 문 쪽을 향해 몸을 틀었다.

　"그걸 왜……."

　욕실 안으로 들어선 지윤이 태하를 올려다보며 물었다.

　"지워주고 싶었어."

대답을 한 태하가 멈췄던 손을 다시 움직이며 핏물이 밴 가운을 비벼 빨기 시작했다.

어떤 말로 설명할 수 있을까.

와락 치미는 미안함에 성큼 다가선 지윤이 태하의 등에 얼굴을 묻었다.

"미안해요."

태하의 움직임이 다시 멈췄다. 몸을 돌려 당겨 안은 지윤은 품 안에서 조용히 흐느끼는 중이다. 태하는 그저 지윤의 등을 말없이 다독여 줄 뿐이었다.

"내가 안을 때마다 넌 울고 있구나."

안타깝게 뱉어낸 태하의 탄식에 지윤이 강하게 고개를 저으며 가슴에 묻고 있던 얼굴을 떼어냈다.

"제가 울 때마다 선생님이 안아주신 거예요."

태하의 입가에 희미한 미소가 걸렸지만 늘 보던 것과는 다른 느낌이었다. 시려오는 가슴에 한 걸음 다가선 지윤이 태하의 허리에 팔을 두르며 그 어깨에 가만히 이마를 기댔다.

"아니었음, 저 혼자 울고 있었겠죠. 여전히 수술 전후엔 밥도 못 먹고 있을 테고, 흥분한 보호자랑 맞서 싸우다가 커다란 마스크로 얼굴을 가리고 다닐지 모르고, 1년차 뒤치다꺼릴 하느라 밤새 커피를 마셔가며 당직을 서고."

지윤의 이마 위로 스르르 태하의 턱이 내려앉는 게 느껴졌다. 그리고 제 등을 감싸는 따스한 손길까지도.

"이번에도 아무것도 안 물어보시네요."

"아무 생각도 할 수 없었으니까."

태하의 말에 옅게 한숨을 내쉰 지윤이 이마를 기댄 채 조용히 입을 열었다.

"사람이 사라진다는 게, 주머니 속 지갑을 잃어버리는 거랑은 다른 거라 그러셨죠. 근데⋯⋯."

잠시 숨을 삼킨 지윤이 가만히 눈을 깜빡였다.

"내가 잃어버린 것과 똑같이 생긴 지갑을 봤을 때, 그게 분명 내 것이 아니란 걸 알면서도 자꾸만 돌아보게 되더라고요. 어쩌면 내가 잃어버린 지갑이었을지 모른다는 미련이나 집착 같은 거요."

지윤의 이마에 턱을 댄 채 태하는 묵묵히 그녀의 말을 듣고 있는 중이다.

"이젠 내 것이 아닌데, 내가 어쩔 수 없는 건데, 그걸 알면서도 오랜 시간 고심해서 고른 예쁜 지갑이 이미 내 주머니 안에 들어 있다는 걸 잊고 있었어요."

지윤이 천천히 고개를 들었다.

"살다 보면 다시 또 같은 모양의 지갑을 만나게 될지도 모르죠. 그때마다 어쩌면 지갑을 잃어버릴 때의 기억을 떠올릴지 몰라요. 근데⋯⋯ 더 이상 슬프지만은 않을 것 같아요."

망설임 가득한 까만 눈동자가 태하의 눈가에 닿았다.

"사랑해요."

지윤이 뱉어낸 나직한 한마디에 태하의 두 눈이 질끈 감겼다. 그리고 지체 없이 파고든 입술이 지윤의 입술을 깊게 삼키며 뜨거운 숨결을 토해냈다.

지윤을 힘껏 끌어안은 태하의 몸에 바짝 힘이 들어갔다. 고개를 기울이며 더욱 깊게 들어선 혀가 성급하게 엉키며 순식간에 지윤의 혀를 낚아챘다.

나른한 신음을 뱉어낸 태하가 한 치의 틈도 허용하지 않겠다는 듯 그녀의 머리카락에 손가락을 찔러 넣으며 단단히 몸을 밀어붙였다. 지윤이 팔을 들어 태하의 목을 힘껏 감싸 안았다.

영혼과 영혼이 엉켜들 듯 뜨겁게 맞붙은 두 사람이 서로를 향해 천천히 스미듯 녹아들었다.

지윤의 가슴 안에 있던 주먹만 한 감자가 예쁜 하트가 되는 순간이었다.

현정이 끓여준 잣죽은 정말 맛있었다. 조금 있으면 본격적으로 잣이 나올 철이라며 고소한 잣두부를 만들어줄 테니 꼭 다시 와야 한다는 현정의 당부에 지윤의 고개가 절로 끄덕여질 정도였다.

어느새 어스름 저녁이 되자 퇴근해 돌아오던 태강이 이웃집에 들러 한창 게임에 열중해 있던 쌍둥이 형제를 데리고 왔다.

저녁상이 차려지기 직전, 슬쩍 주방에 들어선 태하를 보며 '아버님, 어머님껜 비밀로 할 테니 걱정 마세요. 쌍둥이들도 입단속 시킬게요'라며 찡긋 눈웃음을 지어 보였다. 가평까지 왔다가 말도 없이 그냥 가버린 걸 알면 분명 서운해하실 것을 알지만 그렇다고 다짜고짜 지윤을 소개시켜 드릴 순 없었다. 아까의 상태론 도저히 서울까지 갈 수 없겠다는 판단하에 이루어진 갑작스런 방문이었고, 부담은 여기까지만 지워주고 싶었다. 부모님과의 만남은 다음을 기약하기로 했다.

"아유, 모처럼 오셨는데 주무시고 가시지."

"그러게. 내일 아침 일찍 올라가면 안 되니?"

대문 밖까지 따라나선 부부가 아쉬움이 가득 담긴 눈빛으로 두 사람을 바라봤다. 마음 같아선 포근한 침대가 놓인 2층 방에서 다디단 꽃잠을 청한 뒤 맞는 아침 공기의 상쾌함을 맛보고 싶었다. 아까 입구만 훑다 내려온 수목원의 푸른 기운도 느끼고 싶고, 알록달록 피워낸 예쁜 꽃들도 눈 안에 실컷 담아보고 싶었다.

하지만 학회 때문에 자리를 비웠던 태하는 그렇다 치더라도 가뜩이나 인력 부족으로 헉헉대는 흉부외과에서 갑자기 사라진 지윤의 공백을 막느라 많은 사람들이 고생하고 있을 것이다. 돌아가 수습할 생각을 하니 머리가 아파왔다.

"일이 많아서요. 대신 다음에 잣두부 먹으러 꼭 다시 오겠습니다."

난감해하는 태하를 대신해 지윤이 말했다. 일 때문에 돌아가
봐야 한다는 데 더 이상 부부도 두 사람을 잡지 못했다.

차가 출발해서 떠나오는 동안 부부는 내내 자리를 지키고 서
서 멀어지는 차를 배웅하고 있었다. 몸에 밴 따스함조차도 똑같
이 닮아 있는 가족인 것 같았다. 같은 병원에서 근무하는 의사라
면서 하난 운전석에, 또 하난 뒷자리에 앉아 가는 희한한 광경에
도 별다른 내색 없이 그저 헤어짐에 대한 아쉬움만 내비치고 있
었다.

"선생님이 왜 좋아하는 곳이라고 했는지 알 것 같아요."

"똑똑한 강지윤이로군. 그걸 단번에 알아차리다니."

"여기가, 꽉 찬 느낌이에요."

지윤이 명치 부근에 손을 얹으며 말하자 고개를 휙 돌린 태하
가 금세 미간을 좁히며 물었다.

"체한 것 같아?"

급하게 속도를 줄인 태하가 결국 차를 멈춰 세웠다. 차에서
내리기 위해 막 안전벨트 버클에 손을 갖다 대던 태하의 움직임
이 지윤이 내민 손에 의해 저지당했다.

"체한 거 아니에요."

의문 섞인 시선이 지윤에게로 향하던 순간, 태하의 눈을 마주
한 지윤이 말했다.

"선생님 옆에 타고 싶어요."

간절함이 짙게 배인 까만 눈동자가 애처롭게 흔들리고 있

었다.

지윤의 심정을 모르는 건 아니었다. 오늘 일에 대한 미안함과 저에 대한 다짐, 그 외에도 설명할 수 없는 복잡한 감정들이 머릿속을 휘젓고 있을 것이다. 하지만 오랜 시간 그녀를 지배해 왔던 기억을 순간적인 충동이 대신 메울 수 없었다. 치유는 분명 필요했지만 이렇게 서두르고 싶진 않았다. 시간을 두고 천천히, 숨쉬듯 젖어들게 하고 싶었다.

꾹 다문 입술 사이로 낮게 한숨을 내쉰 태하가 지윤을 바라봤다.

"무리할 것 없어."

"무섭기도 하고, 실은 많이 떨려요. 근데 선생님 옆에 앉고 싶어요. 그러니까 견뎌볼래요."

태하가 고개를 저었다.

"아무리 작은 고통이라도 그것을 네게 견디게 하고 싶지 않아."

"힘들지 않아요."

"내가 힘들어."

"선생님."

"힘들더라."

말을 뱉으며 그가 희미하게 미소 지었다. 저보다도 더 지쳐 보이는 모습이 너무도 가슴이 아파 천천히 손을 뻗은 지윤이 태하의 얼굴을 조심스레 어루만졌다.

　“당장 내 옆에 앉는 것 따윈 중요하지 않아. 내게 중요한 건, 이렇게 너와 한 공간에 같이 있다는 거다.”
　지윤의 손 위로 태하의 커다란 손이 겹쳐졌다.
　힘들었을 그의 하루가 고스란히 느껴졌다. 손끝에 와 닿는 태하의 진심에 고개를 끄덕인 지윤이 그가 예쁘다 했던 미소를 지그시 지어 보였다. 태하의 얼굴에도 미소가 피어올랐다.

15. 힐링(Healing)

　수석 전공의(chief resident) 인수인계가 10월 1일에 있었다. 그동안 치프 직을 맡았던 성국은 이제부턴 죽어라 전문의 시험 준비를 해야 한다며 울상을 지어 보였다. 어느새 찬바람이 불기 시작하는 가을. 그러나 그녀의 일상은 다를 바 없는 그대로였다.

　그날, 태하는 지윤을 병원이 아닌 집으로 데려갔었다. 아파트 주차장에 차를 세우는 태하를 보며 지윤은 작게 고개를 끄덕였었다. 그렇게 뛰쳐나갔던 제가 부산 학회에 가 있어야 할 태하와 함께 병원 안으로 들어갈 순 없었다. 병원 주차장이 아닌, 아파트 주차장에 차를 내리는 것이 맞는 일이었다. 태하까지 괜한 구설수에 올릴 수는 없었다.

차에서 막 내리던 찰나, 그대로 지윤의 어깨를 잡은 태하가 병원 방향이 아닌 그녀의 아파트 입구 쪽으로 몸을 돌려 버렸다.

"어딜 가려고."
"병원 가봐야죠."
"병원은 내가 갈 테니 넌 들어가서 쉬어."
"그럴 순 없어요."
"그래도 돼. 가끔은, 스태프를 애인으로 둔 백을 이용하라고."
"선생님."
"이럴 땐 그냥 못 이기는 척 따라주는 거다. 그리고 말 안 듣는 후배는 나도 미워."

다음날 아침 병원에 갔을 땐 마치 아무 일도 없었다는 듯 전과 다름없는 일상이 그녀를 맞이하고 있었다. 오히려 미안하단 말을 건네는 그녀가 어색해할 정도였다.

그래도 미운 정도 정이었던지 1년차보다 좀 더 함께 보낸 민준이 '걱정 많이 했습니다. 다신 그러지 마십시오'라며 애정 어린 잔소리를 했을 뿐이었다.

그렇게 지윤의 일탈은 사람들의 기억 안에서 조용히 잊혀갔다.

"AVR(aortic valve replacement:대동맥판막 치환술) 논문 정리했던 거, 아직 머릿속에 잘 모셔뒀을 테지?"

회진을 마치고 막 복도로 접어들었을 때 지윤의 팔을 붙잡아 세운 태하가 지윤의 귀에 바짝 다가선 채 조용한 목소리로 물어 왔다. 질문의 의도를 알지 못한 지윤이 대답 없이 눈을 깜빡이고 서 있자 그녀의 볼을 손가락으로 툭 건드린 태하가 빙긋 웃으며 입을 열었다.

"박재호 환자 수술, 강지윤이 집도한다."

"네?"

"박재호 환자 대동맥판막 치환술. 네가 집도한다고."

보통 첫 수술 집도의 기회는 판막수술로 정하는 경우가 많다. 보통의 경우, 교수가 전공의에게 미리 언질을 주어 충분히 준비를 할 수 있게 하는데, 공식적인 자리에서 준비하라고 할 수도 있지만 자칫 수술을 주는 사람한테도 부담이 될 수도 있는 관계로 적당한 분위기에서 흘리는 말로 귀띔을 한다.

이미 한 차례 집도 경험이 있다고는 하지만 첫 집도의 설렘보단 혼자 감당해야 했던 중압감이 훨씬 컸을 그녀에게 새로운 기억을 심어주고 싶었다. 충분히 준비하고, 여유 있는 마음가짐으로 수술에 임할 수 있는.

"하지만……."

얼굴 가득 놀라움이 번졌던 지윤의 미간이 이내 내천 자를 그리며 좁아들었다. 대동맥판막은 승모판막과는 달리 성형술이 그리 쉽지 않은 판막이다. 처음에 판막수술을 줄 때는 대부분 승모판막 치환술을 주는데, 그 이유는 수술이 상대적으로 쉽기 때문이다.

"왜 그런 얼굴이야."

"수술 후 사망률이 평균 1~4%나 된다구요."

"혜명대병원 심장혈관센터의 경우 최근 5년간 대동맥판막 치환술 후 사망한 환자는 한 사람도 없었지."

깊게 한숨을 내쉬는 지윤을 보며 피식 웃음을 지은 태하가 한 걸음 다가와 그녀의 어깨를 다독였다.

"승모판막보다야 좀 부담이 되겠지만 강지윤의 실력이라면 수술하는 데 전혀 무리가 없을 것이란 판단하에 결정된 거야."

"좀 부담이 아니라고요."

눈썹을 휘며 투정하듯 말하는 지윤을 물끄러미 바라보던 태하가 느긋한 얼굴로 팔짱을 꼈다.

"네 옆에 내가 있는데 뭐가 걱정이지?"

맞는 말이긴 한데 어쩐지 약이 오르는 듯해 가늘게 접은 눈을 곱게 흘긴 지윤이 입술을 삐죽이곤 몸을 돌렸다. 그 뒤를 태하의 빠른 걸음이 성큼 쫓아가고 있었다.

며칠 뒤, 주간 수술 예정인 환자들에 대한 프리젠테이션이 열렸다. 프로젝터(projector)로 띄워놓은 심장 초음파와 흉부 X—ray 화면에 지윤의 신경이 집중되어 있었다. 틈이 날 때마다 수시로 들여다본 탓에 보지 않고도 줄줄 읊을 자신이 있는 자료들이었지만 당장 수술을 앞둔 지윤에겐 글자 하나, 수치 하나가 볼 때마다 새롭게 느껴졌다.

"63세 남자 환자로 1개월 전부터의 가슴 통증, 호흡 곤란으로 외래로 내원하였습니다. 고혈압 외에는 특별한 과거력 없었습니다. 심장초음파검사 결과 중증의 대동맥판막 협착증 진단받고 수술 예정하에 입원하였습니다. 경도의 승모판막 역류증이 동반되어 있습니다."

"음. 관상동맥은?"

"어제 시행한 심장 조영술에서 관상동맥은 정상이었습니다. 내일 첫 케이스로 수술 예정입니다."

"승모판막은 어때?"

"판막 자체에 변성이 없고 경도의 역류증으로 대동맥판막 질환에 의한 이차성 변화로 보입니다. 정도가 심하지 않아 수술하지 않아도 될 것으로 생각됩니다."

"대동맥판막이 좁지는 않네. 어렵지는 않겠다. 다음 환자."

"35세 남자 환자로 내원 2일 전부터 소화불량과 복부 불편감이 발생……."

이어지는 다음 환자의 내용이 귓가에 들어올 리 없었다.

드디어 내일. 하루밖에 남지 않았다. 그녀의 입술이 바짝 타들어간다.

대동맥판막 치환술은 우선 심폐체외순환을 하고 심장을 정지시킨 뒤 심장 안쪽에 있는 판막 중에 대동맥판막을 인공판막으로 교체하는 수술이다. 보통 성인의 심장 판막수술은 대동맥판막, 승모판막, 삼첨판막, 이 세 개를 수술하는데 한 개의 수술만 이뤄지는 경우도 있고, 두세 개의 판막에 병이 있으면 대동맥판막/승모판막, 승모판막/삼첨판막, 대동맥/승모/삼첨판 등으로 여러 개의 판막을 한꺼번에 수술할 수도 있다.

잠시 짬을 내어 의국에 들른 지윤 앞으로 1년차들이 우르르 들이닥쳤다.

"쌤! 제가 뉴하트 김민정보다 더 예쁘게 찍어드릴게요!"

"야! 또 사진을 발로 찍어놓고 나중에 김민정 얼굴이랑 합성하려고 그러지?"

카메라를 번쩍 치켜든 운석이 지윤을 바라보며 소리치자 옆에 있던 철형이 운석의 옆구리를 쿡 찌르며 고개를 기울였다.

"웃기시네! 내가 너냐? 골든타임 황정음 옆에 네 사진 합성해서 붙여놓은 거 누가 모를 줄 알고? 그런다고 네가 이선균이 되냐?"

"어따 대고 얼굴 지적질을!"

그들과 함께하는 초집도. 영원히 기억에 남을 순간을 기록으로 남겨주기 위해 준비한 마음이 고마워 지윤도 방긋 웃으며 고개를 끄덕였다.

"우와, 쌤! 진짜 예뻐요!"

"쌤! 황정음 필요 없고, 저랑 같이 사진 찍어요!"

"입 안 다물어?"

소란스럽던 의국이 들어서자마자 외친 민준의 한마디에 금세 얼어붙어 버렸다. 하늘 같은 스태프 선생님과 하늘보다 더 높은 2년차 틈에 끼어 사는 게 사는 것 같지 않다던 1년차들은, 그러나 겉으로 보기엔 전과 다름없이 포동포동 살이 오른 모습이다. 실상과 달리 천고마비의 계절이라 그렇게 보이는 것뿐이란 말을 하긴 한다.

"그러지 말고 우리 다 같이 찍을까? 같이 찍은 사진이 하나도 없는 것 같아."

의국원들을 둘러보며 건넨 지윤의 말에 모두들 화색이 도는 얼굴로 고개를 끄덕였다. 종합병원의 독사 캐릭터를 자처하던 민준의 입가에도 슬며시 미소가 지어졌다.

철형과 운석, 그리고 지윤과 민준이 나란히 섰다.

하나 둘 셋.

혜명대 흉부외과 1, 2, 3년차 전공의들의 입가에 환한 미소가 새겨져 있었다.

심장 판막수술을 하기 위해서는 심장을 멈춰 놓고, 심장 안쪽을 연 뒤 수술을 진행해야 하므로 먼저 심폐체외순환(cardiop-ulmonary bypass)을 하면서 심정지(cardioplegia)를 시키게 된다.

심장이 정지되었음을 확인한 지윤이 크게 숨을 들이쉬자 지그시 바라보던 태하가 지윤을 향해 고개를 끄덕여 줬다.

그가, 함께 있다.

마음의 준비를 마친 지윤이 대동맥판막 노출을 위해 먼저 상행대동맥 절개를 시작했다.

"대동맥을 절개할 때 위치가 중요해. 너무 높으면 수술하기 힘들고, 또 너무 낮으면 우관상동맥이 가까워 문제가 되니까."

수술에 들어오기 전, 태하는 눈을 맞춘 채 차근차근 수술 과정을 짚어줬었다. 태하의 설명을 머릿속에 떠올린 지윤이 메스를 쥔 손을 신중하게 움직였다.

병이 있는 판막을 확인한 지윤이 론저를 이용해 퇴행성 대동맥판막 협착증으로 칼슘 덩어리들이 침착된 단단한 대동맥판막을 떼어내기 시작했다. 칼슘 석회화가 된 부분이 남아 있어선 안 되었기에 세심한 손길이 필요한 부분이었다.

대동맥판막의 판막륜의 전장에 걸쳐 인공판막의 외골격에 꿰맬 실을 봉합해 두었다. 인공판막을 대동맥 근부에 내리고 꿰맨 실을 각각 조여서 단단하게 고정을 했다. 이제 가장 중요한, 절개를 가했던 대동맥 봉합이 남아 있었다.

대동맥을 봉합하고 심장을 다시 뛰게 하면 대동맥 안으로 많은 피가 흐르고 그 압력이 매우 크기 때문에 제대로 꿰매지 않은 부분이 있으면 심각한 출혈이 생길 수 있다. 특히 대동맥 절개 부위의 가장자리 쪽에서 피가 나면 지혈을 하기 위한 보강

suture(봉합)가 어렵기 때문에 더더욱 위험한 상황이 발생하게 된다.

지윤이 가장 염려했던 부분이 바로 이 점이었다.

봉합을 마친 지윤이 천천히 고개를 들었다.

대동맥 봉합 후 드디어 환자의 심장박동이 재개되었다. 지켜보는 지윤은 마치 제 피가 바짝 마르는 듯한 초조함을 느껴야만 했다. 출혈만 발생하지 않는다면 수술은 무사히 성공한 것이다.

제발.

마스크에 가려진 입술이 간절한 바람을 기도했다.

하지만 지윤의 바람과 달리 박동이 재개되면서 본격적으로 혈류가 움직이기 시작하자 대동맥을 봉합했던 부위에서 피가 보이기 시작했다.

바라지 않던 출혈. 솟구쳐 오르는 피를 보자 갑자기 머릿속이 하얗게 변하며 순간 아무 생각도 들지 않았다.

어시스트를 서던 민준의 얼굴이 잔뜩 굳은 채 지윤에게로 향했다. 앞에서 카메라를 들고 있던 운석과 그 옆에서 참관을 하던 철형 역시 마찬가지였다.

지윤의 눈동자에 깃들기 시작하는 공포를 읽은 태하가 얼른 입술을 뗐다.

"원통의 단면으로 생각했을 때 8시 방향에서 피가 나는 거니까 한 손으로 잘 젖히고 피가 나는 부분을 눈으로 확인하면서 보강 suture해.”

당황해하는 그녀를 진정시키고자 눈을 마주한 태하가 차분한 어투로 조언을 했지만 아무 소리도 들리지 않는 듯 지윤의 손은 여전히 움직이지 않고 있었다. 최근 얼마간은 혈액 공포증을 이겨낸 듯 보였는데 아무래도 수술에 대한 중압감이 컸던가 보다. 하지만 감상에 빠져 있을 시간이 없었다. 당장은 출혈 부위부터 막아내는 게 우선이었다.

안타까운 눈으로 지윤을 바라보던 태하가 단호한 목소리로 다시 입을 열었다.

“강지윤 선생, 정신 차리고 얼른 보강 suture 시작해.”

“…….”

“강지윤, 정신 차려!”

멍하니 넋을 잃고 있던 지윤의 눈이 초점을 찾으며 깜빡이기 시작했다. 희미했던 시야 너머로 저를 바라보고 있는 태하의 눈동자가 눈에 들어왔다. 단호한 말투와 달리 그녀를 향한 걱정이 잔뜩 배인 눈빛을 읽은 지윤이 얼른 고개를 내려 출혈 부위를 살폈다.

horizontal mattress pledget reinforcement suture.

태하가 하라던 보강 suture가 퍼뜩 머릿속을 스치고 지나갔다.

“침착하게.”

빠른 손길로 심막을 5mm 10mm 정도로 자르고 실에 꿰어 보강

374

을 시작했다. 바늘이 들어가고 나오는 부위가 정확해야 했다. 등 뒤로 식은땀이 주르르 흘러내렸다.

"수고했어."

마지막 cut과 함께 태하의 목소리가 까마득히 들려왔다. 그대로 기절할 것 같은 아득함에 하아, 숨을 내쉬던 순간 두 사람 앞으로 카메라가 불쑥 들이밀어졌다.

"쌤! 여기 보세요!"

때를 놓치지 않고 달려든 운석의 목소리에 화드득 눈을 깜빡인 지윤이 고개를 들었다.

찰칵.

시간이 멈춤과 동시에 둘만의 추억이 사각의 프레임 안에 가두어졌다.

드디어, 수술이 끝났다.

✱

"엄청난 허기가 느껴지지 않아?"

수술이 끝난 후 곧바로 중환자실로 옮겨진 환자를 따라 올라갔던 지윤은 함께 문을 나서며 던진 태하의 말에 천천히 고개를 돌렸다. 아무렇지 않은 듯 밝은 표정으로 이야기를 하고는 있지만 저보다도 더 긴장하고 마음 썼을 순간이 떠오르자 명치끝이 죄는 듯 욱신거리기 시작했다.

"왜. 혹시, 속이 또 이상한 건가? 예전처럼……."

미세한 표정 변화를 눈치챘는지 온몸의 솜털까지 곤두세우며 다가오는 태하의 물음에 지윤이 빠르게 고개를 저었다.

"그런 거 아니고, 그냥 긴장 때문에. 아픈 거 아니니까 걱정 마세요. 정말이에요."

지윤의 손목을 부여잡은 태하가 걱정스런 눈으로 재차 확인했다. 거짓말을 하고 있는 게 아니라는 걸 확인시키려는 듯 지윤이 방긋 미소를 지어 보이자 경직됐던 얼굴이 조금씩 풀리는 게 느껴졌다.

눈을 감아도 절대 잊히지 않을 짙은 눈빛이 오롯이 자신에게만 향해 있는 중이다. 자신의 손끝에 한 사람의 생명이 달려 있었다는 아뜩한 기억은 어느새 소중한 생명 하나를 살려냈다는 안도감으로 탈바꿈한 채 가슴 안으로 뜨겁게 밀려오고 있었다.

그가 함께 했기에 가능했던 일.

매일같이 반복되는 일상이 어느 날은 이렇게 누군가의 삶에 전환을 이끌어주기도 한다는 점이 신기하기만 했다.

점점 의사가 되어가는 것만 같은 뿌듯함이, 그리고 이토록 사랑받을 수 있다는 행복감이 눈가를 따끔하게 적셔왔다. 그 안에서 온전히 치유되어 가는 느낌. 제 얼굴에 지어지는 웃음이 더 이상 어색하지 않음을 깨달은 지윤이 입술을 움직였다.

"조금 무섭긴 했지만, 누구 말대로 대단하신 분이 옆에 있어서인지 금세 안심이 됐지요."

새어 나오려는 눈물을 힘껏 누르며 일부러 놀리듯 목소리를 띄운 지윤이 방싯 미소를 머금은 채 태하를 바라봤다.

"흐음. 가식이 줄줄 묻어나는 말이긴 하지만 설마 하늘 같은 스태프를 놀리진 않을 거란 믿음을 갖고 들을 수밖에."

"설마 그럴 리가요. 저의 진심을 증명하는 의미에서 오늘 점심은 제가 쏠게요."

태하의 옆으로 바짝 붙어서며 지윤이 말하자, 크게 눈썹을 휜 태하가 지윤을 바라보며 고개를 기울였다.

"지금 이거, 애교인가?"

"임상 실험 중이에요."

"떨리는데?"

"제가 손잡아 드릴게요."

말이 끝남과 동시에 지윤의 손가락이 차분히 감겨들었다.

두근두근.

기분 좋은 설렘이 열심히 발을 구르며 달려오는 중이다.

힐끗대며 날아오는 시선을 가볍게 무시한 태하가 지윤이 눈치채지 못하게 몸으로 막아서며 걸음을 맞추기 시작했다.

"이번 주 일요일 오프 받았어요."

"데이트 신청 같은데."

"선약이 있긴 하지만 함께 가고 싶으시다면야."

"좋아해야 하는 건가? 임상 실험 부작용인지 판단이 잘 안 서는데?"

"제가 가평에 가는 거라면 좋아해 주실래요?"

가평이란 말에 태하가 걸음을 멈췄다.

"전에 형수님이랑 약속했단 말이에요, 잣두부 먹으러 간다고. 지금이 한창 수확 철이라던데요."

"이번에 가면, 어쩌면 부모님을……."

"선생님 부모님이 저 되게 궁금해하신다면서요."

어떻게 알았느냔 표정이 돌아왔다.

먼저 걸음을 움직이기 시작한 지윤이 미소를 머금은 채 입을 열었다.

"알고 보니까 선생님 이모님이랑 저희 엄마랑 학교 선후배 사이셨더라고요. 저도 어제 알았어요."

결국엔 혜명대병원 안에서 만나게 될 두 사람을 이름 석 자만 덜렁 던져 준 채 맞선 장소로 내보낸 것이 바로 두 사람이 꾸며 낸 작전이었단 사실에 태하가 하하, 어깨를 들썩였다. 타인의 힘을 빈 인위적인 만남이었지만 운명은 또 다른 우연을 가장한 채 두 사람을 인연의 실타래로 단단히 옭은 뒤였다.

"임파서블한 미션을 완수하시고 희색을 흘리셨을 이모님의 얼굴이 떠오르는군."

"어째서 그 길에 누워 있던 사람이 선생님이셨을까."

"더 근사한 남자가 누워 있었어야 한다는 소리로 들리는군."

"음. 아저씨보단 오빠가 훨씬."

말끝을 흐린 지윤이 후후, 낮은 웃음을 흘렸다.

아저씨.

그를 처음 불렀을 때가 떠올랐다.

"화나셨어요?"

입매를 굳힌 태하를 보며 시선을 올린 지윤이 물었다.

"아니."

"화나신 것 같은데."

"아니라니까."

"아저씨란 호칭에 꽤 민감한 반응 보이시는 거 아세요?"

"아저씨라 그래."

"풋, 화나셨구나."

대답 없이 성큼성큼 앞서 가는 걸음에 다 큰 어른의 투정이 느껴져 얼굴에 맺힌 웃음을 애써 닦은 지윤이 태하의 등을 바라보며 입을 열었다.

"있잖아요, 김민준 선생이 요즘……."

김민준이란 이름에 점점 속도가 붙은 태하의 걸음이 비상계단을 향해 빠르게 사라지고 있었다. 그의 걸음에 매달린 감정이 투정 아닌 질투라는 사실을 알 리 없는 지윤이 무언가를 골똘히 고민하며 그 뒤를 쫓기 시작했다.

어느새 모습을 감춘 두 사람의 그림자 너머로 언뜻 지윤의 목소리가 들려오는 듯했다.

오빠.

두 사람의 걸음이 멈춘 듯 조금 전까지 들리던 요란한 발자국

소리가 더 이상 들리지 않았다. 다만 비상계단의 문을 열었던 누군가 후다닥 되돌아 나오는 움직임만 느껴질 뿐이었다.

"저 사람들이요, 자꾸 쳐다보는 것 같지 않으세요?"

어차피 병원으로 되돌아와야 하는데 멀리 갈 것 있냐며 병원 구내식당에서 저녁을 먹자는 태하를 따라 안으로 들어선 지윤이 자꾸만 따끔거리는 뒤통수에 주위를 둘러보며 물었다.

"글쎄."

짧게 대답한 태하가 슬쩍 입꼬리를 올려 웃으며 지윤을 내려다봤다.

밥을 먹던 몇몇이 수군대는 모습이 보였다. 아마도 무심코 비상계단 안으로 들어섰다가 곧바로 달려나가야만 했던 목격자 중 하나인 것 같았다.

겨우 셋? 아, 방금 몸을 기울인 하나를 더해 네 명.

이런 소문은 빠른 속도로, 좀 더 많은 이에게 전파돼야 한다는 수컷 본능이 그의 머릿속을 지배하기 시작했다. 철형과 운석이 말한, 그…… 남자 3호, 4호가 더 나오지 말라는 법은 없으니까.

알아서 소문을 내주면 좋으련만. 눈치 없는 1년차들은 아무 쓸모도 없는 의리를 지킨답시고 입을 꾹 다물어 버린 뒤다.

얼핏 눈을 마주친 이에게 씨익, 얼굴 도장까지 찍고 난 태하가 지윤과 함께 나란히 앉아 저녁을 먹기 시작했다.

"들깨 토란국이네요."

뿌연 국물 안으로 숟가락을 넣던 지윤이 건져 올려진 토란을 보며 말했다.

"아, 감자가 아니라 토란인 건가?"

입안에서 포실포실 씹히는 식감이 제법 감자와 비슷했다고 느낀 태하가 지윤을 바라보며 물었다. 지윤이 고개를 끄덕였다.

"가을이 되면 늘 밥상에 오르던 거였거든요."

"식구 중에 토란을 좋아하시는 분이 계시나 보군. 혹시 강지윤인가?"

"누구도 좋아하는 사람은 없었어요."

예상과 다른 답에 태하의 눈썹이 씰룩 올라섰다. 태하가 보인 당연한 반응에 피식 웃음을 지은 지윤이 말을 이었다.

"변비에 좋다고 올려놓으셨지만 실은 우울증과 불면에 좋단 말을 들으셨기 때문일 거예요. 토란의 주성분이 멜라토닌이라고 들었거든요."

잠시 스며들었던 우울한 기억을 떨쳐 버리려는 듯 어깨를 으쓱해 보인 지윤이 밝은 얼굴로 숟가락을 움직였다. 코끝에 와 닿는 구수한 향이 다행히 식욕을 자극하고 있었다.

물끄러미 제게 머문 시선이 느껴졌다. 고개를 든 지윤이 방긋 웃어 보이며 '국 식어요. 얼른 드세요' 예쁘게 말했다. 태하도 함께 미소 짓고는 연신 수저를 움직이기 시작했다.

이제 더 이상 우울과 불면 때문에 토란을 먹는 일은 없을 것이다. 지금 이렇게, 수술 후에 밥을 먹을 수 있게 된 것처럼.

올가을 들어 처음 먹는 토란국이 여느 해보다 달게 느껴졌다.

퇴근을 앞두고 다시 한 번 중환자실에 들른 지윤은 환자 상태를 꼼꼼히 체크하고 나서도 마음을 놓을 수 없었다. 환자의 시간을 훔치는 도둑이 되진 않을까, 사실 수술에 대한 스트레스도 컸지만 예후를 지켜보며 마음 졸이는 매 순간도 피를 말리긴 마찬가지다.

"어? 방금 전에 신태하 선생님도 다녀가셨는데."

환자에게서 몸을 세우던 지윤의 귓가에 중환자실 간호사의 목소리가 들려왔다. 차트를 손에 든 채 침대 사이를 바쁘게 오가던 간호사는 번갈아 같은 환자를 찾은 두 사람이 의아했던지 동그랗게 뜬 눈으로 지윤을 바라보며 살짝 웃음 지었다.

"아."

신경 쓸까 봐 일부러 제겐 알리지 않고 몰래 환자 상태를 살피고 간 태하의 마음 씀씀이에 고마움이 울컥 몰려들었다. 가슴께가 또 묵직해 온다. 매번 이렇게 심장을 뒤흔들어놓는 남자가, 그런데 밉지 않고 그립기만 하다. 그녀 때문에 심장이 덜컥덜컥널을 뛴다더니 정작 본인은 남의 심장에 무슨 짓을 저지르는지 까맣게 모르고 있나 보다.

헤어진 지 얼마나 됐다고 그새 보고픈 마음이 일었다.

〈고마워요.〉

중환자실 문을 나서며 지윤이 빠르게 문자를 눌렀다.

〈뜬금없기는.〉
〈아시면서. 박재호 환자 보고 가는 중이에요.〉
〈이제 퇴근인 건가?〉
〈네. 선생님은요?〉

이어지는 답이 없었다. 갑자기 급한 일이라도 생긴 걸까, 고개를 기울인 지윤이 천천히 걸음을 옮기기 시작했다.

피곤한 몸을 이끈 채 가운을 벗고 나선 지윤의 눈앞에 비스듬히 벽에 기대선 태하의 모습이 보였다. 그 역시 퇴근 준비를 마친 듯 슈트로 갈아입은 상태였다.

"같이 퇴근하려고."

몸을 바로 세운 태하가 지윤을 향해 걸어오며 말했다. 지윤의 눈가에 반가움이 먼저 깃들었지만 답 없는 문자에 대한 서운함을 흘리듯 중얼거렸다.

"답이 없으셔서 급한 일 있으신 줄 알았어요."

"급한 일, 있었지. 강지윤이랑 같이 퇴근하는 거."

"일부러 안 그러셔도 되는데. 바로 엎어지면 코 닿을 데잖아요."

“코 닿는 데 있어도 마음이 안 놓여.”

성큼 다가선 태하가 막 지윤의 손을 잡으려는 순간 코너를 돌아온 병동 간호사 하나가 가볍게 목례를 하며 지나갔다. 어색한 미소를 지어 보이며 역시 가벼운 목례로 답을 한 두 사람이 천천히 걸음을 옮기기 시작했다. 보는 눈 따윌 신경 쓰는 건 체질에 맞지 않지만 아직은 이리저리 신경이 쓰일 지윤을 배려해 태하는 그저 보폭을 맞춰 걸음을 옮길 수밖에 없었다.

“참, 출근하실 때 차 안 갖고 오시는 것 같던데, 댁이 이 근처세요?”

마침 생각이 났다는 듯 지윤이 올려다보며 묻자 픽, 하고 바람 빠진 소리를 낸 태하가 지윤을 바라보며 입을 열었다.

“일찍도 물어보는군. 야박한 이웃사촌 같으니라고.”

“에? 설마, 같은 아파트예요?”

“길 건너 이당아파트.”

“언제부터요?”

“입원했을 때부터.”

“어머.”

전혀 예상치 못한 상황에 눈썹을 치뜬 지윤이 어이없는 웃음을 지으며 태하를 바라봤다.

“강지윤은 나에 대해서 너무 관심이 없는 것 같다.”

“관심이 없다기보다…… 정신이 없었던 것 같아요, 지난 4개월 동안.”

여름을 지나 가을로. 지독한 폭염과 때론 거칠기만 한 비바람을 견디며 가지가 휘어지도록 열매를 맺는 나무처럼 아홉 바퀴의 긴 여정을 지나고 맞은 계절은 많은 변화를 일으키며 그녀의 일상을 뒤흔들어놓았다.

"짧다면 짧은 시간인데, 정말 많은 일이 있었던 것 같아요."

"나 역시도."

태하가 고개를 끄덕이곤 갑자기 지윤을 돌아봤다.

"맞선 때 만약 사고가 있지 않았다면 우린 그 커피숍에서 무얼 하고 있었을까?"

"후후. 취미가 뭐예요, 좋아하는 음식은요, 묻다가 혜명대병원, 하는 순간 둘 다 얼굴 붉히고 있었겠죠."

"그날 강지윤한테 차였으면……."

태하가 말끝을 흐리자 궁금한 듯 지윤의 고개가 올라섰다.

"강지윤의 병원 생활이 엄청 고달팠겠지."

태하의 대답에 지윤이 삐죽 입술을 내밀었다.

"공과 사는 구분하셔야죠."

"강지윤 앞에선 그게 잘 안 되더군."

엘리베이터 버튼을 누른 태하가 픽, 미소를 지으며 말했다. 실은 공과 사를 구분하라며 똑 부러진 척했지만 제일 많이 흔들린 건 지윤 자신이었다. 괜한 머쓱함에 슬쩍 미소 지은 지윤이 작은 목소리로 중얼거렸다.

"제가 차였을 수도 있어요."

1층 로비를 지나 현관문을 나서자 주차장으로 이어지는 돌계단이 눈에 들어왔다. 나란히 함께 계단 앞을 지나가던 순간 계단을 돌아본 태하의 머릿속에 입매를 단단히 굳힌 채 제게 따박따박 대꾸하던 지윤의 모습이 떠올랐다.

"계단 앞에서 기다리라고 했던 것 같은데."
"병원 사람들이 많이 지나다니는 곳입니다."
"사람들의 눈을 의식한 거라면, 지금도 예외일 순 없을 텐데?"
"일부러 기다리는 것과 우연히 만나 같이 가는 건 다르니까요."

잠시 추억을 떠올리던 태하가 옆에 있는 지윤을 바라보며 입을 열었다.
"병원 사람들이 많이 지나다니는 곳에서, 그것도 일부러 기다렸다 같이 가는 날이 드디어 오다니. 눈물이 날 지경이야."
뜬금없이 뱉어낸 말에 의아한 얼굴로 고개를 기울이던 지윤이 그제야 알았다는 듯 후후 웃음 지었다. 그렇게 밀어내고 도망쳤는데, 민망하게도 병원 앞 돌계단에 묻어둔 추억을 떠올리게 될 줄이야.
입가의 미소를 그대로 머금은 채 고개를 돌린 지윤이 정문으로 이어지는 긴 도로를 바라봤다. 백숙을 먹이느라 자전거를 끌고 와 저를 태우고 가던 정문까지의 풍경이 어제의 기억처럼 생생하게 떠오른다.

"그때 먹었던 백숙, 정말 맛있었어요."

"맛있는 부위만 발라 먹였어."

"그런 것 같았어요. 도저히 못 먹을 것 같았는데……. 훗. 스태프 선생님이 발라주는 고기를 오물오물 잘도 받아먹던 간 큰 전공의."

지윤이 방긋 웃음 지었다.

"내년 여름에도 먹으러 가요."

"여름까지 기다릴 게 뭐 있어. 먹고 싶으면 내일이라도 가면 되지."

"이번 주는 너무 빡빡해요."

"그럼 다음 주."

"그때도 발라주시는 거예요?"

"열심히, 최선을 다해서."

"음. 언제까지 그렇게 해주실 건데요?"

걸음을 옮기며 저를 올려다보는 지윤의 말간 눈을 마주한 태하가 말했다.

평생. 너와 함께하는 그날까지.

타악, 탁.

잔뜩 짙어진 하늘 아래, 두 손 가득 열매를 품은 나무가 가을의 풍요로움을 드러내자 성인 남자 키의 세 배가 넘는 기다란 장대가 높은 잣나무 위에서 휘어지듯 움직이며 잣송이를 우수수 떨어뜨리고 있었다.

"어머, 지윤아! 그쪽에 있다간 다친다니까!"

장갑을 낀 채 커다란 자루를 손에 쥔 서정이 잔뜩 놀란 눈으로 지윤을 향해 소리쳤다. 실은 이틀 전, 아들에게서 걸려온 전화보다 더 놀랄 일이 있으랴만.

"일요일에 가평 갑니다."

뜬금없이 걸려온 전화에 '하긴 계절이 바뀌기도 했으니 얼굴 비출 때도 되지 않았니?' 라며 슬쩍 서운한 속내를 내비치긴 했었다. 물론 가평에 내려오기 전까지 사회생활을 했던 터라 아들의 바쁜 삶을 이해 못할 것은 아니었지만 나이가 들어서인지 살갑지 못한 둘째 아들이 자꾸만 서운해지는 건 어쩔 수 없는 마음이었다.

"지윤이랑 같이 갑니다."

지금 얘가 뭐라고 한 거지?
제 귀를 의심하며 되물은 물음에 태하는 다시 한 번 '지윤이랑 갑니다' 대답하곤 '그동안 작은 이모님이랑 저 놀리시느라 재미있으셨습니까' 라며 불퉁하게 덧붙였다.
가만, 지윤이라면 그때 태하랑 선을 본다던?
무엇을 더 물을 새 없이 일요일에 뵙겠다는 인사와 함께 전화가 끊어졌다. 어리둥절한 얼굴로 눈을 깜빡이던 서정은 이내 동생에게 전활 걸어 제가 들은 말이 무슨 영문인지를 물었다. 대답 대신 한참을 호호 웃음소리만 흘려보내던 동생은 제 후배와 공모한 사정을 늘어놓으며 술 살 준비나 해, 라며 전화를 끊었다.
그 길로 남편인 진성에게 달려가 들은 내용을 죽 읊고는 며느리 현정에게 전활 걸기 위해 수화기를 들었다.

"태하가 여잘 데려온대. 어떡하지? 뭘 준비하면 좋을까?"
〈긴장하고 오는 사람한텐 아무래도 편히 대해주는 것만큼 좋은 게 없는 것 같아요.〉
"어머, 얘. 너 우리 집에 처음 인사 올 때 불편했었니?"
〈후후. 불편한 사람이 밥을 두 그릇이나 먹었겠어요? 저야 워낙 가리는 게 없는 사람이지만 안 그런 사람이 태반이니까요. 어머님 처음 인사드리러 가셨을 땐 안 그러셨어요?〉
"하긴. 먹으라고 차려주신 밥상에 한숨부터 내쉬었으니까. 그럼 어쩌지? 그래도 인사 오는 사람한테 아무것도 안 먹일 순 없고."
〈배가 고프면 뭐든 잘 먹게 되어 있어요.〉
"굶고 와도 입맛은 없을 텐데."
〈열심히 일하고 나면 없던 입맛도 돌아올걸요?〉

현정의 말을 도통 이해할 수 없었던 서정은 잣송이를 줍겠다며 뛰어다니는 지윤을 보며 그제야 미소를 지을 수 있었다.
어색한 분위기에서 판에 박힌 인사를 나누는 대신 잣나무가 빼곡히 들어찬 숲에서 향긋한 나무 내를 맡으며 주고받는 웃음이 지윤을 훨씬 가깝게 알 수 있다는 것을 뒤늦게 깨달은 것이다.

잣송이 줍는 일을 도와주고 대신 싱싱한 잣을 얻어다 맛난 음식을 해 먹으면 좋지 않겠냐던 현정의 말을 떠올리며, 난생처음 본다는 잣송이에 함박웃음을 지으며 뛰어다니는 지윤을 말리기 위해 다가가려던 서정은 바람같이 나타나 지윤을 채가는 아들의 움직임에 허탈함을 맛봐야만 했다.

"잣나무 높이가 얼만 줄 알아? 제대로 자란 건 30미터가 넘는다고. 그 위에서 떨어진 잣송이에 맞으면 어떨 것 같아?"

"그치만 지금 줍지 않으면 구석으로 들어간 건 못 줍고 넘어갈 수도 있다고요. 아저씨들이 저렇게 힘들게 따는 건데."

고개를 든 지윤이 아슬아슬한 꼭대기 위에서 장대를 휘두르고 있는 남자들을 바라보며 눈썹을 찡그리자 그녀의 앞에 바짝 다가선 채 기울어진 눈썹을 엄지로 슬쩍 민 태하가 지윤의 귓가에 속삭이듯 말했다.

"지켜보는 사람 생각도 좀 해주지 그래. 네가 뛰어다닐 때마다 내려앉는 내 심장은 쉴 새 없이 ventricular tachycardia(심실빈맥)를 보이는 중이라고."

태하의 말에 슬쩍 그의 손목을 잡아본 지윤이 태하의 가슴을 툭툭 두드리며 입을 열었다.

"맥박 수 정상. 식은땀 없음. 오심 및 구토 증상 안 보임. 호흡곤란 증상 역시 보이지 않음."

"흉부압박감 및 가슴 두근거림 증상 있음. 호흡 촉진에 의한 불안감 호소. 환자에 따라 다양한 증상을 보일 수 있다는 거, 모르나?”

“그게 하필 제 앞에서만 그러시는 거죠?”

“아마도.”

손가락을 턱끝에 갖다 댄 지윤의 눈매가 가늘게 좁혀졌다.

“malingering(꾀병) 같은데요.”

“맞아. 온종일 네 심장 안으로 들어가는 방법만을 연구하던 끝에 초래된 부작용이야.”

“실패한 연구네요.”

“그렇다고만 볼 순 없지. 이렇게 네 얼굴을 마주할 수 있으니.”

느긋하게 호선을 그리며 올라서는 아들의 입매에 쿨럭, 기침을 한 서정이 빠르게 기억을 되짚으며 고개를 기울였다.

저 녀석이 저런 말도 할 줄 알았던가.

사분사분한 큰아들과는 달리 자로 잰 듯 똑 부러지는 말과 행동에 오히려 맏이와 바뀐 듯하단 소릴 들으며 자란 아이였다. 어릴 적에도 어리광 한 번 부리지 않고 큰 녀석이…….

다문 입새로 피식피식 웃음이 새어 나왔다.

어쩌면 천생연분이란 게 있는지 모르겠다.

제가 알던 아들과 또 제가 들은 지윤은 간데없고 사랑스럽기 그지없는 예쁜 아이들이 유치한 말장난을 투닥이는 중이었다.

슬쩍 눈을 돌리니 구석에 앉아 슬금슬금 웃음을 참고 있는 현정의 모습이 보였다.

“잠깐 들어가서 너희 아버지 간식 좀 챙겨 드리고 나와야겠다.”

힐링 healing

눈치를 살피던 현정도 몸을 일으키며 바지를 털었다.

"저도 들어가서 두부 눌러놓은 거 다 됐는지 좀 봐야겠네요."

"그럼 같이 내려갈까?"

"네, 어머님."

방싯 웃으며 다가오는 현정과 나란히 걸음을 옮기던 서정이 두 사람이 서 있는 숲을 돌아보며 나직이 속삭였다.

"어머, 쟤들 우리 가는 줄도 모르고 있나 보다."

"다른 사람은 눈에 들어오지 않을 때잖아요."

"어? 그건 죽을 때까지 쭉 그래야 하는 거야. 태강이는 여전한 것 같던데, 넌 벌써 안 그런 거니?"

"바라봐야 할 사람들이 늘어났잖아요. 어머님, 아버님, 도련님, 아가씨. 게다가 진웅이, 선웅이까지. 이제 도련님 결혼하고 나면 지윤 씨도 봐야 하는걸요."

"오늘 태정이가 오지 않아서 하는 말이 아니라, 가끔은 정말 네가 내 딸이 아닌가 싶을 때가 있다. 내가 며느리 복은 참 많은 것 같아."

대전 지역에 기반을 둔 30대 젊은 신인작가들의 전시회를 준비하느라 함께 자리하지 못한 태정을 떠올리며 서정이 말했다. 똑 부러지는 성격에 그늘 없는 쾌활함이 보기 좋긴 하지만 그렇다고 현정처럼 살갑게 다가와서 눈높이를 맞추는 건 질색을 한다.

자식 겉을 낳지 속을 낳나.

두런두런 멀어지는 고부간의 대화가 더 이상 들리지 않을 때쯤, 투닥거리던 말장난을 멈춘 연인은 하늘이 보이지 않을 만큼 빽빽이 들어찬 잣나무 숲길을 산책하고 있었다.

"공기가 참 좋아요. 숨을 들이마실 때마다 머리끝까지 맑아지는 느낌이야."

"인공적으로 뿌려둔 피톤치드랑은 많이 다르긴 하지."

고개를 끄덕인 지윤이 태하를 올려다보며 말갛게 웃음 지었다.

"잣나무에서 잣 따는 거, 실제로 보는 건 처음이에요. 잣송이도 실은 오늘 처음 본 거고요."

"나도 별반 다를 건 없어. 어머니한테 떠밀려 호미질을 해본 정도?"

"선생님이 호미질을요?"

"응, 잡초 뽑았어."

"풉!"

"왜 웃지?"

"그냥. 상상을 해보니까……."

"상상할 거 없어. 쪼그리고 앉아 풀 뽑는 거, 별로 재미없는 작업이야."

"수술하느라 열 시간씩 서 있는 것보단 낫지 않을까요?"

"직접 해보면 그런 소리 안 나올걸?"

"후후. 정말 힘드셨나 보네요. 아무리 긴 수술을 하셔도 불평한 번 안 하시던 분이."

"해보면 안다니까?"

미간을 찡그리며 목소리에 힘을 주는 태하를 보며 어깨를 으쓱한 지윤이 고개를 끄덕였다. 그녀의 옆으로 바짝 다가선 태하가 지윤의 어깨를 당겨 안으며 천천히 걸음을 옮기기 시작했다.

"사내연애의 폐해야, 보는 눈을 의식해야 한다는 건."

"그런 분이 병원 안에 그렇게 소문을 다 내셨어요?"

"마취과 치프가 너한테 주라고 건넨 쪽지가 내 주머니 안에 있다."

"한 선생이요?"

대답 대신 입매를 굳히는 태하를 보며 삐뚜름 입술을 비튼 지윤이 걸음을 멈추고 몸을 틀었다.

"저한테 준 쪽지를 왜 선생님이 갖고 계시는데요?"

"왜일 것 같아?"

시선을 내려 지윤을 스윽, 바라본 태하가 주머니 안에서 꺼낸 무언가를 지윤 앞으로 내밀었다. 초록의 나무가 가지를 벌리고 선, 편지 봉투였다.

쪽지라더니 웬…….

봉투를 열어 편지지를 펼친 지윤의 눈에 낯익은 필체가 정갈하게 모습을 드러내고 있었다.

—초등학생 때 부모님께 쓰라던 어버이날 카드 이후로 처음 써보는 편지다. 벌써 몇 장의 종이를 버리고 다시 쓰는지, 너는 짐작도 못할 테지.

그래서 웃음이 나온다.

뻔뻔한 입술로 사랑은 원래 유치한 거라 내뱉긴 했지만 나 역시 부끄럽고 민망하긴 마찬가지. 그래도 그렇게라도 해야 네 웃음을 볼 수 있으니, 그것으로 매일을 위안 삼는다.

투박한 글을 편지랍시고 들이밀 것을 생각하면 벌써부터 아찔한 현기증이 돋긴 한다.

그래도, 강지윤. 지윤아, 예쁜 강지윤아.

하늘만큼, 땅만큼, 우주만큼.

내가 아는 어떤 수치로도 이 모든 것을 따라잡을 순 없는 것 같더라.

하늘만큼, 땅만큼, 우주만큼 사랑한다.

이 글을 읽으며 밝게 웃음 지어줄 네 얼굴을 떠올리며.

"역시, 밤은 사람을 감성적으로 만들어."

머쓱한 듯 시선을 들어 올린 태하의 손끝에 은근한 긴장이 묻어나고 있었다. 편지지를 꼭 쥔 채 선 지윤은 가타부타 반응 없이 입술만 꾹 누르고 있는 채였다.

"강지윤?"

"울고 싶은데……. 사람을 이렇게 만들어놓고 웃으라면 어떡해요."

기어이 눈물 한 방울을 떨어뜨린 지윤이 원망 어린 눈을 들어 태하를 바라봤다. 손을 내밀어 지윤을 품에 안은 태하가 그녀의 정수리에 턱을 얹은 채 나직이 중얼거렸다.

"우는 얼굴도 예쁘긴 한데 웃는 얼굴이 우주만큼 예쁜 걸 알아버렸으니."

"선생님 때문에 정말."

눈물과 웃음이 동시에 터져 나왔다.

"다음 주에 오프 날 조정해서 네 부모님께도 인사드리러 가자."

따끈하게 젖어들던 가슴께로 맑은 가을 햇살이 두 사람의 사랑을 보듬듯 내려앉았다.

나무 같은 사람이 되어줄게.

검은 사막처럼 뜨거웠던 계절. 깊게 패어 흉한 흔적을 드러냈던 기억은 어느새 가을을 맞은 숲 빛으로 옅게 퇴색되어 가는 중이다.

풍년을 맞아 힘껏 장대질을 하는 소리가 숲 가운데로 울려 퍼졌다.

모든 것을 품어낸 치유의 숲은, 그렇게 햇살과 함께 익어가고 있었다.

탁.

차 문을 닫은 태하가 조수석 안에 놓아두었던 백팩(backpack)을 꺼내 한쪽 어깨에 둘러멨다. 급하게 나오느라 손질 못한 머리가 바로 앞으로 흘러내리면서 시야를 가리자 니트 소매를 걷어 올리며 백팩을 고쳐 메던 태하가 슬쩍 고개를 털어 머리카락을 넘겼다.

일요일 오전임에도 기말고사를 앞둔 캠퍼스는 시험 준비로 바쁘게 움직이는 학생들의 열기로 가득 차 보였다.

한창 PK 실습 중인 태하는 불과 얼마 전까지만 해도 매일같이 오르내리던 교정이 문득 낯설게 느껴졌다. 아직 졸업 전의 학생임이 분명한데도 묘하게 이질적인 느낌. 가운을 입고 있지

만 그렇다고 의사라 할 수 없는 신분에, 가운 주머니가 묵직하
게 느껴질 정도로 온갖 도구를 넣고 뛰어다니는 병원에서도 서
브인턴(subintern)의 존재는 미미할 수밖에 없긴 하다.

꿈꾸던 이상과는 전혀 다른 현실은 저기 교정을 거닐던 시절
엔 상상조차 해보지 못한 아쉬움이었다. 같은 길을 걷고 있는 저
들은 과연 알고 있을까?

짧은 상념에 잠시 실소를 머금던 태하가 고개를 들었다. 멀리
서 언덕을 따라 달려오는 얼굴이 보였다. 손을 들어 알은척을 하
자 뛰어오면서도 꾸벅 고개를 숙이는 반듯한 모양에 밝게 웃음
진 태하가 걸음을 옮겨 다가갔다.

"오래 기다리셨어요?"

가쁜 숨을 몰아쉬며 묻는 석훈의 물음에 태하가 가볍게 고개
를 저었다.

"방금 왔어."

"근데 정말 일부러 오신 거 아니에요?"

"아니라니까. 케이스 발표 준비 때문에 교수님을 뵈어야 해.
하필 희귀 케이스를 맡아서 자료 조사에 한계가 있거든. 다행히
오늘 계신다기에 부랴부랴 달려온 거지."

"환자 보랴, 케이스 발표 준비하랴. 저번에 준우 선배가 그러
더라구요. 의자 앉아서 공부할 때가 제일 좋은 줄 알아라."

"후후. 맞아. 여긴 등하교지만 거기선 출퇴근을 해야 하니까.
아, 여기. 네가 부탁한 것."

메고 있던 백팩의 지퍼를 연 태하가 두툼한 파일 뭉치를 석훈에게 건넸다.

"찾아보니까 애들 다 나눠주고 몇 개 안 남아 있던데. 유기화학이랑 세포생물학, 비교해부학……."

석훈의 손에 들린 파일 안을 뒤적이며 태하가 중얼거렸다. 제본이 된 족보들과 그렇지 않은 종이 묶음들이 파일 안에 얌전히 정리되어 있었다.

"근데 예과 때 봤던 족보는 갑자기 왜 필요한 건데?"

태하의 물음에 여태 족보에 시선을 두고 있던 석훈이 빙긋 웃음 지으며 태하를 바라봤다.

"아, 챙겨줘야 할 녀석이 있어서요."

"여자 후배인가 보군."

"후배라기보다…… 아직 꼬맹이죠."

"꼼꼼한 성격인 것 같던데, 족보 안 버리고 놔두지 않았어? 네 걸 안 주고 왜?"

"벌써 챙겨줬었는데, 잃어버렸대요. 좀 덜렁거리는 편이라……."

머쓱하게 웃으며 뒷목을 문지르는 석훈의 얼굴에 덩달아 태하의 가슴도 간질거리는 것 같았다.

"꽤나 좋아하나 보다."

"네."

"일방통행은 아니고?"

“다행히요.”

“재주도 좋다, 본과생 주제에 연애라니.”

“제가 조금 덜 자면 되니까요.”

밤에 만난다는 소린 아닐 것이다. 그 덜렁댄다던 꼬맹이를 만난 시간을 보충하고자 그만큼 잠을 줄여 공부를 해야 한다는 뜻일 테니.

아무렇지 않게 말하는 석훈을 바라보며 누구 말대로 사랑이 위대하긴 한가 보다, 고개가 끄덕여졌다.

“같이 점심이라도 먹었으면 좋겠는데 도저히 시간이 안 될 것 같다. 교수님 뵙고 다시 가볼 데가 있거든.”

힐끗 시계를 들여다본 태하가 백팩을 고쳐 메며 말했다. 아쉬운 듯 눈썹을 모으는 석훈의 등을 툭툭 두드린 태하가 도서관이 있는 언덕으로 시선을 돌렸다.

“얼른 가봐. 기다릴 텐데.”

“그럼 다음에 꼭 같이 식사하세요.”

“응, 나중에 그 꼬맹이도 꼭 인사시켜 주고.”

“네.”

꾸벅 인사를 하곤 빠르게 몸을 돌린 석훈이 왔던 길을 되돌아 달려가기 시작했다. 우두커니 선 채 석훈의 뒷모습을 바라보던 태하의 입매가 느슨하게 늘어졌다.

“어지간히 좋은 모양이군.”

여간해서 남에게 아쉬운 소리 않는다던 석훈이 제게까지 전

화를 걸어 부탁한 족보를 손에 쥘 꼬맹이의 존재가 살짝 궁금해
지긴 했다.

뭐, 예쁠 테지.

어깨를 으쓱한 태하가 교수님이 계신 연구동으로 가기 위해
걸음을 옮기기 시작했다.

"이번엔 잃어버리면 안 된다."

짐짓 엄한 얼굴로 족보를 내미는 석훈의 얼굴에 입술을 삐죽
인 지윤이 '내가 잃어버리고 싶어 그랬나' 중얼거렸다.

대부분 교양 과목이 차지하고 있는 예과 수업이라 사실 족보가
필요한 과목은 얼마 되지 않는다. 지윤이 속상한 것은, 석훈이 미
리 챙겨준 다른 족보들까지 죄다 잃어버렸던 아쉬움 때문이었다.
애써 챙겨줬는데 덜렁 잃어버리고 만 저의 부주의함에 화가 났지
만 애꿎은 석훈에게 투정하며 무안한 마음을 감추고 있었다.

"이건 어디서 난 건데?"

관심 없는 척 시선을 내린 지윤이 파일 뭉치를 뒤적이며 물었다.

"PK 돌고 있는 선배한테 부탁해서 갖고 온 거야. 내 것보다
더 정리가 잘되어 있을 테니 어쩌면 더 잘된 일일지도 모르지."

"치."

볼을 불린 채 종이를 넘기던 지윤의 시선에 정갈한 필체로 적
힌 이름 하나가 눈에 들어왔다.

신태하.

PK 실습을 돌고 있다던 선배 이름인가 보다.

"오빠, 배고픈데 밥부터 먹고 하면 안 될까?"

어느새 파일을 덮은 지윤이 석훈을 돌아보며 물었다.

"아직 12시도 안 됐는데?"

"아침 조금밖에 안 먹고 왔단 말이야."

"그럼 진작 말하지. 일어나, 얼른."

석훈이 내민 손에 얼른 제 손을 끼워 넣은 지윤이 방싯 웃으며 고개를 들었다.

도서관 입구를 나서자 여전히 그 자리에 세워져 있는 태하의 차가 보였다. 그쪽으로 힐끗 시선을 준 석훈이 아쉬움 섞인 얼굴로 지윤을 바라봤다.

"선배랑 같이 밥 먹으려고 했는데 많이 바쁜 것 같아서 다음에 먹기로 했어."

"응."

건성으로 대답하는 지윤을 내려다보며 석훈이 말했다.

"다음에 꼭 소개시켜 줄게."

"알았으니까 밥이나 먹으러 가자. 배고파."

손을 꼭 잡은 어린 연인의 걸음이 바쁘게 사라지고 있었다.

The End

작가 후기

　1년 전, 머릿속을 스치는 짧은 이야기에 조금씩 살을 붙이며 시놉시스 작업에 들어갔을 때, 저는 한 종합병원의 2층 검사실 앞에서 대기 중인 환자 분들 틈에 앉아 있었습니다.

　병원 특유의 소독약 냄새. 저마다의 할 일을 찾아 바쁘게 오가는 사람들……．

　흔히 삶과 죽음이 교차하는 공간으로 표현되는 그곳에서 '치유'와 '심장'이란 두 단어로 시작된 이야기를 어떻게 이끌어야 할지 고민하던 짧은 순간에도 어쩌면 메디컬 드라마에서나 접하던 긴박한 상황이 제가 머물던 병원 어디에선가 벌어지고 있었을지 모르겠습니다.

　끊어질 듯 위태로운 생명의 줄을 단단히 이어 붙인 누군가의 손길. 고통이 할퀴고 간 생채기를 보듬어 안아줄 따뜻한 가슴.

　사람은 누구나 그 안에서 치유받기를 원합니다. 그것이 타인의 생명을 살리는 의사라 할지라도 다를 바 없겠지요.

　실은 글을 쓰는 저도, 읽어주시는 독자님들도 함께 치유가 될 수 있는 따뜻한 글을 쓰고 싶었습니다. 타오르는 의욕대로 열심히만 쓰면 그런 글을 완성 지을 수 있을 줄 알았습니다.

　무식하면…… 용감합니다.

　학창 시절에도 그만큼 열심히 공부했던 적이 없었던 것 같습니다.
그런데도 못 알아듣겠습니다. 의사 선생님들은 머리만 좋아서 되는 것
도 아닌가 봅니다. 어렵게 찾은 동영상에선 아무렇지 않게 메스를 들
이댑니다. 살이 갈라지고 피가 납니다. 가뜩이나 머리가 어지러운데
남의 나라 말이 들려옵니다. 갖고 있던 의욕은 바람 빠진 풍선이 되어
바닥에 나뒹굽니다.

　이대로 글을 엎어야 하나, 좌절의 늪으로 빠져들어 갔을 때 기적처
럼 제게 손 내밀어주신 분이 계십니다.

　강동경희대병원 심장혈관센터 흉부외과 조상호 교수님.

　해주시는 말씀 안에 항상 환자에 대한 걱정과 동료 의사 분들에 대
한 애정이 듬뿍 담겨 있는, 가슴 따뜻한 최고의 surgeon이십니다.

　어설픈 작가 때문에 처음 시작부터 글을 마치는 순간까지 함께 고민
해 주시느라 정말 고생 많으셨습니다.

　　말로 다하지 못할 감사한 마음을 이렇게 짧은 글로 대신함을 너그러이 이해해 주세요.

　　그리고 멈추지 않고 달릴 수 있게 옆에서 항상 응원해 주신 우리 독자님들, 정말 감사합니다.
　　예쁘게 다듬어 세상에 내주신 청어람 문혜영 부장님, 편집부 여러분께도 감사 인사드립니다.

　　여러분 가슴 안의 주먹만 한 감자가 모두 예쁜 하트로 반짝이는 세상이 되었으면 합니다.
　　따뜻한 겨울 보내시고, 늘 행복하세요.
　　태하와 지윤이의 겨울도…… 그러할 겁니다.

서툰유혹

ezen
BOOK
e

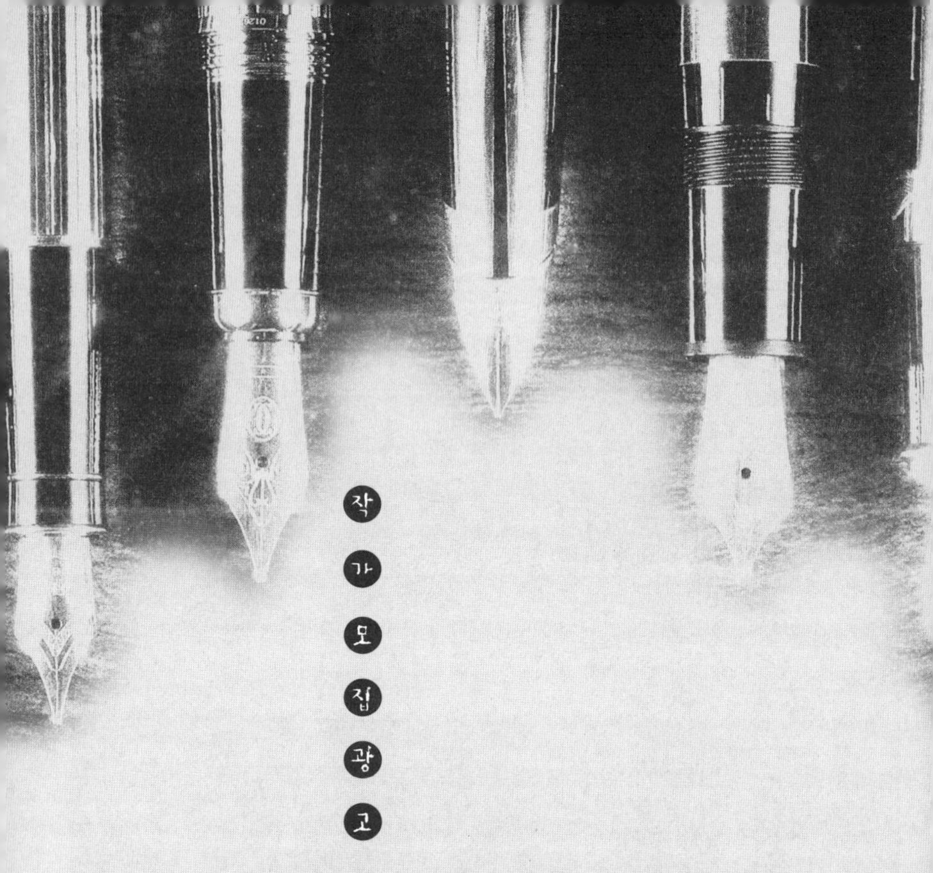

작
가
모
집
광
고